온갖 고난을 이겨내며 하루하루를 그리움과 눈물로 살아가는
수많은 실향민 가족들을 위해 이 책을 바칩니다

수만이와 개네

1쇄 발행일 | 2010년 12월 10일

지은이 | 김남룡
펴낸이 | 정화숙
펴낸곳 | 개미

출판등록 | 제1999-3호 1992. 6. 11
주소 | (121-736) 서울시 마포구 마포동 136-1 한신빌딩 1412호
전화 | (02)704-2546, 704-2235
팩스 | (02)714-2365
E-mail | lily12140@hanmail.net

ⓒ 김남룡, 2010
ISBN 978-89-94459-08-0 03810

값 10,000원

수만이와 개네

김남룡 장편소설

개미

촛불이 꺼지기 전에

1948년 4월 어느 날 아침 몽둥이를 든 장정 세 사람이 들이닥치더니 "모든 재산을 그대로 두고 지금 당장 50리 밖으로 떠나라!"는 것이었습니다. 청천벽력이란 바로 이럴 때 쓰는 말인가 봅니다.

먹다 만 밥상을 그대로 둔 채 집을 나섰으나 갈 곳이 없었습니다.

할 수 없이 38선을 넘기로 했는데 너무도 멀고 남행길이 순탄하지 않았습니다. 이 과정에서 어머니와 결혼한 지 얼마 되지 않은 아내와 헤어지게 되고 다시는 만날 수 없게 되었습니다.

너무나 가슴이 아팠습니다. 그때를 생각하면 지금도 뼈저리게 아프고 견딜 수가 없습니다. 얼마 전에 고향이 건너다보이는 압록강변까지 어렵게 찾아가서 아내 이름을 목놓아 불렀으나 대답이 없었습니다.

이렇게 나처럼 강제 추방당한 사람들이 수만 명에 이른다고 합니다. 이들은 타향살이 60년, 온갖 고난을 이겨내며 가족 만나기만을 애타게 기다리다가 많은 사람들이 이미 세상을 떠났으며 지금도 떠나고 있습니다. 얼마 남지 않은 사람들도 거의 다 타버린 촛불마냥 죽을 날이 멀지 않았습니다.

마지막 촛불이 꺼지는 날 한 많은 실향민들의 안타까운 사연들도 아주 사라지고 말 것입니다.

늦었지만 지난날의 발자취를 더듬으며 시리게 아프고 안타까운 사연들을 글로 남기려고 문자판을 두들겼습니다.

언젠가는 누군가가 읽어 주길 바라면서 서툰 솜씨로 꾸미고 글을 지어 덧붙이기도 했습니다.

미숙한 글 줄기를 다듬고 책을 펴내도록 애써 주신 개미출판사의 최대순 님께 진심으로 감사들입니다.

2010년 초겨울
속리산 우복동 만각 김 남 룡

| 차례 |

1
사춘기

도련님의 첫사랑

1944년 5월 20일. 북국의 매서운 추위가 엊그제 같은데 어느새 초여름을 알리는 입하立夏가 지나면서 신록으로 뒤덮인 남산 참나무 숲에서 내뿜는 향기가 싱그럽기만 하다.

절벽같이 가파른 골짜기 사이를 폭포마냥 흐르던 물줄기가 겨우내 얼고 또 덧얼어서 커다란 흰 얼음기둥을 이루었다. 그 얼음덩어리가 점점 녹아내려 이제는 가느다란 흰 젓가락 같이 보인다.

내일 소만小滿을 지나 일주일이면 완전히 녹아 없어진다는데 바로 그때가 모심기 적기라고들 한다. 그래서인지 초산楚山에서는 제일 넓다는 오리정五里町 들판엔 농부들이 여기저기서 모심기 준비에 바쁘고, 옥수수, 조밭 김매기가 한창이다.

들판 한가운데는 읍내에서 앙토동央土洞 신도장新島場 방향으로 압록강 국경도로인 신작로 길이 나 있다. 개통한 지 얼마 안 되는 신작로는 자갈을 깔아 다진 길로 하루 버스 왕복 두 번, 그리고 화물트럭 서너 번 다니는 것이 고작이다.

학교 수업을 마친 수만은 친구들과의 토요일 만남을 취소하고 신나게 자전거 페달을 밟으며 신작로를 달렸다. 한시라도 빨리 개네를 만나기 위해서다.

지금 수만의 머리에는 개네로 꽉 차 있다.

조금 전 총검술 교련시간에는 고하라 고쪼라는 일본인 조교가 "정신 차렷" 하고 기합을 넣으면서 목총으로 수만의 아랫배를 찔렀을 때도 개네 생각만 하고 있었다.

페달을 밟을 때마다 목총에 찔린 오른쪽 아랫배가 뜨끔거렸지만 그래도 힘차게 페달을 밟았다.

신도장 훨씬 못 미쳐 오른쪽 앙토동 골짜기에는 개천이 흐르고 개천을 거슬러 길이 나 있다. 골짜기 어귀에 있는 비슬나무 고목 아래를 지나 조금만 가면 왼쪽에 그리 높지 않은 매봉이 있고 그 아래에 수만네 집이 있다. 안채, 사랑채, 바깥채로 어우러진 아담한 기와집이다. 할아버지께서 공들여 지은 집이다.

수만은 집으로 들어가는 길목에서는 언제나 자전거에서 내려 걸어 들어갔다.

오늘도 자전거를 끌고 막 집으로 들어가려는데 오른쪽 샘물가에서 물동이를 이고 집 앞마당 쪽으로 앞서 가는 처녀 아이가 보였다.

'아, 개네다. 개네로구나!'

수만은 가슴이 두근거렸다. 소리를 내지 않으려고 먼발치서 조심스럽게 개네를 뒤따랐다.

얼마나 보고 싶었는데, 정말 보고 싶었던 개네를 보게 된 것이다.

이제 열여섯 살된 수만은 예전에는 미처 느끼지 못했던 개네에 대한 그리움 같은 애틋한 감정이 몸 속에서 꿈틀거렸다.

10개월 전만 해도 어린티를 벗지 못했는데 이제 열다섯 살이 된 개네는 뒷모습만 봐도 키도 크고 몸매도 처녀티가 나는 것 같았다.

머리는 여전히 길게 땋아 내렸지만 댕기는 묶지 않았다. 몸에 꼭 끼게 덧대서 기워 입은 삼배적삼에 검은색 무명 통치마 차림은 작년 여름 그대로였다.

발걸음을 옮길 때마다 출렁거리며 흐르는 물방울을 연방 왼손으로 털어내며 무거운 물동이를 이고 미투리 초신 신발에 힘겹게 걸어가는 개네가 너무도 애처로워 보였다.

몇 발짝 못 가서 개네는 누가 뒤에서 따라오고 있다는 것을 느꼈는지 등을 뒤로 한 채 한 발짝 오른쪽으로 물러서며 멈추어 섰다. 수만은 개네가 너무 힘들어하는 것 같아서 "개네, 오랜 만이야. 미안해." 하면서 빠른 걸음으로 지나갔다.

수만은 안뜰에 들어서자마자 모자와 배낭을 벗어던지고 각반도 풀지 않은 채 물지게와 초롱을 들고 샘터로 내달았다.

샘터에는 개네가 먼저 와서 물동이를 내려놓고 있었다.

"바가지 이리 줘."

수만은 다짜고짜 개네로부터 바가지를 빼앗아 들고 물동이를 저만치 미루어 놓았다. 그리고 초롱에다 물을 푸기 시작했다. 개네는 수만의 느닷없는 행동에 어이가 없는지 한 발 물러서서 뒤돌아섰다.

수만은 물 초롱에 물을 퍼 담으면서 개네를 슬쩍 쳐다보았지만 그녀는 여전히 등을 돌리고 있었다.

수만은 두 개의 초롱에 물을 가득히 채운 후 바가지를 손에 든 채 물지게를 지고 일어섰다.

"저기 바가지……."

개네가 기어드는 목소리로 말을 했지만 그는 들은 척도 안하고 자리를 떴다.

수만은 바깥채에 사는 개네의 언니 센네네 집 부엌 물독에다 물을 부었다. 그리고 다시 샘터에 가서는 멍 하게 서 있는 개네를 향해 소리쳤다.

"아기가 울어. 아기를 봐야지."

개네는 마지못해 빈 물동이를 들고 집으로 되돌아갔다.

수만은 물 한 지게를 더 길어다가 센네네 물독에 물을 가득 채운 후 안채 그의 집 물독에도 세 번 더 길어 물을 가득히 채웠다.

수만은 키도 어른만큼 컸고, 철봉, 아령 등으로 달련된 남다른 체격 조건을 갖추고 있었으나 물 다섯 지게를 긴고 나자 땀이 온몸에 배었다. 그래도 그는 오랜만에 그녀를 만났고 또 적으나마 그녀를 위해 무엇인가 했다는 기쁨에 힘들 줄을 몰랐다.

해가 길어졌다고는 하나 앙토동 산골짜기는 저녁 일곱 시가 지나면

해가 산마루를 넘고 서서히 어둠이 깔리기 시작한다.

저녁을 먹고 난 수만은 혹시 개네를 만날 수 있을까 해서 앞마당으로 나갔다. 맑은 하늘에 별이 총총하게 빛나고 있었다. 때마침 그녀도 아기를 안고 마당에 나와 별을 쳐다보고 있었다.

수만은 개네에게 가까이 다가갔다.

"개네, 오랜만이야. 많이 보고 싶었는데……."

그러나 그녀는 등을 돌린 채 아무런 대꾸를 하지 않았다.

"작년에는 내가 잘못 했어. 너의 마음을 아프게 해서 정말 미안해. 다시는 그들과는 어울리지 않을 거야. 개네 이해해 줘. 나는 누가 뭐래도 개네 너만을 생각하고 있어. 나를 꼭 믿어 줘 알았지?"

수만은 다정한 어조로 애원하듯 그녀를 달랬다.

그러자 개네는 뒤돌아서서 수만을 쳐다보았다. 말은 안해도 그녀는 수만의 마음을 잘 알고 있었다. 개네도 수만을 보고 싶었던 것이다.

수만은 어스름 별빛에 그녀의 눈이 촉촉이 젖어 있는 것을 보았다.

개네는 울고 있었다. 그녀는 수만의 순진하고 착한 마음을 믿고 있다. 어린 나이에도 개네는 수만이라면 무엇이든지…… 하고 다짐했던 때도 있었다.

그런데 작년 여름 방학 때 수만네 집에 놀러 온 학교 여자 친구들이 개네를 두고 놀려대는데 충격을 받고 그 길로 이찬골 그녀의 집으로 돌아가서 10개월 동안 모습을 보이질 않았었다.

그래서 수만은 개네를 달래려고 토요일이나 일요일이면 여러 번 이찬골을 찾아갔지만 그때마다 바깥에서 일을 하던 그녀는 집 안으로 들어가서 문을 꼭 잠그고 만나주질 않았다.

그런 그녀가 지금 수만의 눈 앞에 서 있는 것이다.

아무 말도 없이 그를 한참 쳐다보던 개네는 무슨 생각이 났는지 다시 등을 돌리고 아기를 힘주어 안은 채 대문 안으로 들어갔다. 수만은 재빨리 개네를 향해 나지막히 말했다.

"개네야, 들어가지마. 개네야……!"

이 모습을 개네의 언니 센네가 창문 사이로 내다보고 있었다.

개네의 언니 센네는 어렸을 때부터 친남매와 같이 허물없이 지내던 그들이 점점 커가면서 서로 남자와 여자라는 이성간의 감정이 싹 트고 있다는 것을 느끼고 있었다.

센네는 누구보다도 수만을 잘 안다. 그러나 그를 믿으면서도 가까이하기에는 너무도 벅찬 신분의 차이 때문에 일말의 불안감을 떨칠수가 없었다.

수만은 부잣집 아들로서 압록강변 초산이라는 두메산골에서 살았다. 그의 아버지 형제들은 모두 일본 도쿄에 유학하여 대학을 나온 사람들이고 그도 중학교 4학년으로 공부 잘하고 장래에 크게 될 사람이라고 평판이 나 있는 도련님으로 알려져 있었다.

더욱이 그의 아버지는 광산을 한다면서 주로 서울에서 살았고 고향에는 일 년에 한두 번 오기도 힘들었다. 그런데다 그의 형 수동이도 정범 할아버지께서 농사일 잘하라고 장가보냈지만 시골 색시가 싫다고 집을 나간 지 1년이 되었다.

수만의 형수는 시집에 오지 못한 채 친정집에서 수동이 돌아오기를 기다리고 있었다. 반면 개네 집은 수만네 집 소작인이나 다름없는 가난한 처지였고 개네는 소학교도 못 다녔다. 이를테면 수만은 안방 도 련님이고 그녀는 하녀나 다름없는 신분이었다.

그래서 셴네는 그가 지금은 어린 나이에 철없이 개네를 좋아하지만 나이 들고 출세하면 다른 여자들을 만나면서 개네가 버림받고 불행해 질까봐 수만과 가까워지는 것을 경계하고 있는 것이다.

다음날 수만은 학교에서 돌아와 보니 셴네 집 물독에 물이 가득 차 있었다. 개네가 수만이 오기 전에 물을 길어다 둔 탓이다.

개네는 그만 나타나면 등을 돌리고 피하는 모습이 역력했다.

초저녁에 수만은 혹시나 해서 앞마당에 나갔더니 개네의 언니 셴네 가 기다리고 있었다는 듯이 조용히 다가왔다.

"수만, 좀 볼까."

그녀는 다정스런 말로 천천히 말을 이었다.

"네 마음 잘 알겠는데 우리 개네는 아직 어려서 아무것도 모르고 너는 지금 한창 공부할 나이야. 그런데 요즘 개네가 너 땜에 몹시 힘 들어하고 있는 것 같아. 아마 너도 잘 알거야. 개네를 정말 생각한다 면 마음속으로 생각하고 당분간은 그냥 내버려뒀으면 좋겠어. 또 등 돌리고 이찬골로 가버리면 더 나쁘지, 그렇지? 우리 수만이 정말 착 하지."

그녀는 수만을 타이르듯 했으나 그는 오히려 강한 어조로 대꾸했 다.

"나는 이담에 커서 꼭 개네한데 장가갈 거야. 우리 아버지처럼 안 지낼 거야 . 절대 안 그럴 거야. 두고 보면 알거야."

어린 그는 아버지가 주로 서울에서 작은집을 두고 살면서 어머니를 멀리하고 돈 잘 쓰는 부자라고 소문났는데도 어머니를 고생시키는 것을 잘 보아온 터였다.

센네는 수만의 머리를 쓰다듬어 주면서 의지에 찬 표정으로 말했다.

"언젠가는 수만이 뜻대로 되는 날이 꼭 올 거야. 그날이 오도록 힘써야지 알았지?"

이렇게 센네는 그를 다독거리며 마음속으로 수만의 다짐이 흐트러지지 않았으면 하고 바랬다.

하녀의 순정

개네의 이름은 리李 개녀(佳:착할 개, 女:계집 녀)이다. 이 고장에서는 처녀處女를 '체네'라고 부르는 것과 같은 뜻으로 개녀佳女를 개네라고 부르고 언니 센네도 선녀(善:착할 선, 女:계집 녀)이지만 센네라고 불렀다.

그들의 이름은 모두 김金 수만秀萬의 정범貞範 할아버지께서 착한 여자가 되라는 뜻으로 지어주었다.

정범 할아버지는 조선조 말기인 1869년 초산 운해천동雲海川洞 압록강변에서 그리 넉넉하지 못한 자작농의 둘째아들로 태어났다.

그는 일찍부터 한정된 농지 때문에 자신에게 돌아올 경작지가 없을 것을 깨닫게 되자 그는 새로운 땅을 개척하기 위해 주변 일대를 두루

살피고 찾아다녔다.

　그러던 중 운해천 상류지역이며 앙토동 신도장 근처 초산천楚山川이 압록강에 유입하는 바로 아래쪽 하말下沫이라는 곳을 물색하게 되었다.

　정범 할아버지는 압록강의 물이 초산천과 합류하는 이곳에서부터 북쪽인 만주쪽으로 흐르고 있다는 사실을 알게 되었고 땅 모양과 물 흐름으로 보아 이 상태가 계속될 것으로 내다보았다. 그래서 즉시 개간에 들어간 것이다.

　그곳은 압록강이라는 큰 물줄기의 흐름이 멀어지면서 생긴 약 3만여 평의 퇴적지대를 갈기만 하면 되었다. 잡초도 많지않고 돌 하나 없는 비옥한 땅이라 큰 힘 안들이고 자작으로 첫해에 다른 농경지의 배가 넘는 수확을 보았다.

　이를 바탕으로 정범 할아버지는 초산천 주변의 파약구석, 성맥이, 상평 등 앙토동 하양리 일대의 농경지를 차례차례 사들여 소작을 주고 또 사들이고 해서 1910년 한일합방 당시에는 인근에 소문난 큰 부자가 되었다.

　집안에서는 아들 딸 3남매를 모두 평양과 서울을 거쳐 일본 도쿄에 있는 명문대학에 유학을 보낼 수 있었다.

　그 무렵 앙토동 상단리에서 한방 의술로 침, 뜸을 놓으며 약간의 토지를 장만하여 자작농으로 생계를 유지해오던 리창호 노인의 큰아들 거진은 기생집에 드나들고 사기도박을 하다가 빚을 크게 지고 형무소를 가게 되었다.

　다급한 리 노인은 정범 할아버지를 찾아와 땅을 맡기고 큰아들을 구해 냈다. 그리고 작은아들과 가족들을 살게 해 줄 것을 부탁하고 얼마 후 사망했다.

그후 거진은 수만네 땅에서 몇 년간 농사를 지었으나 농사일이 하기 싫어 만주로 이민 가고 작은아들 항진의 가족들은 수만네 바깥채에서 살게 되었다.

리항진은 큰딸 센네를 낳고 그 아래로 3년 터울로 병식, 병훈, 개네 등 4남매를 두었다.

수만네는 하양리와 상평에 소작준 땅 이외에 집 주위에 텃밭 약 6천여 평이 있는데 그중 집 오른쪽 2천여 평은 정범 할아버지가 직접 경작하고 왼쪽 4천 평은 소작료 없이 개네 아버지가 별채에 살면서 농사짓기로 했다.

밭을 가는 소 두 마리는 수만네 것으로 개네네는 수만네 2천여 평의 밭갈이 일과 땔나무 장만 그리고 집안 허드렛일을 도와주고 있었다.

수만은 센네가 아홉 살 되던 해 태어났고 1929년 그해 정범 할아버지는 환갑을 맞이했다.

정범 할아버지는 기사己巳생으로 같은 뱀띠 해에 태어난 손자 수만을 무척 사랑했다.

정범 할아버지는 손자만은 외지에 유학을 보내지 않고 농사일을 열심히 해서 힘들게 일구어 놓은 이 터를 지켜주기를 바라는 마음이었다.

수만의 어머니는 초산면장 큰딸로 태어나서 농사일은 별로 하지 못하고 명주, 무명, 삼배나이 등의 길쌈과 재봉틀 바느질로 가족들의 옷가지를 챙겨주고 있었다.

수만은 나면서부터 주로 센네가 봐 주었다. 그리고 1년 후 개네가 태어나면서 어린 것들을 봐 주는 일은 센네 몫이 되었다.

1년 먼저 태어난 수만은 자신만 봐 주던 센네가 개네를 안아 주는 것을 보고 때로는 심술을 부리기도 했다. 점점 커가면서 센네 몰래 개네를 꼬집기도 하고 치마를 걷어 올려 궁둥이를 만지기도 했다. 그때마다 개네는 엉엉 울면서 센네한테 고자질을 했다.

"언니! 수만이레 날 자꾸 꼬집어."

센네는 그럴 때마다 빙긋이 웃으면서 아주 다정한 목소리로 타이르곤 했다.

"수만이 그러면 안 돼요. 이담에 커서 장가 못 가요."

그러나 수만은 자라면서 다른 아이들이 개네를 괴롭히면 가차없이 때려주고 또 힘에 부쳐 얻어맞으면서도 개네를 감싸고 보호했다. 그리고 설날 같은 때 어른들로부터 받은 세뱃돈을 개네에게 나누어 주곤 했다. 또 어른들이 개네랑 여자 아이들 있는데서 농담삼아 "이담에 커서 누구한테 장가갈래?" 하고 물으면 서슴없이 개네를 가르키곤 했다.

개네 역시 수만과 함께 자라면서 항상 자신에게 마음써 주는 그를 오빠같이 생각하고 좋아했다.

센네는 열세 살 호기심 많은 사춘기에 접어들면서 수만이가 자기 옆에서 세상 모르고 잠잘 때에는 슬며시 그의 사타구니에 손을 넣고 만지곤 했다. 그러다 고추가 꿈틀대면 센네는 이상한 흥분을 느끼고 수만을 꼭 껴안고 얼굴을 비비대기도 했다. 이렇게 수만과 개네는 갓난아기 때부터 셴네 손에 같이 키워졌다.

어느덧 수만의 나이 여섯 살 되던 해에 인숙 누나와 그리고 개네 오빠인 병식, 병훈과 함께 상단리 광대골 어귀에 있는 개량숙改良塾 서당엘 다니게 되면서 어린 때의 개네와는 사이가 멀어지기 시작했다.

개량숙에선 천자문 한자와 함께 당시 보통학교(后에 소학교로 고침) 1, 2학년 과정의 국어(일본어), 조선어, 산수 등을 가르쳤다.

개량숙 1학년 과정을 끝낸 수만은 읍내 보통학교에 입학했는데 병훈과는 1학년 같은 반이 되고 인숙 누나는 2학년, 2학년 과정을 이수한 병식은 3학년에 편입했다.

1학년 같은 반에는 수만의 나이보다 4~5세 더 많은 아동들도 있었는데 공부 성적은 그는 언제나 일등을 도맡아 했다.

그렇게 개네 가족이 수만네 바깥채에 살면서 수만네의 농사일과 집안 허드렛일을 도와주며 살았는데 개네 아버지는 나이가 들면서 일하는 것이 점점 힘들어지고 있었다. 그런데다 개네 오빠 병식과 병훈은 아직 어려서 일할 나이가 되지 않았다.

개네 아버지는 셴네가 열다섯 살 때 우창준이라는 데릴사위를 얻어 농사일을 돕도록 하였다.

우창준은 어릴 때 부모를 잃고 고아로 자랐다. 아주 건장한 일꾼으로 마음씨도 착했는데 다음해인 셴네 나이 열여섯 살 때 결혼식을 올림으로써 정식으로 사위가 되었다.

정범 할아버지는 개네 아버지 항진에게 큰딸 센네는 바깥채에 살게 하고 항진은 가족들을 데리고 옛날 그들이 살던 상단리 끝 쪽의 이찬골로 이사를 하도록 했다.

이찬골에는 약간의 텃밭과 화전 3천여 평의 땅이 있는데 그 땅은 처음엔 개네 할아버지의 땅이었다. 빚을 갚느라 정범 할아버지에게 팔아넘긴 것을 큰아들 거진이 농사짓다가 만주로 이사를 갔기 때문에 이찬골 옆의 땔나무 임야를 관리하는 대가로 다른 사람에게 빌려주었던 땅이다.

개네 가족이 이사를 감으로 그들은 멀리 떨어져 살게 되었다.

1년 후 센네가 아기를 낳고 농사일이 바빠지면서 여덟 살 개네가 아기도 보고 수만의 집안일을 돕기 위해 언니네 집에 와서 여름을 나게 되었다.

이같이 농번기 때에는 개네는 주로 언니네 집에 와 있으면서 아기를 봐주고 한편으로는 언니 대신 수만 어머니의 허드렛일을 거들기도 했다.

수만의 어머니는 그 전부터도 개네를 귀여워했었는데 개네가 점점 커 가면서 일을 돕게 되자 명주, 무명나이 그리고 삼베, 길쌈 일과 재봉틀 바느질도 가르쳐 주었다.

그 당시 미제 싱거 재봉틀은 초산에서는 몇 대 없을 정도로 아주 귀했다. 영리하고 부지런한 개네는 열심히 일을 배우고 짧은 시간에 재봉틀 일도 잘 익혀나갔다.

그렇게 수만의 어머니와 개네는 함께 일을 하면서 정이 깊어 가자 그의 어머니는 장차 개네를 작은며느리로 삼았으면 하는 생각도 가끔

해 봤다.

개네는 나이는 어리지만 부엌살림 그릇들을 깨끗하게 닦고 제자리에 놓이도록 정리정돈을 알뜰하게 하는 등 매사를 깔끔하고 짜임새 있게 정리하는 솜씨가 어른 못지않았다.

예절도 밝았다. 식사 할 때도 어머니께서 한 가족이나 다름없으니 할아버지와 수만이랑 옆에서 같이 밥을 먹자고 해도 혼자서 따로 부엌에서 먹곤 했다. 어른들께 물건을 건네주고 받을 때는 정면으로 쳐다보는 일이 없고 언제나 옆으로 약간 고개를 숙이고 두 손으로 물건을 공손히 들이거나 받아가고 함부로 큰 소리를 내며 시시덕거리는 일도 없다. 누가 가르쳐서 하는 것이 아니라 타고난 성품이 그러했다.

정범 할아버지 역시 가까이에서 개네의 사람됨을 유심히 눈여겨보면서 이름난 집안 규수보다는 차라리 개네를 손자며느리로 삼으면 집안일을 잘 꾸려 나갈 것 같은 생각을 했다.

개네도 처음에는 수염이 난 정범 할아버지를 무서워 했는데 시간이 지나면서 정범 할아버지를 따르고 가까이 지내게 됐다.

개네는 할아버지가 외출하고 없는 날 수만의 방에 들어가서 흩어진 책상을 정리하고 그의 소지품을 호기심있게 만져보고 가슴에 갔다 대보곤 했다. 어린 개네도 왠지 수만이가 좋았던 것이다.

수만은 점점 커가면서 개네에 대한 어릴 때 장난기는 없어지고 동생같이 대했다. 가끔 어른들이 용돈을 주면 옷핀이나 머리핀 그리고 알사탕 같은 것을 사서 개네 손에 쥐어주곤 했다.

그러면 개네는 그를 안방 도련님같이 생각하고 어렵게 지내다가도 어느 순간 좋아하며 오라버니라고 가까이 지내면서 정이 두터워 지고 있었다.

기울어지는 가세

1937년. 수만의 나이 아홉 살 때인 동짓달에 정범 할아버지께서 69세의 나이로 돌아 가셨다.

지난여름 독립군에게 자금을 대 주었다고 누군가가 밀고를 해서 일본 헌병대에 끌려가 혹독한 고문을 받고 나온 뒤 심장병을 앓다가 돌아가시게 된 것이다.

정범 할아버지는 1924년에도 독립군에게 자금을 대 주었다는 혐의로 모진 고문을 받고 오랜 동안 알아 누웠었다고 한다. 그 후로 힘든 농사일을 할 수 없었다.

청나라가 멸망한 후 그 당시 국경지대인 압록강 건너 남만주일대는 무정부 상태로 장작림 같은 군벌과 그 아래 조직인 무장한 마적들이 세력을 다투는 가운데 일본군이 점령하여 세력을 확장해나가는 무법지대였다.

이 지역을 근거로 독립군들이 압록강을 건너 수시로 들락거리면서 일본 경찰 주재소 등을 습격하곤 했다.

그리고 돈이 많다고 소문난 집에 들려 자금을 강요하기도 했다. 그중에는 독립군을 가장한 강도들도 많았다.

그래서 이 고장 여유 있는 사람들은 일본관헌과 독립군 사이에서 시달림을 받게 되고 살기가 항상 불안했다. 그중에는 정감록鄭鑑錄 비결 같은 것을 믿고 멀리 남쪽 경상도나 충청도로 이사 가는 사람들도 있었다.

그런데 1931년 만주사변이 일어나고 만주에 일본군에 의해 괴뢰 정권이 들어서면서 한동안 잠잠했었는데 뜻밖에 독립군이 또 나타난 것이다.

정범 할아버지가 돌아갔을 때 수만의 아버지와 작은아버지 그리고 강계江界 사는 고모들이 와서 장례를 치렀다.

정범 할아버지의 유해는 유언에 따라 처음 개척한 땅, 압록강변 하말 뒷산 언덕에 모셨다. 그리고 고인의 유지대로 많은 금액을 초산농업학교를 설립하는데 써달라고 기부했다.

정범 할아버지께서는 산골 부잣집 아들들이 외지 도시로 나가 중학교를 다니면서 성년이 되자 평양, 서울 등 화려한 도시 여자들에게 빠져 바람을 피우고 또 공부 좀 했다고 해서 농사일 할 생각은 안하고 사업을 한다면서 돈만 뜯어가고 고향에 돌아와서 살기를 거부하는 행태를 개탄해 왔었다.

그리하여 정범 할아버지는 고향에서 농사를 짓고 조상이 물려준 터전을 지키기 위해서는 향토 인재를 양성하는 농업학교가 필요하다고 생각한 것이다.

아직 나이는 어리지만 누구보다도 정범 할아버지의 사랑과 가르침을 받고 자란 수만의 슬픔이 컸다.

1939년 압록강 삭주朔州에 수풍水豊 댐이 건설되면서 정범 할아버지가 개척한 하말은 물론 파약구석, 성맥이, 상평 등 하양리 초산천 하류 주변의 농토 거의 전부가 수몰지로 예정되고 이에 대한 보상금이 나왔다.

이때 수만의 아버지와 작은아버지가 와서 모두 받아갔는데 그 돈으로 아버지는 금광에 더 투자하고 작은아버지는 서울에서 살 집을 장만했다.

1941년 소학교를 졸업한 수만은 할아버지가 많은 재산을 기부해 설립한 초산농업학교에 입학했다.

졸업반 담임선생이나 주위에서는 월등한 성적으로 졸업한 수만의 장래를 생각해서 평양이나 서울의 명문 중학교에 보내야 한다고 권했다. 그러나 아버지는 아들이 서울로 오는 것을 달갑게 생각지 않았다.

수만은 할아버지의 뜻에 따라 시골 농업학교에서 농사짓는 방법을 배워 할아버지가 이루어 놓은 농토와 집을 지키기로 마음먹었다. 그리고 열심히 공부하면서 농업 기술을 익혀나가기로 했다.

1942년 여름 할머니도 오랜 병고 끝에 돌아 가셨다. 수만의 아버지와 작은아버지도 다녀갔다. 그 무렵 집 나갔던 형도 집에 와 있었는데 수몰된 땅 보상금을 나누어 주지 않는다고 아버지께 불평을 해댔다.

수동 형이 왔다는 소식을 듣고 형수가 들어오자 그해 추수한 것을 몽땅 팔아가지고 또 집을 나갔다. 그러자 형수도 친정으로 돌아갔다.

수만의 어머니는 집이 너무 적적하고 일이 힘들어지게 되자 읍내에서 막노동으로 힘들게 지내는 친정 사촌 동생인 경증네 내외를 사랑채에 들이도록 했다. 이토록 수만네 집은 정범 할아버지가 돌아가신 후부터 점점 어려워지고 가세가 기울어지고 있었다.

오르지 못할 나무, 오라버니

1943년 7월. 여름방학 어느 날이었다. 수만은 개네와 함께 샘터 가래나무 그늘에서 모처럼 둘만의 한가한 시간을 갖는 기회가 있었다. 그해 수만의 나이 15세, 농업학교 3학년. 개네는 14세 때였다.

수만은 개네에게 주려고 찰싸리나무를 가늘게 쪼개서 나물을 캐서 담는 바구니를 만들었고 개네는 삼을 삼고 있었다.

수만네 집 텃밭 끝에서는 옛날부터 겨울에도 얼지 않고 여름에는 얼음같이 시원한 맑은 샘물이 솟아오르는 것으로 이름나 있었다.

정범 할아버지는 텃밭을 구입하면서부터 샘물 주위를 정비하였다. 샘물이 솟아나는 곳에 둥글게 돌담을 쌓고 그 위에 넓은 반석을 올려놓아 그 아래 공간에 김치그릇 따위를 들여놓을 수 있어 냉장고 구실을 하도록 하였다.

바닥에 고은 자갈을 깔고 바가지로 물을 퍼 긷기 편하도록 큰 디딤돌들을 놓았다. 그리고 주위에는 오동나무, 가래나무를 심어 그늘지게 하였다.

샘물이 흘러내려가는 물길 양쪽에 돌담을 쌓아 아래쪽에는 아낙네들이 목욕할 수 있도록 돌을 깔고 주위에는 안을 들여다 볼 수 없도록 한 자가 넘는 겨릅대로 발을 엮어서 울타리를 하였다.

농한기 여름철에는 많은 사람들이 시원한 샘물과 가래나무 그늘을 찾아 들어 동네 쉼터가 되었다. 남자들은 미투리 초신 또는 다랑이 같은 일감을, 여자들은 길쌈 일감을 들고 모여들곤 하였다.

수만과 개네는 이렇게 나이 들면서 단 둘이 만날 기회는 좀처럼 없었다.

수만은 약간 등을 반쯤 돌리고 삼 곱이 한 줄기를 입에 물고 가늘게 찢어 실 같이 가는 오리를 만들며 이어가는 개네의 옆모습이 너무도 아름답게 보였다.

흰 피부는 아니지만 그렇다고 검지도 않는 약간 구리색 같은 건강한 피부색에 균형 있는 몸매, 그리고 삼배 적삼 사이로 보이는 부풀어진 앞가슴, 개네의 모습을 이렇게 가까이서 넋을 잃고 한참 쳐다보기는 처음이었다. 그리고 예전에는 미쳐 느껴보지 못했던 야릇한 감정이 솟아올랐다.

개네는 그가 바구니를 엮다 말고 자신의 옆모습을 유심히 훔쳐보는 것을 눈치 채고 얼굴이 빨개지면서 기어드는 목소리로 "오라버니는……" 하고 얼굴을 붉히면서 눈을 흘기듯 쳐다보고는 등을 돌렸다.

개네는 어렸을 적에는 수만이라고 부르고 막말도 했지만 차차 철이 들고 사춘기가 되면서 오라버니라 부르면서부터는 왠지 수줍어지고 그를 마주 볼 수가 없었다.

그래도 너무나 좋았다. 그와 이처럼 한자리에 같이 있다니 이것이 꿈인가 싶었다. 오래도록 같이 있고 싶었다.

그런데 모처럼의 달콤한 시간을 빼앗는 훼방꾼들이 들이 닥쳤다.

읍내에서 수만과 소학교 때 같은 반이었던 세 명의 여학생들이다.

이들은 읍내에서 잘 알려진 공무원 또는 회사원 그리고 큰 상점 집 딸들로서 이웃 강계 또는 도청 소재지 신의주 등에서 여학교를 다니는 여자 동창들이다.

그들은 여름방학이라 수만과 같이 놀기 위해 찾아온 것이다.

그 중 정효숙은 소학교 다닐 때부터 수만을 무척 좋아하고 적극적으로 접근했었다. 그의 아버지 정진삼도 수만을 훗날 사윗감으로 점찍고 있었다.

그래서 읍내에서는 그들이 장차 결혼할 사이라는 말들이 공공연하게 나돌았다. 물론 개네나 개네네 집에서는 모르는 일이었다.

수만은 갑자기 찾아온 방문객에 당황했다. 그 중 한 친구가 수만을 보고 개네를 가리키며 놀려댔다.

"쟨 누구니? 왜 너랑 같이 있니. 수상 하구나."

그러자 수만은 조용하게 개네에게 말했다.

"개네, 너는 들어가 있어. 학교 동창들이야."

"뭐, 개네? 이름 한번 우습구나. 개네야 너 개에서 나왔니."

한 친구가 빈정대며 말하자 다들 깔깔 웃어댔다.

수만은 그 말에 도저히 참을 수 없다는 표정으로 얼굴을 붉히며 버럭 화를 냈다.

"너희들 왜 왔어. 놀러왔으면 조용히 놀다가지 왜 사람을 무시해. 너희들이야 말로 개만도 못해. 너희들 하고는 안 놀아! 돌아가!"

그러자 효숙은 그가 몹시 화가 나 있으므로 나서서 개네에게 사과하고 수만이의 마음을 달래 주었다.

효숙은 수만보다 한 살 위로 16살이다. 소학교 때부터 한 살 아래지만 수만에게 관심이 많았던 터라 그의 고지식하고 순진한 마음을 잘 알고 있었다.

그녀는 수만의 비위를 건들지 않으려고 조심스럽게 빌다시피 그에게 사과했다.

"미안해, 정말 미안해……우리가 잘못했어."

개네는 그녀가 사과하는 모습을 보고는 옥수수밭 속으로 뛰어 들어갔다. 그리고 너무나 슬퍼서 흐느끼며 울었다.

남들과 같이 학교 문 밖에도 못 가본 자신이 한스러워 한참을 울었다.

그러나 그녀는 이내 흐르던 눈물을 옷소매로 찍어내고 마음을 가다듬었다.

그 언젠가 언니 센네가 수만과의 사이를 걱정하던 말들이 생각났다.

그들은 개네와는 달리 희고 고운 얼굴들, 그리고 늘씬한 키에 양장 차림의 세련된 모습, 개네는 수만의 여학생 친구들과 자기 스스로를 비교하면서 센네 언니가 걱정하던 뜻을 이제 알 것만 같았다.

아무래도 수만 오라버니에게는 나 아닌 저 여자 친구들이 잘 어울리는 것 같이 보였다.

못 오를 나무는 쳐다보지도 말라는 말이 생각났다. 좋아하는 수만 오라버니가 나에게는 오르지도 못하고 쳐다보지도 못할 나무란 말인가. 이런 생각이 들자 다시 흐느끼기 시작했다.

그때 옥수수밭을 헤치고 그가 다가왔다. 그는 눈물을 흘리고 있는 개네의 손을 잡고 위로의 말을 했다.

"개네, 미안해. 걔들 다 보내고 왔어. 걔들 나의 학교 친구일 뿐이
야. 그냥 놀러 온 것뿐이야. 정말이야."

그러나 개네의 마음은 좀처럼 가라앉질 않았다. 개네는 수만의 손
을 냉정하게 뿌리치고 옥수수밭을 뛰어나가자 수만은 개네를 소리쳐
불렀는데도 뒤돌아보지않고 도망치듯 내달렸다.

여간해서 삐치거나 화를 내는 일이 없었던 개네의 뒷모습을 보고
수만은 너무도 어이가 없었다.

열다섯 살 수만으로서는 개네가 저토록 화를 내면서까지 피하는 이
유를 이해하기 어려웠다.

개네의 갈등

개네는 어른들한테는 아무런 내색은 하지 않았지만 속마음은 너무
나 아프고 서러웠다. 개네는 언니 센네에게만 몸이 아프다고 핑계대
고 이찬골 집으로 돌아갔다.

다음날 수만은 이찬골을 찾아갔지만 밭에서 일하던 개네는 쳐다보
지도 않고 집 안으로 들어가 버렸다. 그가 문을 두드리며 사정을 해도
문을 꼭 잠그고 만나 주지를 않았다.

그때 개네 어머니가 밭일을 하다말고 놀란 표정으로 뛰어 왔다.

"아니, 도련님이 웬일이에요. 어떻게 여기까지 왔어요?"

개네 아버지와 어머니는 그가 어렸을 적에는 수만이라고 이름을 불

렀지만 그가 차차 성장하면서 중학생이 되자 이름 다음에 '도련님'
이라는 호칭을 붙여서 불렀다.

수만은 개네 어머니에게 깍듯이 머리를 숙여 인사드리고 전후사정
얘기를 했다.

"아 그래요?"

개네 어머니는 서둘러 방문을 두드렸다.

"야, 개네야 문 열어! 도련님이 멀리서 오셨다. 뭘 그런 걸 가지고
그러니. 빨리 문 열어!"

큰 소리로 다그치며 문고리를 잡아당겼지만 안에서는 아무런 반응
이 없었다.

"개네야!"

다시 불렀지만 대답이 없었다.

개네 어머니는 수만에게 웃음 띤 얼굴로 말을 이었다.

"도련님, 아마 개네가 화가 단단히 난 모양입니다. 며칠 지나면 괜
찮을 거예요. 제가 잘 얘기 할 테니까 그만 가보시라요."

개네 어머니는 그렇게 말은 했지만 미안하다는 표정이었다.

수만은 개네 어머니에게 다시 한 번 깍듯이 인사를 하고 발길을 돌
렸다.

개네는 먼 길을 찾아와 서성대며 안절부절못하는 그를 문틈으로 보
고는 안쓰러운 마음이 일어나 만나 줄까 말까 하는 갈등이 일어났다.

결국 만나주지 않았지만 그가 맥없이 뒤돌아서 멀어져 가는 모습이
너무나도 안타까웠다.

개네는 시간이 흐르면서 그에 대한 마음 깊숙한 곳에서 참을 수 없

는 그리움 같은 것이 자꾸 솟아오르는 것을 떨칠 수가 없었다.

　수만의 집에는 정효숙이 와서 그를 기다리고 있었다. 효숙은 어제 일에 대해 사과도 하고 그와 개네 사이가 궁금해서 알아보기도 할 겸 찾아온 것이다.

　초산 읍내가 친정인 수만 어머니와 그녀의 어머니는 어렸을 때부터 한 동네 친구 사이로 자랐다.

　그녀의 어머니가 시집가서 수만이 보다 1년 먼저 효숙을 낳고, 수만의 어머니와는 두 아이들을 데리고 자주 만났는데 그들이 서로 안고 노는 것을 보고는 우리 서로 사돈 삼자고 농담을 할 정도로 가까이 지냈었다.

　수만의 나이 일곱 살, 효숙이 여덟 살 때 같이 보통학교(소학교)엘 입학했는데 그들은 남녀공학 반인 죽竹반에 배당되어 한 반이 되었다.

　3학년이 되었을 때 마쯔모도松本 라는 일본 여자 담임선생이 있었다. 좀 엄격하고 꽤 까다로운 성격의 마쯔모도 선생은 한창 장난기 많고 호기심 많은 아동들을 위해 성교육 차원에서 그랬는지는 모르겠으나 남녀 한 쌍이 한 책상을 같이 쓰도록 하였다.

　책상은 본래 2인용으로 두 개의 작은 의자에 나란히 앉아 같이 쓸 수 있도록 되어 있었는데 우연하게도 수만과 효숙은 한 책상을 쓰게 되었다.

　그러자 다른 여자 아이들은 공부 잘하고 부잣집 아들인 수만과 한 짝이 되기를 은근히 바랐는데 그들이 한 짝이 되자 다들 부러운 눈치였다.

학교에 입학하면서부터 수만은 반에서 제일 어린 나이지만 학교 성적은 월등하였다. 1학년 때부터 3학년까지는 내내 1등을 내 줘 본 적이 없었다. 그리고 글씨와 그림도 잘 그려서 언제나 교실 뒤 벽에다 붙여 지곤 했다. 그래서인지 남자 친구들 간에도 인기가 좋았지만 특히 여자 아이들이 수만을 좋아했다.

반장 선출 때도 선생님이 누굴 반장으로 하면 좋겠느냐고 물으면 여자 아이들 전부가 손을 들고 수만을 쳐다보며 큰 소리로 대답했다.

"킹슈망가 이이데스(김수만이가 좋습니다)."

수만은 반에서 제일 어린 나이지만 여자 아이들 덕분에 3년 내리 반장을 했다.

효숙은 얼굴도 예뻤지만 성격이 적극적인 면도 있었다. 다른 아이들에게 수만이는 내 짝이니까 넘보지 말라고 엄포를 놓고 또 다른 아이들이 그에게 접근하는 것을 엄하게 가로막았다. 그리고 살가운 면도 있어 남몰래 그의 연필을 깎아주고 책상을 깨끗이 닦아주곤 했다. 점심시간에는 도시락 반찬을 수만의 도시락 위에다 올려주고 그가 맛있게 먹는 모습을 보고 좋아 하기도 했다.

5학년에 올라오면서 겨울이 되자 효숙은 수예시간에 털실 뜨개질로 장갑을 만들어 수만의 손에 끼워주었다.

그즈음 수만은 교실이 몹시 추워 장작 난롯불을 쬐려고 자리다툼이 자주 일어났는데 언제나 먼저 난로 옆에 자라잡고 있다가 효숙에게 자리를 내주곤 하였다.

이런 모습을 보고 친구들이 놀려 대면 수만은 얼굴을 붉히고 말을 못하는데 효숙은 큰 소리로 그들에게 말했다.

"내래 수만이 좋아한다. 나 보다 더 수만이 좋아하는 사람 나와 봐. 어찌 할 거야!"

효숙은 수만을 내 것 마냥 챙겼지만 수줍음을 많이 타는 그는 효숙을 마음속으로 좋아하면서도 효숙이를 언제나 누나같이 대했다.

그런데 소학교를 졸업한 효숙은 강계江界여자중학교에 가게 되면서부터 수만을 챙기는 일이 멀어졌다.

일 년에 두 번 여름, 겨울방학 때라야 수만을 만날 기회가 있었는데 산골 초산보다는 인구도 많고 모든 것이 발달된 도시 강계에서 중학생이 되어 여러 친구들을 만나다보니 자연스럽게 멀어지게 된 것이다.

그런 수만을 찾아 친구들과 모처럼 놀려고 왔다가 그와 같이 있던 개네를 보고 이상한 생각이 들어 다시 찾아온 것이다.

효숙은 이미 수만의 어머니로부터 개네에 대한 자세한 얘기를 듣고 그의 마음이 어떤지 궁금해서 기다리고 있었다.

수만은 효숙이 앞에서는 좋아하면서도 언제나 쑥스러워하고 얼굴을 붉히고 수줍어했다.

수만은 개네와는 갓난아기 때부터 같이 자라면서 좋아했으며, 그런데다 학교 문 앞에도 못 가 본 개네가 놀림을 당하자 화가 났었고 그런 개네가 우는 모습이 너무 안쓰럽게 보였다고 말했다.

효숙은 그간 수만을 좀 더 가깝게 지내지 못한 탓이라고 생각했다. 그리고 아직은 어린 나이로 개네를 좋아하지만 개네는 집안과 여러 환경조건으로 봐서 수만이와는 결혼 상대가 안 될 것으로 보였다. 그렇게 생각하자 어느 정도 안심이 되어 집으로 돌아갔다.

　그로부터 10개월 후 개네는 언니 센네가 둘째를 낳고 농번기가 되자 그들을 도와야 하기 때문에 언니네 집으로 내려왔다.
　마음속으로는 수만을 만난다는 바람이 더 컸던 것이다. 그리고 오랜만에 그를 다시 만났다.
　이제 그들은 서로가 지난날의 남매 사이 같은 감정이 아니라 남자와 여자라는 이성간의 만남 같은 애틋한 감정이 점점 깊어만 가고 있었다.
　개네는 그가 다가오는 순간 한없이 눈물이 나왔다. 개네는 너무나 보고 싶었던 수만을 만났고 그로부터 따뜻한 말을 듣자 왈칵 안기고 싶은 충동까지 느끼기도 했다.
　그러나 개네는 오르지 못할 나무로 보이는 수만이가 다가오자 마음속으로 "안 돼! 안 돼!" 스스로를 다짐하고 울면서 등을 돌렸던 것이다.

늙은 군대

　그 무렵 일본은 만주사변에 이어 1937년 중국 본토를 침략하고 점령지역에 괴뢰정권을 세운 후 1941년 12월엔 하와이 미국 태평양 기지를 기습하여 제2차 세계대전을 일으키면서 인적 물적 모든 자원을 전쟁하는데 총동원하는 총력전에 돌입했다.

일본은 전쟁 초기 승승장구하면서 "갓따조 닛뽕 단지떼 갓따조. 베이에이 이마코소 게끼메쯔다(일본이 이겼다. 단연코 이겼다. 미·영 이번에야 격멸됐다)."라는 군가를 부르며 큰 소리치고 전승 축하행진을 했는데 1943년부터 전세가 밀리기 시작하면서 패색이 짙어가고 있었다.

일본 본토가 폭격으로 쑥밭이 되고 서울도 곧 폭격될 것이라는 말들이 나돌면서 서울 주민에게 소개령이 내렸겼다.

전쟁에 불필요하다 하여 금광사업을 폐쇄 당하고 식량배급제가 실시되자 수만의 아버지는 더 이상 서울에 머물 수가 없었다. 그렇게되자 홍현숙이라는 여자와 함께 정범 할아버지께서 독립군 출몰 때 피난용으로 마련한 읍내 향교 앞에 있는 집으로 이사왔다.

수만의 형 수동이도 징병소집령을 받고 본적지인 앙토동 집으로 돌아와 있다가 출정했다. 개네의 큰오빠 병식도 징병으로 군에 입대했다.

5년제에서 4년제로 바뀐 초산농업학교에서는 군사 교련시간을 늘리는 대신 영어 과목은 거의 없어지고 말았다.

'일일월화수목금금(토·일요일은 없다는 뜻)'이라는 노래와 구호를 외치게 하면서 토요일 방과 후 또는 일요일에는 근로봉사라는 이름으로 방공호파기, 군사시설 공사와 관련된 도로공사, 군사용 송진기름을 짜내기 위해 소나무 뿌리캐기에도 동원되었다.

1945년 1월. 3학기 개학을 앞두고 수만은 학교의 추천으로 초산군청에 취직이 되고 초급 45원을 받게 됐다.

그 당시 주로 농어민과 무직자는 징용보국대에 끌려가야 했기 때문에 다들 부러워했다.

군청에서 하는 일은 상하 모두가 성전완수聖戰完遂 총력동원을 독려하는 일이었다.

그해 5월. 동맹국인 독일이 패망했는데도 일본인들은 계속해서 "가나라즈 가쯔(반드시 이긴다)." 라고 외치면서 국민총력동원을 부채질했다.

사실상 많은 사람들은 그해 8월에 접어들면서도 일본이 그렇게 쉽게 무너지리라고는 미처 생각지 못했던 것이 사실이다. 언론이 엄하게 통제되 있었기 때문이다.

1945년 8월 15일. 점심시간 좀 지나서였다. 수만은 직무상 물어볼 일이 있어서 상급기관인 신의주 도청에 전화를 걸었다.

"모시 모시.(여보세요)"

상대방으로부터 '모시 모시'가 아니고 우리말로 "여보세요." 하는 응답이 들려왔다.

그 당시 학교와 모든 기관에서는 국어(일본어) 상용이라 해서 일본말로만 대화했던 것이다.

수만은 이상하게 생각하며 다시 일본말로 용건을 말했더니 상대방은 격앙된 목소리로 말했다.

"여보시요, 그런 거 다 필요 없어졌어요. 이제 다 끝났어요."

그러면서 다시 말을 이었다.

"무조건 항복했어요. 무조건이요."

그러나 수만은 그 말이 잘 이해되질 않아 상관인 계장에게 전화를 바꾸어 주었다.

일본이 무조건 항복했다는 것이다. 일본 패망 소식을 들은 사무실 직원들은 뭐가 어떻게 될지 몰라 어수선했다.

얼마 후 일본인 내무과장과 계장이 들어 왔다. 그들은 이미 일본 패전 사실을 알았는지 오전 내내 모습이 보이질 않았었다. 내무과장은 자리에 앉자마자 흥분한 어조로 "구야시이. 겐시단니 야라레따. 구야시이데스네(분하다. 원자탄에 당했다. 분합니다요)." 라고 뇌까렸다. 사무실에 있던 한국 직원들은 무어라 말할 수 없어서 아무런 대꾸를 하지 않자 책상을 한번 꽝 치고는 자리에서 일어나 나갔다. 이것이 그들과의 마지막 장면이었다.

한국은 36년의 일제 쇠사슬에서 해방됐다. 거리마다 동해물과 백두산이……. 애국가가 울려 퍼지고 태극기가 나부꼈다.

징병·징용갔던 장정들이 돌아오고 공출되서 끌려가던 소가 돌아왔다. 하늘과 땅이 온통 함성의 도가니가 됐다.

수만의 아버지는 초산군 자치위원장으로 추대되고 일본인으로부터 행정권과 치안권을 인수받았다.

해방의 들뜬 분위기 속에서도 수만의 어머니는 마음이 불안했다. 징병 간 큰아들 수동이 돌아오지 않았기 때문이다.

얼마 후 개네 오빠 병식은 돌아왔는데 수동은 끝내 돌아오질 않았다.

남들은 해방이 됐다고 기뻐들 했지만 수만의 어머니는 마음이 상해서 그만 병석에 눕게 되었다.

8월 말경 초산읍에 소련군이 진주하면서 38선을 경계로 남북이 분단되었다는 사실을 처음 알게 되었다.

소련 주둔군 사령관 포칸체프 소령은 초산군민의 해방 축하 군중대회에 참석하여 "붉은 군대는 피를 흘리면서 일본군을 무찌르고 조선을 해방시켰다."고 자기 자랑을 하고 "조선에 '소비에트'식 질서를 설정하지 않고 인민들의 자유로운 창작과 생산 활동을 보장 한다." 라고 연설했다.

그러나 소련군정은 자치위원회를 임시정치위원회로 이름을 고치고 위원장과 치안대장은 친소적인 인물로 대체해 나갔다. 분위기는 점점 이상하게 돌아갔다. 수만의 아버지는 20일만에 자치위원장직에서 물러났다.

소련군정은 9월 21일, 군표(붉은 지폐)를 발행하고 그 당시 유통하고 있던 일제시대의 조선은행권과 동일하게 사용하도록 하였다.

소련 군인들은 시장에서 욕심나는 물건만 보면 군표를 주고 마구 사들였다. 특히 손목시계를 좋아했다. 그러나 많은 사람들은 군표를 기피하고 조선은행권은 장농 속에 깊이 들어가서 잘 나돌질 않았다.

얼마 후 공산당이 생겼는데 대부분이 돈푼이나 있는 집 자제들로 평양과 서울 그리고 일본 등에 유학했던 지식인들이 대거 공산당에 입당했다.

언제부터 배웠는지 마르크스 유물론을 토론하고 마르크스를 모르면 무식한 사람으로 취급했다. 동무라는 말들이 유행하기 시작했다. 남녀노소를 가리지 않고 '동무'라고 불렀다.

당시 공산당원들의 말에 의하면 조선공산당은 9월 11일 서울에서 박헌영이 창당, 총비서가 되었고 일국일당 원칙에 따라 북한에서는 평안남도 평양에 있는 현준혁이 공산당 북조선분국 책임비서가 되었다고 했다.

그는 지금의 서울대 전신인 경성제대京城帝大 출신으로 일제시대 공산당원으로 항일지하운동을 하다가 피검되어 대구형무소에 수감되었던 사람이라고 한다. 그런 그가 9월 28일 한낮에 암살되었다는 소식이 들렸다.

그후부터 '김일성 장군 만세' 라는 벽보가 나붙기 시작했다.

10월 말경 북조선 공산당 기관지 정로正路에는 '김일성의 본명은 김성주金成柱이고 나이는 34세, 평남 대동군 출생으로 소련군 대위출신' 이라는 내용과 10월 14일 평양 기림운동장에서 열린 '김일성장군환영대회' 기사가 사진과 함께 게재 되었다.

얼마 후 12월 17일, 북조선 공산당은 김일성이 책임비서가 되었다. 그때부터 온통 김일성 장군 애기뿐으로 "백두산 줄기줄기 피어린 자국……." 이라는 김일성 장군 노래를 부르게 하고 '김일성 장군 개선기' '인간 김일성 장군' 등의 책을 발간하여 학교 교과서처럼 읽게 했다.

얼마 뒤에 마르크스주의 유물사관을 선전하던 서울이나 일본 유학생 등 지식인들은 공산당에서 쫓겨났다.

수만은 어렸을 때부터 김일성 장군 애기는 많이 들었는데 우선 34세의 젊은 나이에 놀랐고 왜 해방이 된 지 두 달이 되어서야 나타났는지? 그리고 평양시민 환영대회에서 시민대표가 아닌 소련군 정치사령관이 김일성 장군을 '절세의 애국자' '항일독립운동의 영장' 등 특별한 찬사로 저토록 열을 내고 소개했을까? 잘 납득이 가질 않았다.

이러한 궁금증은 비록 수만뿐만 아니라 많은 사람들이 그렇게 느끼고 있었고 오랜 기간 계속되었으나 정답은 잘 나오질 않았다.

그리고 초산 사람으로 1925년 압록강 건너 고마령 전투에서 일본군과 싸우다가 장렬히 전사한 최항신 독립군 중대장 같은 분들에 대한 얘기는 일절 없는 것이 궁금했다.

그러나 어느 누구도 다른 독립군 얘기는 물론 김일성 장군에 대해 진짜다 가짜다 하는 얘기를 일절 할 수 없게 되고 분위기가 험하게 변하고 있었다.

그해 가을이 되면서 소련군은 일본시대에 강요에 못 이겨 농민들이 공출해서 비축한 양곡을 대형 트럭 20여 대를 동원해서 실어 냈다. 뿐만 아니라 공출되었다가 돌아온 소 육십여 마리까지도 몽땅 실어 갔다.

소련군은 군청에 비치된 장부를 보고 공출 양곡의 재고량과 도중에 돌아온 소까지도 세밀하게 파악하고 있었다.

말인즉 공출된 양곡과 가축은 조선 사람 것이 아닌 일본 정부의 것이고, 일본은 소련의 전쟁 당사국이기 때문에 소련은 전승국으로서 전리품을 챙긴다는 것이었다.

나중에 안 일이지만 어마어마하게 보였던 소련군 트럭에는 미국 G M C 표시가 되어 있었다.

이는 소련이 제2차대전 초기 독일군에 밀려 스탈린그라드와 수도 모스크바가 함락될 운명에 처했을 때 미국이 원조한 트럭이라고들 했다. 또 들리는 말에 의하면 압록강 수풍 발전소의 발전기도 뜯어 갔다고 했다.

적색혁명의 소용돌이

수만은 사랑방 책장에서 작은아버지가 일본 대학 시절 가져다가 소장했던 일본어판『소베에트 연방 편람』이라는 책과 역시 일본어 문고판으로 된 레닌의『제국주의론』을 읽었다.

편람에는 소련의 계급혁명 과정에서의 무자비한 숙청과 대학살 과정이 실려 있고 인접국에 대한 침공과 공산화정책으로 소비에트연방 공화국이 팽창하는 과정이 사진과 함께 소상하게 기록되어 있었다.

『제국주의론』은 수만의 학력으로서는 이해하기 어려웠지만 마르크스 경제론에 입각하여 인류사회는 원시공산사회 ― 봉건사회 ― 자본주의 사회 ― 사회주의 사회 ― 공산주의 사회로 필연적으로 발전하는데 몇몇 거대 자본주의 국가들이 약소국가를 침략하여 식민지화 하고 자본을 독점하는 제국주의 때문에 사회주의로 발전하는데 장애요소가 된다고 한다.

그래서 인류의 이상 사회인 공산주의 사회로 가려면 현 단계에서는 혁명을 일으켜 자본을 독점하는 제국주의를 타도하고 식민지를 해방시켜 사회주의 국가를 건설해야 하는데 사회주의 혁명에 성공한 소련의 지원하에서만이 가능하다는 내용으로 해석되었다.

당시 소련군정과 공산당은 북조선은 공산주의 혁명에 성공한 위대한 소련의 지원을 받기 때문에 소비에트식 계급혁명 과정없이 각계각층이 참여하는 성공적인 사회주의 사회로 발전할 수 있다고 선전하고 있었다.

그러나 수만은 우리나라도 소련식 공산화로 가는 계급혁명이 일어나고 있다고 생각되어 남들이 다들 부러워하는 군청 다니기를 그만두었다.

그후부터 작업복 형태의 바지저고리로 갈아입고 가을 추수일은 물론 소발구를 끌고 땔나무를 하고 두 마리 소먹이의 여물과 외양간 소똥치우기 등 센네네가 하던 일을 손수 맡아서 했다.

수만은 앞으로 살기 위해서는 농민계급 속으로 뛰어들어 기초군중화 해야 한다고 생각했다.

여기에는 스스로를 낮춰 개네와의 간격을 좁혀 보려는 생각도 있었다.

센네나 주위 사람들은 그가 왜 저럴까 하고 의아하게 생각했다.

그 당시 많은 젊은이들은 건국 초기 뭔가 한자리 해보려는 들뜬 마음으로 농사일을 제쳐놓고 보안대와 여러 정치단체에 뛰어들고 있는 분위기였다.

사랑채에서 살면서 수만네의 일을 돌봐 주던 경증 외삼촌도 읍내로 돌아가 보안대에 들어갔다.

수만의 어머니는 아들 수동이 생각 때문에 병석에 누워있었으나 많이 회복되었다.

그는 센네에게 어머니가 완전 회복될 때까지 개네가 와서 좀 봐줬으면 하고 부탁을 했다. 얼마 후 개네가 언니네 집에 와 있으면서 잠시 수만네 집안일을 돌보도록 하였다.

개네는 수만네 집안일을 다시 보게 된 것이 너무나 기뻤다. 수만을 위해서라면 뭐든지 하고 싶었던 참이었다.

한때 정효숙이라는 여학생 때문에 신경이 쓰였는데 시간이 흐르자 수만과 학교 동창일 뿐 아무런 관계가 없다는 것을 알게 되면서부터 이찬골까지 찾아와서 애원하던 그에게 너무 했다는 생각이 들었던 것이다.

그의 어머니도 외로운 참에 다른 사람보다 개네가 도와주는 것이 너무도 고맙고 한집 식구가 되어 살았으면 하는 생각을 떨칠 수가 없었다.

그해 가을에는 징병·징용갔다 돌아오는 사람들 외에도 만주 등지로 이주해 갔던 사람들도 많이 돌아왔다.

거진의 아들 병규도 가족을 거느리고 센네네 집으로 이사왔다. 그는 센네와 동갑인 26세로 그전에도 한두 번 다녀간 적은 있었지만 가족을 데리고 살려고 온 것은 20여 년 만이었다.

그간 만주에서 무엇을 했는지는 일절 말이 없어 어느 누구도 알 수가 없었다. 병규는 아버지가 일본놈한테 잡혀가서 돌아오지 않았다고 말할 뿐 그 이상은 말을 안했다.

1946년 새해가 되면서 사회 분위기는 더욱 복잡하게 얽혀지고 있었다. 사람들 생각이 소련 편과 미국 편 즉 좌·우로 갈라지기 시작한 것이다.

1945년 12월 28일, 모스크바 3상회의에서 한국에 대해 향후 5년간 신탁통치를 한다는 결정이 내리면서부터였다.

38선 이남에서는 신탁통치 찬성파와 반대파가 갈라져 격렬하게 싸운다지만 북한에서는 어느 누구도 내놓고 반탁이란 말을 할 수 없었다.

그때부터 '이승만·김구·김규식 타도하자'라는 벽보가 거리마다 나붙기 시작했다. 당시 많은 북한 사람들이 마음속으로 숭배하는 고당 조만식에 대한 얘기는 일절 입 밖에 내지 못했다.

1946년 2월 8일, 사실상 오늘의 북한정권의 모체가 되는 북조선임시인민위원회가 결성되고 김일성이 위원장이 되었다.

3월 5일, 토지개혁법이 발표되었다. 5정보(1만 5천 평)이상 지주의 농지를 무상으로 몰수하여 소작인에게 무상 분배한다는 내용이었다.

수만네는 당시 소유 토지가 5정보 미만이었음으로 직접 경작해온 2천여 평의 텃밭을 분배받았다.

3월 26일, 김일성 장군 20개 정강이 발표되고 6월 24일에는 노동법령, 6월 27일에는 농작물 수확고의 25~30%를 현물로 바치는 농업현물세에 관한 결정서가 발표되었다.

말이 25%이지 공명심에 날뛰는 행정관료들은 자기 구역에서 농산물이 더 많이 증산된 것처럼 상부에 보고하고 그 보고에 근거하여 현물세를 배정하였음으로 실제는 30% 이상으로 40%에 달하는 농가도 있었다. 그래서 농민들 중에는 소작할 때만도 못하다는 말들이 나왔다.

수만네 텃밭은 오래 전부터 정범 할아버지께서 특별히 소, 돼지, 닭 등 가축을 키우면서 퇴비를 많이 한 탓으로 다른 농지의 배 이상의 수확을 올렸고 25%를 내고도 많은 양의 양곡이 곳간에 쌓였다.

7월13일 남녀평등권법령, 8월 10일에는 중요산업 국유화법 등 사회주의 법률들이 북조선임시인민위원회 위원장 김일성 명의로 차례로 발표되었다.

이렇게 북한 전 지역이 사회주의로 향하는 토대를 다져가고 있었다.

관공서 건물과 사무실 또는 학교 교실 정면에는 소련의 스탈린 대원수와 함께 나란히 김일성 장군 사진 액자를 걸어 놓았다.

일제시대에 사무실 또는 교실마다 일본 천황폐하가 거주하는 궁성宮城 이중교二重橋 사진을 걸어 놓았던 그 자리에 걸어 놓았다.

각종 행사 때마다 연설 끝에는 반드시 "위대한 소련 붉은 군대 만세, 스탈린 대원수 만세, 김일성 장군 만세."로 끝을 맺었다.

11월 3일, 처음으로 선거가 실시되었다.

노동당이 주도하고 조선민주당, 천도교 청우당, 민청, 여맹, 기타 등 13개 정당, 사회단체로 구성된 조선민주주의민족통일전선(민전)에서 추천한 단일 후보에게 투표하되 찬성이면 투표 용지를 백색 투표함에, 반대는 흑색 투표함에 투표하는 선거방식이었다.

초산에서는 100% 투표에 100% 찬성표가 나왔다고 한다. 이렇게 해서 리 · 면 · 군 · 도 인민위원들이 당선되고 이들 대표로서 입법기관인 북조선인민회의가 구성됐다.

중국 연안에서 돌아온 김두봉이 인민회의 의장이 되고 내각격인 북조선인민위원회가 탄생했는데 김일성이 북조선인민위원장이 됨으로써 사실상 김일성을 수반으로 하는 북한 단독정부가 수립된 것이다. 그때부터 앙토동을 앙토리라 부르고 앙토리 인민위원회가 설치되었다.

그런데 이 무렵 중국에서는 모택동 공산군과 장개석 국부군 사이에 내전이 벌어지고 있었는데 압록강 건너 만주지방에서는 한때 8로군 (공산군)이 중앙군(국부군)에 밀려 1946년 12월경부터 8로군 일부 지휘부와 군부대들이 초산지역으로 후퇴하여 겨울을 나고 있었다. 압록강 건너에서는 연일 포성과 총성이 들렸다.

이때 호기심 많은 중학생이 압록강 신도장 근처에서 스케이팅을 하다가 압록강 중앙선을 넘어 국부군에 납치된 사건이 있었다.

아버지의 시베리아 유형

이런 분위기 속에 공산당과 소련군정에 불만이 많은 사람들은 마음의 동요가 일어나고 있었다.

무언가 좋은 소식이 있을까 하는 기대 속에 남쪽 방송을 듣기 위해 라디오 수신기가 있는 수만의 아버지 사랑방으로 모여들곤 하였다.

그리고 사람들을 통해 미·소 공동위원회 진행상황이나 남쪽에서 일어난 일들이 일파만파 퍼져나갔다. 결국 이러한 정황이 소련군정사령부에 보고되었다.

하루는 소련군과 보안서원이 수만네 아버지 향교 앞집에 들이닥쳐 가택수색을 하고 수만의 아버지를 연행해 갔다.

소련군은 처음 이곳에 진주하자마자 일본인 경찰 외에도 한국인 중에 과거 일본 경찰 간부를 지낸 사람, 대지주 등을 전범이나 마찬가지로 취급하고 시베리아 강제수용소로 압송한 일이 있었다.

수만의 아버지는 특별히 친일 한 것도 없고 대지주는 아니었으나 반소적인 인물들이 그의 주변에 모여들기 때문에 소련군정의 정책수행에 방해요소가 될 것으로 보고 연행, 수감한 것이다.

소식을 들은 수만은 보안서에 수감되어 있는 아버지 면회를 갔다. 감방 앞에는 보안서원과 함께 소련 경비병도 있었다.

아버지는 수만에게 걱정하는 표정으로 말을 했다.

"너한테 미안 하구나. 너는 어떻게든 살아야만 한다. 정 살기 힘들면 형기네 집을 찾아가 봐라."

이것이 그들 부자간의 마지막 대화였다. 그후 아버지는 시베리아 강제노동수용소로 유형 처분을 받았다.

수만은 앞이 캄캄해지는 것을 느꼈다. 아버지는 집에서 같이 살지는 않았지만 그래도 어린 나이에 아버지가 존재했기에 아무 걱정 없이 살아왔는데 정작 아버지가 없으면 어떻게 살 것인지 막막했다.

수만은 집에 돌아와 곰곰이 생각해 봤다. 아버지가 '정 살기 힘들면 형기네 집을 찾아 가보라'는 말은 38선 이남으로 월남하라는 뜻으로 해석되었다.

형기는 초산에서 태어났지만 서울 명륜동에서 살았는데 소학교, 중학교, 고등학교를 졸업한 후 일본 도쿄 공과대학에 진학한 그의 6촌 형 되는 사람이다.

얼마 후 아버지와 같이 지내던 홍현숙은 서울서 가져온 많은 짐을 앙토리 수만네 집에 맡기고 남쪽으로 간다며 떠났다.

그녀의 얘기로는 아버지께서는 미·소 공동위원회의 결과를 봐가면서 적당한 시기에 온 가족이 38선 이남으로 월남할 준비를 하고 있었다고 하였다.

북한에서는 혹시 있을 수도 있는 압록강 건너 국부군과의 밀거래를 막아야 한다는 이유로 압록강 국경일대에 경비초소를 설치하고 경비를 서게 했다.

앙토리는 보안서 분주소가 있는 신도장 외에 만주와 가장 근접한 거리에 있는 압록강변 하말 아래에 초소를 설치하고 민간인들로 하여금 순번으로 조를 짜서 야간경비를 보도록 하였다.

초소라야 바닥에 온돌을 놓고 볏집으로 지붕을 씌운 초막이었다. 수만이도 차례가 되면 장작 땔감을 짊어지고 초막에 들어가 온돌 아궁이에 불을 지피고 이웃 사람과 한 조가 되어 하룻밤을 보내곤 했는데 이와 같은 야간경비는 공산군의 반격에 밀려 국부군이 패퇴한 후까지도 계속되었다.

1947년 봄이 되면서 하말 경비초소 맞은편 석추자石楸子에서는 한때 장개석 국부군을 환영하고 편들었던 수많은 사람들을 인민재판에 회부하여 반역죄로 몽둥이로 쳐서 학살하고 있었다.

밤이면 횃불을 들고 구호를 외치는 군중들 소리와 아— 아— 하며 단말마의 비명을 지르는 소리가 경비초소까지 들려왔다.

수만은 그 소리를 들으면서 공산주의 혁명의 무자비성에 두려움을 느끼고 치가 떨렸다. 들려오는 말에 의하면 강 건너 작은 동리인 석추자에서만 여덟 명이 몽둥이에 맞아죽었다고 한다. 그리고 그 시신은 그냥 야산에 방치해서 까마귀, 까치밥이 되게 하였다고 한다.

그 무렵부터 초산에서는 군중집회가 잦아지고 그때마다 '김일성 장군 만세!' '반동분자 타도하자' 라는 구호들이 한층 요란해졌다. 학습회나 독보회에서도 열성분자들에 의해 압록강 건너 숙청을 예를 들며 투쟁을 선동하고 말끝마다 '반동분자 때려죽이자' 라는 소름끼치는 구호들이 반복되었다.

어느 날 수만은 몇 개월 만에 읍내에 들렸더니 학교 동창 등 알고 지내던 몇몇 사람들이 눈에 띄지 않았다. 다들 남쪽으로 가야 산다고 하면서 떠났다고 한다.

앞으로 다시 돌아올 것을 기대하고 혼자 간 사람도 있고 아예 한 가족이 함께 월남한 사람들도 있었다.

8·15 해방 직후에는 일제하에서 경찰을 했던 사람과 면사무소나 군청 직원 중에 징병·징용 및 농산물 공출에 관계되는 업무를 담당하고 독촉하던 공무원들이 보복이 두려워서 38선을 넘어갔다는 얘기는 들었지만 이렇게 많은 사람들이 월남할 줄은 몰랐다.

1946년 말까지는 남북간에 서신교환도 있었고 왕래가 비교적 자유로워서 읍내 5일장에는 남쪽 상품인 고무신이 눈에 띄고 다이아찐 같은 미제 의약품도 공공연하게 거래되고 있었다.

살아남으려면

초산읍 장날이었다. 수만은 개네에게 고무신을 사다 주려고 장엘 갔더니 장마당에는 소련군정 사령관 포칸체프 소령과 김수길 통역관이 시찰을 하고 있었다.

그를 본 김수길 통역관은 일요일 쉬는 날 그의 집에 꼭 들리라는 말을 하고 지나갔다.

김수길 통역관은 수만의 외가 쪽으로 6촌 형뻘쯤 되는 사람으로 어렸을 때부터 수만을 귀여워하고 잘 알고 지냈다.

일제시대에 만주 하얼빈에서 로어露語 강습소를 다녔으며 해방 후에는 평양에 있는 소련군 통역관 양성소를 나왔다. 그의 아버지는 독립운동을 했다는 혐의로 일제에 의해 옥고를 치르던 중 사망했으므로 출신성분도 좋았다.

소련군이 진주할 때의 초대 통역관은 한인 2세 소련 본토인이었는데 그가 다른 곳으로 전출되자 그 후임으로 그가 통역관을 맡게 된 것이다.

그 당시 소련군 사령관 통역관은 막강한 직책이었다.

절대권력을 휘두르는 소련군정의 시책을 하달하고 각 정당, 사회단체의 인적사항과 동태 등 극비사항들을 꿰차고 있기 때문에 군인민위원장. 공산당 군 당위원장, 그리고 보안서장들도 김수길 통역관에게 잘 봐 달라고 뇌물을 바치는 형편이었다.

그는 일본 고급 관리가 살던 저택에서 거주하고 있었다.

김수길은 수만에게 "너를 믿고 말하는 것이니 나와의 관계를 절대 비밀로 하라." 하고 그간 소련군정에 보고된 수만네 집에 관해서 알려주었다.

수만의 개인에 대해서는 그리 나쁘게 보고되지 않았다고 하면서 북조선에서 살려면 앞으로 민청(민주청년동맹)이나 농민동맹에 가입해서 독보회 같은데도 열심히 나가서 토론도 하고 열성분자가 되라고 가르쳐 주었다. 그리고 그가 있는 한 그리 걱정하지 말라고 했다.

그때 옆에 있던 초산군 여성동맹위원장인 수길의 여동생 정렬도 수만을 따뜻하게 대해 주었다.

수만은 어려운 가운데도 자신을 봐주는 배경이 있다고 생각하자 한 결 마음이 든든했다.

그후 수만은 까다로운 심사를 거쳐 민청에 가입하고 농민동맹에도 가입하여 열심히 활동했다. 주위 사람들은 지주계급 성분인 그가 민청에 가입하자 모두들 놀랐다.

그 당시 민청 앙토리 초급 단체에는 중학교를 졸업한 사람이 없었는데 그가 들어가면서부터 상급 단체인 면 또는 군 위원회로부터 토론수준이 높아졌다는 평가를 받았다.

그런데다 수만은 본래부터 남달리 글씨쓰기와 그림그리는 재주가 좋았으므로 집에 있는 그림물감과 여러 가지 색의 페인트와 붓으로 신작로 길가의 바위나 전신주, 가로수와 다리 난간 등에 예쁜 글씨체로 구호를 썼다. 그리고 김일성 초상화도 그려서 동네 어귀에 내 걸었다.

그 당시로서는 웬만해서는 구할 수 없는 페인트와 물감 재료로 그려진 것이다. 그러자 앙토리 동네의 분위기와 환경이 확 달라졌다.

면·군 민청 상급 단체에서는 앙토리 초급 단체를 모범 단체로 지정하고 또는 중앙 등의 상급 단체에서 지도원을 내려보내면 앙토리로 보냈다.

앙토리 초급 단체에서는 수만네 집에서 숙식을 제공토록 하고 독보회를 참관케 했다. 독보회에는 앙토리 당 세포위원장과 인민위원장도 참석했다.

상급 단체 지도원은 다른 시골 리·동에서는 좀처럼 볼 수 없었던 환경과 열성적이고 수준 높은 토론에 경탄하고 시찰결과를 좋게 보고 하였다. 그후에도 민청뿐만 아니라 농민동맹, 여성동맹의 상급 단체 지도원도 앙토리로 내려보내곤 했다.

토론 내용은 주로 김일성 사상과 교시, 5개년 신탁통치의 당위성 그리고 미·소 공동위원회에서의 소련측 주장의 정당성을 이론적으로 잘 정리해서 발표하는 것이었다.

그렇게 수만은 민청에서 능력 있는 열성 일꾼으로 인정되고 군 동맹에서는 큰 행사가 있을 때마다 그를 조직 또는 선전·선동 지도원으로 활동하도록 하였다.

선생님과 제자

한편 만주에서 살다가 센네네 윗방으로 이사 온 리병규는 공산당에 입당하고 싶었지만 심사가 까다로워 입당할 엄두를 못 내고 있었는데 중국에서 오랜 동안 살다가 온 것을 계기로 중국 연안파 김두봉이 조직한 독립동맹에 들어갔다가 1946년 3월 30일 신민당이 창당되면서 신민당원이 됐다.

그리고 그해 8월 30일 신민당과 공산당이 합당하여 북조선노동당이 되면서 자연스럽게 당원이 된 것이다.

통화중학교를 다닌 병규는 아는 것도 많았고 수단도 좋았다. 단시일 내에 열성당원으로 인정받으면서 3개월 후에는 북조선노동당 앙토리 당 세포위원장이 되었다.

센네네 집에 있으면서 처음에는 눈에 보이지 않게 수만의 비위를 캐고 약점을 잡으려고 했던 것이 시간이 지나면서 점점 노골화되어 갔다.

센네가 병규에게 개네와 수만의 혼인 얘기를 하면 얼굴을 붉히며 지주 반동분자네 집에 왜 시집보내느냐며 기를 쓰고 반대했다.

병규는 학습 토론회 또는 리 인민위원회 주간 행사 때에도 트집을 잡곤 했다. 주위 사람들은 의아하게 생각하고 그가 너무한다고 뒤에서 말들이 많았다.

리에서는 당 세포위원장하면 다들 두려워하는 막강한 권세를 휘두르기 때문에 병규 앞에 서는 어느 누구도 바른 말을 하지 못했다.

1946년 11월부터 겨울 농한기에는 동리마다 공민반이라는 우리말 야간수업이 시작되었는데 대상은 주로 학교를 다니지 못한 문맹 부녀자들로 앙토리에서는 수만이가 선생으로 선임되었다.

이때도 병규가 나서서 수만의 출생성분이 나쁘다고 반대했다. 반대를 위한 반대였다. 그렇다면 누굴 시킬까 하고 반문하면 대답이 없었다.

수만은 일제시대에 개량숙 서당과 소학교에서 3학년까지 조선어를 배우고 춘향전, 심청전 같은 소설책을 읽었다. 그 당시 또래의 젊은 사람들 중 그만큼 우리나라 글을 아는 사람도 드물었다.

공민반은 수만네 집 비어 있는 사랑채에 차려졌다. 그의 집에는 일제시대 야학을 가르칠 때부터 쓰던 흑판과 백묵이 준비되어 있었음으로 따로 돈을 드릴 필요가 없었다.

공민반에는 약 20명의 부녀자들이 모여 성황을 이루었는데 센네네 집에 와 있으면서 수만네 집안일을 돕던 개네도 야간에는 공민반에 다니면서 열심히 공부를 했다.

이처럼 그들은 전생에 무슨 인연이라도 있었는지 다시 가까이서 만나게 되고 그로서는 신이 나서 가르쳤다.

대부분의 부녀자들은 저녁을 먹은 후 심심풀이로 글공부나 할 겸 나 왔지만 진지하게 수업을 듣는 개네의 초롱초롱한 눈빛은 다른 부녀자들과는 확실히 달랐고 진도 또한 눈에 띄게 빨랐다.

다음날 학습이 시작되기 전 수만은 개네를 따로 만나 일본제 공책 몇 권과 미쓰비시三菱(일본 재벌급 회사 이름)제 연필 한 다스를 주었다.

그 공책과 연필은 그가 소학교 다닐 때 일본 도쿄 유학갔던 작은아버지와 고모가 사다 준 것으로 우리나라에서는 좀처럼 볼 수 없는 고급 문구 제품이었다.

개네는 남의 눈에 띄지 않게 조심스럽게 꼬박꼬박 필기를 해나갔다. 이렇게 공민반은 다음해인 1947년 3월 초까지 계속됐고 초등학교과정을 거의 마쳤다.

그리고 수료식이 있었는데 그 자리에는 리 인민위원장, 당 세포위원장, 보안서 분주소장과 여성동맹, 농민동맹, 민청 등의 대표들이 참석했다.

차례에 따라 개네가 '김일성 장군님께 드리는 감사문'을 낭독했는데 낭랑한 목소리로 또박또박 읽어 내려갔다.

문장은 수만이 작성하고 그녀가 직접 썼는데 참석자들은 의외의 성과에 다들 놀랐고 특히 그들에 대해 칭찬을 아끼지 않았다.

수료식이 끝난 후 리 인민위원장이 감사문을 상부에 보고하겠다며 가져갔는데 며칠 후 개네에 대해 군 인민위원장 명의의 표창장이 내려졌다.

수만은 공민반 수료식이 끝난 어느 날 저녁때 그녀에게 주려고 '심청전'과 '춘향전' 책 두 권을 들고 앞마당엘 나갔더니 그녀가 먼저 나와 있었다.

"선생님."

그녀가 낮은 목소리로 불렀다.

그리고 무엇인가 작은 헝겊 보자기에 싼 것을 그의 손에 쥐어 주고 돌아서려고 했다.

"잠깐."

그는 재빨리 개네의 손목을 잡았다.

그녀는 예전과 달리 손을 빼지 않고 손목이 잡힌 채 그를 쳐다봤다.

그는 개네가 예전과는 많이 달라졌다는 것을 느끼고 다정하게 대하면서 책 두 권을 건네주고 시간 나는 대로 읽어 보라고 했다.

"선생님 고맙습니다."

그녀는 깍듯이 인사를 하고 돌아섰다.

개네가 그에게 쥐어준 것은 찰수숫가루를 반죽해서 만든 부침떡이었다.

그 당시 앙토리 대부분의 사람들은 하루 세 끼 강냉이밥이나 죽으로 간신히 끼니를 때우는 형편이었는데 찰수수 부침떡은 특별히 별미로 만든 것이다. 그리고 거기에는 또렷하게 써 있는 쪽지가 들어 있었다.

'선생님, 저에게 글을 가르쳐 주어서 정말 감사합니다. 영원히 선생님으로 모시겠습니다.'

그녀는 공민반에서 글공부를 하면서부터 그를 선생님이라고 불렀다.

개네는 평소 마음속 깊이 존경하고 남몰래 애타게 그리워했던 그가 일자무식인 자신에게 자상하게 글을 깨우치게 해 준 것이 너무도 고마웠다.

그전에는 안채 도련님 또는 오라버니로서 사모해왔는데 이제부터는 선생님이라 부르고 따르는 것이 더 편할 것 같았다.

수만은 그녀가 주고 간 따뜻한 찰수수 부침떡 보자기를 가슴에 품고 한동안 그곳에 서 있었다.

글을 읽고 쓸 줄 알게 된 그녀는 그가 주고 간 심청전과 춘향전을 밤을 새며 읽었다.

앞 못 보는 아버지를 위해 공양미 삼백 석을 받기로 하고 바다에 뛰어든 효녀 심청이 이야기며, 이몽룡을 기다리다가 권세 높은 사또에게 수청들기를 거부하고 옥에 갇인 성춘향의 이야기에 깊은 감동을 느낀 그녀는 책을 가슴에 안고 그를 생각하며 잠이 들곤 했다.

그들은 성숙해 가면서 어렸을 때와는 다르게 서로의 감정을 표면으로 나타내고 있었다.

글을 깨우치게 된 개네는 민청과 여성동맹에 가입하고 낮에는 일하고 일주일에 한 번씩 저녁 독보회에 나가서 신문도 읽고 토론도 했다.

짧은 시간에 분위기에 적응하고 많은 사람들과도 잘 사귀었다. 그러자 주위 사람들이 18세가 된 그녀를 보고 언제 시집갈래? 중신 설까? 하고 농담반 진담반 나서는 사람들도 있었다. 이토록 그녀의 인기가 하루가 다르게 좋아지고 있었다.

4촌 오빠 병규는 그가 잘 아는 보안대원에게 개네를 시집보내려고 적극적으로 나섰다. 수만과의 사이를 떼어놓기 위해서였다.

그러나 그녀의 언니 센네는 병규의 속셈을 훤히 알고 이에 응하질 않았다. 그녀의 아버지, 어머니도 병규의 말을 그리 달갑게 받아드리지 않고 있었다. 개네도 공부도 더 해야 하고 활동도 해야 하니 내버려 달라고 거절했다. 그녀의 식구들은 진작부터 수만을 신랑감으로 생각하고 있었고 그 마음은 변함이 없었다.

그해 1947년 11월 말경이었다. 수만은 김수길 통역관으로부터 급히 만나자는 연락을 받고 저녁 늦게 읍내 그의 집으로 찾아갔다.

그는 수만에게 곧 화폐개혁이 실시되는데 현재 통용되고 있는 군표나 조선은행권은 못쓰게 되니 바꿀 돈만 남기고 몽땅 물건을 사라는 것이었다.

그동안 수만네는 만일을 생각해서 아버지가 남겨둔 조선은행권과 그간 조, 강냉이 등 곡물을 팔아서 모아 둔 현금이 있었다. 그는 다음 날 소발구를 끌고 읍내 소비조합으로 가서 물건을 사들였다.

소비조합은 생산자로부터 직접 구입하여 소비자에게 싸게 공급하는 정부 판매점이지만 구입 가격이 저렴하여 납품하는 사람이 적었고 품질이 나빠 이용하는 고객이 드물어 재고가 쌓여 있었다.

소비조합 대표 최도홍 그와는 군청에 있을 때부터 친하게 지냈던 사람으로 항일 독립군 중대장으로 고마령 전투에서 전사한 최항신의 손자이다.

그는 수만이가 물건을 사 가는 이유를 눈치챘는지 히죽히죽 웃으며 물건들을 찾아서 잘 챙겨 주었다.

그해 12월 1일, 화폐개혁 발표가 있었다.

구 화폐 군표 100원과 일제시대에 발행한 조선은행권 100원을 북조선 중앙은행 신권 화폐 1원의 비율로 교환하되 1인당 신권 화폐 700원, 1가구당 2,000원까지 교환하고 나머지 금액은 전액 은행에 예치한다는 내용이었다.

물론 구 화폐는 그날부터 사용이 금지되었다.

농촌 사람들은 바꿀 돈이 없어 별 문제가 없지만 장사하던 상인들은 큰 타격을 받게 되었다. 그러나 눈치 빠른 상인들은 바꿀 돈 없는 사람들을 찾아서 얼마씩 주기로 하고 바꾼 사람들도 있었다. 그후 교환하고 남은 예치금은 일절 되돌려 주지 않았다.

수만은 김 통역관이 일러준 대로 여분의 식량과 홍현숙이 두고 간 짐들을 이찬골 개네의 집과 센네네 집에 분산해서 옮겼다. 그중에는 미제 싱거 재봉틀과 축음기 등이 있었다.

아니나 다를까, 며칠 후 소련군과 내무서원들이 의심나는 집을 골라 집 안과 헛간을 뒤졌다. 시장에 식량과 상품이 나돌지 않았기 때문이다.

수만네는 괜찮았지만 곡식과 포목 등 생필품을 많이 가지고 있었던 사람들은 매점 매석 행위 죄로 연행되어 끌려가고 물건들은 몽땅 압수당했다.

수만은 소련군정이 발행한 군표 금액이 얼마나 되는지는 모르겠지만 소련군 병사들이 시장에서 일반 상품이나, 잘 살던 사람들이 생활이 어려워져 내다 파는 손목시계와 고급 옷, 그리고 축음기, 재봉틀, 자전거 등 생활용품을 돈을 아끼지 않고 마구 사들이는 것을 보았다. 그래서 화폐 가치가 떨어지고 물건 값들이 많이 올랐었다.

결국 소련군은 군표 발행 금액만큼 북조선 사람들의 물건 즉 재산을 소련으로 가져간 거나 다름없다고 생각되었다.

그는 집 안과 헛간을 수색당하고 세상 돌아가는 것을 보고는 너무 섬뜩하여 앞으로 또 어떤 일이 벌어질 것만 같은 불안감 속에 하루하루를 보냈다.

비련의 여인 정효숙

화폐개혁으로 많은 사람들은 살아가기가 더욱 힘들게 되었다. 그중에도 소상인들의 어려움이 극심하였다. 상품이 없어 유통이 안 되는데다 모았던 돈마저 하루아침에 휴지 조각이 되었기 때문이다.

며칠 후 저녁때 정효숙의 아버지 진삼 씨가 수만을 찾아왔다. 살기가 어려워졌다는 얘기를 하고 딸 효숙과 결혼해 주었으면 하였다.

세상이 많이 달라졌다고는 하지만 효숙이 오래 전부터 수만을 좋아했고 결혼했으면 한다고 했다. 그녀의 아버지 역시 수만이가 사위되기를 바라고 있다고 하였다.

한때 수만의 아버지도 효숙을 며느릿감으로 점찍고 있었고 효숙의 아버지를 만나면 농담 반 진담 반으로 사돈하고 부르기도 하였다.

그럴 때마다 수만은 자신의 속마음을 털어놓았다.

"지금은 형편이 어려운데다 언제 숙청을 당할 지 몰라 장가갈 형편이 못됩니다. 학교 다닐 때부터 누나처럼 서로 좋아했던 사이지만 지금은 시국이 달라졌고 힘든 농사일 같은 건 전혀 해보지 못한 효숙이가 우리집에 와서 힘든 일 하는 것을 저로서는 도저히 볼 수 없습니다."

그리고 효숙이가 다른데 시집가더라도 좀 더 편하게 살아야 자신의 마음도 편할 거라고 말하였다.

그녀의 아버지는 수만의 말을 듣고 고개를 끄떡이면서 효숙이가 수만을 한 번 봤으면 한다고 말하고 자리에서 일어섰다.

눈이 내리는 추운 날씨였다. 그는 쓸쓸히 돌아가려는 효숙의 아버지를 소발구에 모시고 그의 집으로 향했다. 수만은 달구지에 식량에 보태라고 강냉이 한 가마와 좁쌀 한 말도 실었다.

남문 밖 점포들은 전부 문이 닫혀 있고 등불이 꺼져서 어두컴컴하였다. 효숙이네 가게도 문이 닫혀 있었다.

안채 효숙이네 집에는 그녀의 어머니와 남동생 문택이 있었는데 효숙이 어머니가 건넌방을 향해 효숙을 불렀다.

"애야, 수만이가 왔다. 나와 봐라."

그러나 아무 대답이 없었다.

"제가 가보겠습니다."

옆에 있던 그가 건넌방으로 들어갔다.

그녀는 자리에 누워 있다가 잠옷 차림으로 일어나 수만을 쳐다보며 미소 띤 얼굴로 말했다.

"왔어."

수만은 자리에 앉으며 걱정된 표정으로 물었다.

"누나, 어디 아파?"

"그래, 수만이 너 보고 싶어서 아팠다. 이제 널 보니까 아픔이 삭 가셨구나."

효숙은 수만을 보자 거침없이 너스레를 떨었다.

그녀는 수만에게 한때 학교 때문에 멀리 떨어져 있었지만 수만을 한 번도 잊어 본 적이 없었고 지금도 그 마음은 변하지 않았으며 앞으로도 변하지 않을 거라했다. 또 어떤 어려움도 극복할 각오가 돼 있으니 결혼해 달라고 간절하게 말을 했다. 그리고 지금 보안대 간부라는 자가 중매쟁이를 내세워 자신과 결혼하려고 위협하고 있는데 마음 약한 아버지는 그 결혼을 뿌리칠 수가 없다고 했다.

그녀는 곱고 흰 피부에다 예쁜 얼굴 그리고 늘씬한 몸매로 어디 내놔도 빠지지 않는 미인이다. 그래서 많은 남자들이 그녀의 뒤를 쫓아다니며 청혼을 하였다.

그러나 그녀는 나이 들면서 여러 남자와도 사귀어 보았으나 소학교 다닐 때부터 쳐다볼수록 수만의 때묻지 않고 순진한 마음과 열심히 일하는 모습에 이끌려서 잊을 수가 없었던 것이다.

그런 그녀가 수만에 대해 미안하게 생각하고 후회하는 것은 초산을 떠나 강계여자중학교를 다닐 때부터 좀 소홀했고 졸업하고 나서도 강계 변두리 소학교 교사로 취직되면서 그를 잠시 잊고 있었던 것이다. 또 8·15 해방 직후 여름방학 때 초산소학교 동창회에서 수만을 잠깐 만나보고서도 별 말없이 강계로 돌아간 후 아무런 연락없이 지냈던 것을 깊이 후회하고 있는 것이다.

그녀가 교사로 재직하고 있는 학교에서는 교사들 간에 이념적 다툼으로 패가 갈려 싸우다가 교실 난로를 걷어차고 학교가 선소하는 사건이 일어났는데 주모자 중 한 교사가 효숙과 친하다고 해서 교사직을 해직당하게 되었던 것이다.

효숙은 지금에 와서 그를 볼 낯이 없을 정도로 죄책감에 싸여 있었다.

그러나 그녀는 수만의 수줍고 순진한 마음을 너무나 잘 알고 있었다. 무슨 수단을 써서라도 그를 내 것으로 만들어야겠다고 생각하고 아버지더러 수만을 데리고 오라고 했던 것이다.

효숙은 수만이 앞으로 가까이 다가앉으면서 그의 손목을 꼭 잡고 울먹이면서 말했다.

"수만이, 난 너 없인 못 살아. 나 하구 결혼 해줘."

갑자기 그녀는 수만을 껴안으며 더욱 울먹였다.

"난 죽어도 너 안 놓을 거야."

그녀는 양팔에 더욱 힘을 주고 입술을 그의 입술과 얼굴에 비벼대며 몸부림을 쳤다.

"여기서 이러면 안 돼."

효숙의 행동에 놀란 수만은 그녀에게서 빠져나오려고 하자 그녀의 팔은 더욱 조여왔다.

"갈려면 날 죽이고 가. 난 죽어도 너 안 놔줘."

그녀는 더 바짝 힘을 주고 수만을 이불 속으로 끌어 들였다. 순간 수만은 이 자리에서 효숙의 말을 안 들어 주면 그녀가 정말 죽을 것 같다는 생각이 들었다.

효숙은 일단 일만 저질러 놓으면 순진한 그는 절대 자신을 버리지 못할 거라고 생각하고 이 기회를 놓치지 않으려고 안간힘으로 그를 끌어 드리고 있었다.

수만의 가슴에 부드러운 그녀의 유방이 와 닿았고 그녀는 거의 알몸을 드러 내놓고 있었다.

수만은 생전 처음 이상한 감정을 느끼고 온몸이 흥분이 되어 화끈하게 달아올랐다.

자신도 모르게 그녀를 껴안았다.

효숙은 완전히 알몸이 되고 수만의 바지를 벗기려고 혁대를 풀면서 그를 독촉했다.

"빨리 벗어……응……."

알몸이 된 효숙을 껴안은 수만은 부드럽고 하얀 피부에다 너무도 예쁜 얼굴에 정신을 잃고 말았다.

그런데 예쁜 그녀가 갑자기 개네로 보였다. 눈앞에 언젠가 옥수수 밭에서 슬프게 울던 개네 얼굴이 떠올랐다. 그러자 이상하게도 흥분이 삭 가라앉았다.

"왜 그래? 내가 맘에 안 들어?"

그녀는 수만의 아래를 만져 보았다.

"아니야. 오늘 여기서는 괜히 불안해서 안 될 것 같아. 그리고 정식 결혼도 안하고 이러는 거 왠지 꺼림직하게 생각돼."

그 다운 순진한 말이었다.

효숙은 아쉽지만 더 할 말이 없었다. 일단 그가 자신의 말을 들어주고 안아 준 것만으로도 만족감을 느꼈다.

수만은 효숙을 부드럽게 한 번 더 안아주고 그녀의 아버지, 어머니가 있는 방으로 건너와서 떠나겠다고 인사를 했다.

그녀의 아버지는 아무 말 없이 담배를 피면서 눈으로 대답만 하고 어머니는 부젓가락으로 화롯불을 뒤집고 있다가 일어서면서 그를 향해 아쉬운 표정으로 말을 했다.

"왜, 지금 갈래. 늦은 데 자구 가지 그래. 우리 효숙이가 수만이 너한테 단단히 미친 것 같아. 잘 봐줘라 알았지?"

수만은 눈꽃이 날리는 4년 전 밤, 걔네를 만나려고 자전거를 타고 달리던 5리정 신작로 눈 덮인 길을 따라 소발구를 몰았다.

그의 눈에는 조금 전 알몸이 된 효숙의 모습이 자꾸 떠올랐다. 수만은 그녀가 좋긴 하지만 결혼을 생각한 적은 없었다. 그렇다고 적극적으로 수만을 원하는 효숙의 앞에서 너는 아니다 라고 말할 수는 없었다.

그녀는 단 하루를 살아도 자신의 뜻대로 멋진 인생을 살려는 사람이다. 만일 뜻대로 안 되면 무슨 짓을 할지도 모를 여자이다. 그는 효숙과의 깊은 관계는 이루어질 수 없다고 생각하며 오늘 그녀와의 있었던 일들을 애써 지우며 집으로 돌아왔다.

너무도 행복했던 첫날밤

8 · 15 해방이 엊그제 같은데 2년 반 동안 많이 변했다.

수만은 이 격동기 속에서도 자칫 개네에 대해 소홀해지지 않을까 항상 조심스레 지내 왔는데 이제 개네를 자연스럽게 가깝게 할 기회가 왔다고 생각되었다.

어느 날 수만은 개네의 언니 센네에게 개네와의 결혼 의사를 진지하게 제안했고 수만의 어머니도 같이 동의했다.

그녀의 집에서는 수만을 너무나 잘 알고 있었다. 세상이 바뀌었다고는 하지만 개네의 신랑감으로 이보다 좋을 순 없었다. 주변에 아무리 훑어 보아도 그만한 신랑감은 찾을 수 없었다.

그러던 어느 날 언니 센네는 개네를 불러 조용히 말했다.

"너, 수만이 한테 시집갈래?"

그러자 개네는 놀란 표정으로 언니를 아무 말 없이 한동안 바라보고 있다가 이내 고개를 끄떡였다.

얼마 후 이 사실을 알고 병규가 격렬하게 반대했지만 그녀의 집에서는 개네를 수만과 결혼시키기로 했다.

결혼식 날짜는 1948년 2월 25일, 음력으로는 정월 16일로 정했다.

개네는 늘 마음속으로 깊이 그리워하면서도 신분이 다른 안방 도련님으로만 생각해 왔고, 올라갈 수 없는 높은 곳에 있는 선생님을 항상 멀리서 애타게 바라보기만 했었다. 이제 수만 선생님을 남편으로 모시게 되다니…… 정말 꿈만 같았다. 지난날의 여러 가지 생각들이 주마등처럼 떠올랐다.

양가에서는 오래 전부터 예상은 했지만 정작 결혼식날을 받아놓고는 바쁘게 움직였다. 바느질 솜씨가 좋기로 알려진 수만 어머니는 결혼식날 입을 신부 옷과 사돈댁 어른들의 옷도 손수 만들어서 보내줬다.

그 당시 이 고장 결혼 풍속은 결혼식 전에 신랑측에서는 신부가 시집올 때 예단으로 준비해오도록 의류, 침구 등의 재료인 솜, 포목, 원단 등을 먼저 보냈다. 그런 다음 신부측 집으로 신랑이 장가를 가서 신부 집에서 식을 올리고 6개월 또는 일 년 후에 신부가 신랑집으로 시집오는 것이 관례로 되어 있었다. 따라서 신부가 아기를 낳고 시집오는 경우도 있었다.

결혼식날이 됐다. 수만네 집에는 강계 사는 고모 내외와 인숙 누이 내외 그리고 외뚠디 외삼촌 내외가 왔다.

그러나 수만은 이 자리에 함께 있어야 할 아버지와 형이 없고 작은아버지는 38선 넘어 남쪽에 있어 결혼식에 오지 못하는 것이 너무도 슬프고 외로웠다.

아버지는 지금 어디 계실까. 살아 계실까. 돌아가시지는 않았는지 그간 느껴보지 못했던 아버지에 대한 죄스러움이 복받쳐 올랐다.

소발구를 타고 가면서 오늘같이 좋은 날 순간순간 생각들을 간신히 억누르고 이찬골로 향했다.

그때는 다들 살기 어려웠고 더욱이 외딴 산골짜기 결혼식은 간소하게 치러졌다. 결혼 사진도 못 찍었다. 그러나 개네네는 정성을 다해서 결혼식을 치렀다.

첫날밤 개네를 품에 안은 수만은 너무나 황홀한 행복감에 꿈을 꾸는 것만 같았다. 그녀는 머리를 수만의 가슴에 묻고 떨고 있었다.

이렇게 좋을 수가 있을까. 모든 어려움을 극복하고 자신을 이렇게 행복하게 이끌어준 선생님이 너무나 감사하고 고마웠다.

　개네는 어떤 난관이 있더라도 이를 극복하고 수만 선생님을 이 세상 끝나는 날까지 모시겠다고 몇 번이고 마음속으로 다짐하며 품에 안겼다.

　이렇게 두 사람은 첫날밤을 지냈다.

　수만은 며칠 간 꿈같은 시간을 보내면서 신혼의 행복감을 만끽하고 고향 집으로 돌아왔다.

2
38선

할아버지의 유훈

수만은 이찬골에서 결혼식을 끝내고 본가로 돌아온 다음달인 3월 1일, 읍내 민청본부 강당에서 열린 3일간의 학습회에 참가했다.

첫날은 3·1절 기념행사에 이어 지난 2월 8일에 창군한 인민군대에 대한 설명이 있었다.

옛날 일본 수비중대 자리에 있었던 치안대가 보안대로, 보안대가 보안간부생 중대로 바뀌었다가 인민군 중대가 됐는데 인민군은 통치자가 아닌 인민을 지키는 군대로서 제국주의 어느 나라 군대보다 강하다고 했다.

둘째, 셋째 날에는 앞으로 수립될 정부의 헌법에 대한 설명이 있었다.

내용을 보면 국호를 '조선민주주의인민공화국'으로 하고 대의원을 선출해서 입법기관인 최고인민회의를 구성하여 내각제로 내각수상이 통치하는 것으로 되어 있었다. 그리고 새로 제정한 국기에 대한 설명도 있었다.

이와 같이 북한은 정식으로 선포만 안 했다 뿐이지 조선민주주의인민공화국이라는 정부수립 준비가 다 돼 있었다.

그때부터 사실상 태극기는 볼 수 없었고 기관, 단체마다 인민공화국기가 배급되었다. 애국가는 1947년 봄에 이미 '동해물과 백두산이……'는 '아침은 빛나라 이 강산……'으로 바뀌었다.

그리고 또 달라진 것은 그전에는 군 인민위원장, 군 당위원장, 군 민청위원장, 내무서장 및 간부들까지도 초산 본고장에서 출생한 사람들이었는데 언제부턴가 낯선 다른 고장 사람들로 몽땅 바뀌어 있었다.

수만네 사랑채에서 살다가 보안대원이 된 경증 외삼촌도 삭주 내무서장이 되고 초산군청에서 청소 심부름 일을 하던 한씨가 위원군 인민위원장이 되었다.

아마도 본고장에서는 친인척, 동창생, 기타 이웃간에 같이 살던 지연과 우정관계로 강력한 혁명과업 수행이 어려울 것으로 보고 취해진 것 같았다.

이렇게 다른 고장으로 가서 하루아침에 군 당위원장, 군 인민위원장, 내무서장 또는 간부가 되어 출세한 사람들은 김일성 장군을 하늘

같이 생각하는 골수 열성분자가 될 수밖에 없었다.

　그 무렵 2차에 걸친 미·소 공동위원회가 1947년 5월에 결렬되고 11월 14일에는 UN 감시하의 남북 총선거를 치루기 위해 'UN한국임시위원단'이 결성됐다. 그러나 그 소문이 초산 일반 사람들에게는 1948년 2월경에야 뒤늦게 소문으로만 알려졌다.

　그리고 거리마다 UN감시단을 발로 걷어차는 만화 포스터와 함께 UN감시단 입국 반대 구호가 적힌 벽보가 곳곳에 나붙었다.

　그해 3월로 접어들면서 '이승만, 김구, 김규식 타도하자' 라는 벽보에서 김구, 김규식 이름은 지워지고 이승만 이름만 남았다. 그런가 하면 '인민을 탄압하는 악질 경찰 두목 조병옥과 장택상을 타도하자' 라는 구호가 나붙으면서 분위기가 사뭇 험하게 변하고 있었다.

　그러나 많은 사람들은 겉으로는 말을 못하고 마음속으로는 UN 감시하의 총선거가 실시되고 통일이 됐으면 하는 희망으로 기대하고 있었다. 이렇게 어수선한 가운데 초산지역에서는 일대 검거 선풍이 불고 있었다.

　도의원을 지낸 박오봉이 주도한 민주건국당 사건으로 민주건국당은 UN감시하의 총선거를 지지하는 비밀결사로서 조직확대 중에 발각되어 주모자 5명이 사형당하고 많은 사람들이 시베리아로 유형 처분을 받은 큰 사건이었다.

　검거를 피한 사람들은 도피를 하고, 명단에 올라 검거되었으나 죄질이 경미하여 석방된 사람 대부분은 초산을 떠났다고 한다.

　수만은 민청에 열심히 다닌 탓으로 입당 권유를 받지 않은 것이 그나마 다행이었다.

4월 5일 한식날, 수만은 개네와 함께 하말 뒷산에 있는 할아버지, 할머니 묘소를 찾아 성묘 예를 올렸다.

그는 미처 생각도 못했는데 아직은 시집도 오지 않은 개네가 할아버지, 할머니를 찾아뵈어야 한다고 제안해서 같이 간 것이다.

그녀는 할아버지, 할머니 앞에 놓인 술잔에 술을 따르고 큰절을 올렸다.

"할아버지, 할머니 손자며느리가 인사들입니다. 앞으로는 제가 할아버지, 할머니를 정성껏 모시겠습니다."

수만은 개네가 절하는 모습을 보면서 마음속으로 깊은 감동을 받았다. '개네는 하늘이 나에게 내린 사람이다. 개네를 위해 정말 좋은 남편이 되어야 하겠다.'고 마음속으로 굳게 다짐했다.

묘소 앞 하말과 초산천 유역 일대는 갈수기가 되어 수풍호에 저수되었던 물이 다 빠져나가 압록강 폭이 좁아지고 강물이 물살을 일으키며 흐르고 있었다.

수만은 그녀에게 할아버지께서 일구시고 개척했으나 지금은 수몰지가 된 하말과 초산천 유역 주변의 땅들을 하나하나 가르키면서 설명을 했다.

그는 수몰지가 된 넓은 땅에 봄보리를 심고 장마로 수풍호가 만수되기 전에 수확을 하면 식량에 큰 도움이 될 거라고 말했다.

이는 일찍이 정범 할아버지께서 수풍 댐을 만든다는 말이 나돌 때부터 수몰지가 될 것을 예상하고 하신 말이라고 했다.

이렇게 할아버지는 앙토리를 사랑했으며 자신이 할아버지의 뜻을 이루어 주기를 바랐다고 했다.

그들은 돌아오는 길에 노루목에 앉아 잠시 쉬었다. 수만은 옛날 자신들의 땅이었던 하양리 일대의 수몰지가 된 땅을 가리키면서 각씨바위 아래부터 이곳까지 제방을 쌓고 낮은 언덕과 산을 깎아다 흙을 돋우면 4만여 평의 논을 만들 수 있고 쌀밥도 먹을 수 있다고 설명을 하며 이는 할아버지 생전의 소망이었다고 했다. 그녀는 유심히 수몰된 땅을 보며 진지하게 듣고 있었다.

추방당하던 날

수만은 그녀가 보고 싶어 사흘이 멀다하고 처갓집엘 들렸다. 4월 27일 아침이었다.

그는 지난 밤 너무 고단했는지 아침 6시가 지났는데도 일어나질 않았다. 개네는 꿀물을 한 사발 떠다놓고 깨울까 하다가 너무 곤히 자는 것 같아서 조용하게 그의 잠자는 모습을 내려다보고 있었다.

볼수록 잘 생기고 부드러운 얼굴, 그리고 믿음직스럽고 어딘가 야무지게보이는 그의 모습에 잠시 빠져들어 살짝 이마에 그녀의 입술을 갔다 댔다.

그러자 갑자기 그가 양팔을 벌리고 와락 개네를 껴안았다. 그녀는 순간 놀라면서도 그의 넓은 가슴속으로 파고들었다.

수만은 그날 아침 조금 늦게 집으로 돌아와 어머니와 함께 아침밥을 먹고 있었다.

그때 밖에서 검둥이가 요란하게 짖어대는가 싶더니 웅성대는 소리와 함께 그를 부르는 소리가 들려왔다.

"김수만 동무 있소."

순간 이상한 예감이 들어 방문을 열고 밖으로 나가자 낯익은 얼굴의 민청원 세 사람과 또 한 사람은 작년부터인가 앙토리 동네에 입주하여 열성당원이 된 낯익지 않은 얼굴이 몽둥이를 들고 대문 안으로 들어서고 있었다.

"웬일이요, 아침 일찍이……."

열성당원이란 사내가 말을 이었다.

"상부의 명령이요. 수만 동무는 오늘 중으로 군郡 경계 50리 밖 동쪽으로 떠나야 하오. 소지품은 휴대할 수 있는 한 가져가돼 소, 돼지 가축은 그냥 두고 당장 떠나시오."

그는 순간 언젠가는 우리집도 당할 지 모른다고 생각하면서도 설마 했는데 정작 닥치자 앞이 캄캄해지고 온몸에 기운이 확 빠지는 것 같았다. 곁에서 그들의 행동을 지켜보던 어머니는 할말을 잃은 채 그만 바닥에 주저앉고 말았다.

그동안 수만은 8·15 해방 이후 지금까지 급변하는 정세와 주위 환경 속에서 살아남기 위해 민청과 농민동맹에 가입하여 누구보다도 열성적으로 활동했지만 지주계급이라는 신분 때문에 결국엔 숙청의 대상이 된 것이다.

남달리 잘 살았고 기와집에서 태어나 자라면서 농업학교까지 다닌 그에게 기어이 올 것이 온 것이다.

그는 먹던 밥상을 그대로 둔 채 그들이 지켜보는 앞에서 짐을 꾸렸다. 정작 당하고 나니까 무엇을 두고 무엇을 싸야 할지 혼돈스러웠다. 짐을 꾸리고 나서 방 안을 둘러봤다.

할아버지, 할머니 그리고 아버지가 액자 속에서 내려다보고 있었다. 얼른 사진들을 꺼내서 보따리에 끼워 넣었다.

3명의 민청원들은 모두 수만의 선후배들이고 단체생활을 같이 한 친구들이라 못내 안타까운 표정들인데 열성당원인가 하는 자는 큰 소리로 다그쳤다.

"빨리빨리 하지 왜 꾸물거려!"

열성당원은 핏대를 세우며 수만을 향해 윽박지르고 있었다.

"압록강 건너 중국혁명을 봤지. 거기서는 사람 때려죽이는 거 개 때려죽이듯 하지. 그에 비하면 우리는 신사적 혁명을 하는 거요. 장군님께 고맙다고 생각하시오."

수만은 그들에게 사정을 해 보려고 생각했으나 언감생심. '이제는 우리 집이 아니다. 미련을 갖지 말자. 떠날 바에는 깨끗이 떠나자.' 단단히 마음먹은 수만은 보따리를 멜빵해서 짊어지고, 어머니는 짐을 머리에 이고 모든 것을 그대로 놔 둔 채 대문을 나섰다. 그런데 개네가 걱정이다.

마당에서는 셋네가 수만의 손을 붙잡고 안절부절못하며 울부짖고 있었다.

"수만이 이럴 수가……. 사돈님, 세상에 이럴 수가 있나요."

그녀는 그들이 졸지에 당한 상황과 동생 개네를 생각하자 하염없이 눈물을 흘리고 있었다.

동쪽은 위원渭原방면이다. 상단 이찬골 개네네 집에서 얕은 고개 앙토령央土嶺을 넘으면 위원 땅이다.

그런데 상단 쪽으로는 상부의 명령으로 가지 못하게 하고 신작로로 나가서 신도장 쪽으로 돌아가야만 된다는 것이다.

어머니는 그들에게 아들만은 먼저 보내고 자신은 외뚠디 친정 어머니를 보고 가게 해달라고 사정해도 들어주질 않았다.

센네는 개네에게 급히 연락을 해서 그들과 위원 송계리에서 만나도록 하였다.

이웃 사람들이 밭에서 일하다 말고 수만네의 모습이 너무나 딱하게 보였는지 안쓰러운 표정으로 멍 하니 쳐다보다가 큰 소리로 말했다.

"어딜 가나 용기 잃지 말고 몸조심하고 잘 사시오."

정들고 지내던 이웃이 재산을 몽땅 빼앗기고 조상대대로 살던 곳에서 추방을 당해 떠나는데 무슨 더 할 말이 있겠는가.

신작로에는 짊어지고 머리에 이고 그리고 업은 사람들의 행렬이 점점 불어나고 마치 피난길에 오른 사람들 마냥 줄을 잇고 있었다.

이제 겨우 걸음마를 배운지 얼마 안돼 보이는 아이까지도 조금이라도 더 가져가려고 작은 보따리를 지고 따라가고 있었다.

상평 최씨네 부부와 두 아들도 보였다. 그들은 이 고장에서 근검절약의 본보기로 유명한 이웃이다. 평생 일밖에 모르고 고향 땅을 떠나 본 적이 없는 사람들이다. 죽으로 끼니를 때우며 열심히 일하여 땅을 사고, 입살 팔아 조밥해 먹으며 땅을 사서 일부 소작 준 것이 죄가 되어 추방대열에 있는 것이다.

최씨 부인은 수만을 보자 가다말고 주저앉아 땅을 치며 통곡을 했다. 그녀의 남편과 두 아들도 눈물을 흘리고 있었다.

그들 옆으로는 읍내 동 밖에 사는 황씨와 강씨, 남 밖에 사는 이씨, 서문 밖에 사는 과부 김씨 모녀도 보였다.

민청원과 당원들은 샛길로 벗어나지 못하게 철저히 감시하며 길가 어느 집에도 들르지 못하게 계속 따라 붙었다.

검둥이는 주인이 추방되어 가는 줄도 모르고 꼬리를 흔들며 앞서거니 뒤서거니 계속 따라 오고 있다.

수만은 이것이 소비에트식 무산계급혁명의 한 과정이고 자신이 계급투쟁의 대상으로 혁명의 소용돌이에 휘말리고 있다는 것을 실감했다. 그리고 살고 싶으면 어떤 방법을 써서라도 이 굴레서 탈출하든가 아니면 이를 운명적으로 받아드리고 고통스럽더라도 환경에 하루 빨리 적응하는 길 밖에는 다른 방법이 없다고 생각했다.

그는 어딜 가든 개네와 함께 가야 한다며 발걸음을 재촉했다. 노루목 넘어 신도장 못미쳐 성맥이를 지나갈 때 하말 뒷산 기슭에 할아버지, 할머니 묘소가 보였다.

초산천 개울을 건너면 직선 거리로 불과 400미터밖에 안되는 손에 잡힐 듯 가까운 거리다. 그러나 가 볼 수가 없다.

수만은 봇짐을 내려놓고 묘소를 향해 큰절을 세 번 올렸다. 엊그제 개네와 함께 마지막이 될지도 모를 성묘는 했지만 앞으로 어느 누가 사초라도 해 줄 이 없이 쓸쓸히 계실 할아버지, 할머니께 인사를 하고 몇 번인가 뒤돌아보며 신도장을 지나 군계郡界를 벗어났다.

위원 관할의 연풍蓮豊주재소 앞에 이르자 감시원들이 돌아갔다.

군계를 벗어나자 사람들이 하나 둘 멜빵을 벗고 길가에 앉아 휴식을 취하자 추방 행렬은 자연스럽게 멈추어 섰다.

그들은 어처구니없는 추방에 서로를 위로하며 둘러앉아 앞날을 걱정했다.

"어디로 가우?"

"글쎄, 갈 곳이 있어야지."

"우리집은 설마 했는데."

"자성 후창 쪽으로 가면 벌목도 하고 광산이 있다던데."

"38선 넘어 월남이나 할까."

그들은 앞길이 막연하여 갈피를 못 잡고들 있었다. 겨우 30리 길밖엔 못 왔는데 벌써 발이 부르터 아프다는 아이들 울음소리도 들렸다. 수만은 힘들어하는 어머니를 부축하고 다시 걸었다.

위원읍으로 넘어가는 파발령 고개 못미쳐 송계리에 이르자 개네와 그녀의 아버지, 어머니가 마중 나오고 있었다.

상단 이찬골은 작은 고개 너머에 있다. 센네의 연락을 받고 지름길로 마중 온 것이다.

개네는 그들을 보자 대뜸 어머니라고 부르며 달려가 짐을 넘겨받고는 손을 잡고 울먹였다. 그리고 수만을 쳐다보며 말을 이었다.

"선생님, 선생님도 짐 내려놓고 좀 쉬세요."

개네 아버지와 어머니는 수만의 어머니를 쳐다보며 참담한 표정으로 말을 했다.

"원 세상에 어디 이런 일이 있습니까."

그들은 길가 할머니 친정 친척되는 집으로 들어가 잠시 쉬기로 했다. 이미 저녁때가 되면서 다른 사람들은 길가에서 노숙 준비를 하고 있었다.

수만은 개네 그리고 그녀의 아버지, 어머니와 함께 앞으로 어떻게 살아갈 것인지를 의논했다.

우선은 당분간 강계 고모네 집에 가 있다가 어느 정도 시간이 경과한 후 당에서 눈감아 준다면 개네네 집 근처에 오두막을 짓고 화전을 일구면서 사는 방법을 생각해 보았다. 화전은 토지개혁에서 제외된 농지였다.

개네네 집 이찬골은 앙토리 골짜기의 끝으로 산림 숲이 무성한 곳이고 수만네는 당분간 먹고살 만한 여유가 있기 때문에 노력만 하면 자급자족할 수 있는 조건을 갖추고 있었다. 문제는 당의 처분 여하에 달렸다.

둘째로 이찬골에서 살 수가 없는 경우에는 공산당이 없는 38선 이남으로 월남하는 길이다. 무사히 월남만 한다면 무슨 짓을 하더라도 자유롭게 살 수가 있다고 수만은 오래 전부터 생각해 왔다.

그리고 같이 행동을 하되 여의치 않아 따로따로 월남하게 될 경우에는 서울 명륜동 2가 경학원 앞 형기네 집에서 만난다는 등 세부계획을 세웠다.

형기네 집은 몇 년 전 할머니가 서울 성모병원에 입원했을 때 수만의 어머니가 병시중하느라고 여러 날 유숙했던 관계로 지리를 잘 알고 있었다.

개네는 어떤 경우에도 수만의 뜻에 따르겠다고 말했다.

그들은 여러 가지를 의논하고 저녁을 먹고 난 후 수만의 어머니가 마지막으로 외뚠디 외할머니를 꼭 만나보고 떠났으면 좋겠다고 말하자 개네는 자신이 모시겠다고 했다. 그러면서 그날 저녁에는 고개 넘어 이찬골에서 자고 내일 새벽에 다녀 오자고 했다. 그들은 저녁때가 되자 함께 5리 길 남짓한 개네네 집으로 발걸음을 재촉했다.

훼방꾼의 농간

다음날 이른 아침 개네와 수만의 어머니는 외뚠디로 떠났다. 검둥이도 어머니를 따라갔다.

광대봉 뒤 낮은 고개를 넘어 초산천을 건너면 바로 외뚠디다. 15리쯤 될까, 늦어도 저녁때면 돌아올 수 있는 거리다.

수만은 남의 눈에 띌까봐 그들이 돌아올 때까지 방 안에서 기다리기로 했다.

그런데 오후 한 시쯤 되자 갑자기 소총을 멘 보안대원 한 명과 몽둥이를 든 낯선 민청원 2명이 문을 쾅쾅 두드리며 그가 숨어 있는 방문을 열고 나타났다. 보안대원이 그를 낚아채며 손에 수갑을 채우며 말했다.

"동무는 명령을 위반했소. 같이 갑시다."

수만은 체념한 듯 말을 이었다.

"어디서 왔소. 못 보던 사람들인데……."

"잔말 말고 어서 갑시다. 나는 위원군 연풍 주재소에서 왔소. 동무는 명령을 위반하고 군 경계를 침범했다는 신고가 들어 왔소. 이건 연풍 주재소 소관이요. 어서 가자우."

그들은 수만의 수갑 찬 손을 강제로 끌어 당겼다. 어처구니가 없었다. 뒤늦게 달려온 개네의 아버지가 들어오면서 그들을 향해 쏘아붙였다.

"좀 기다렸다가 어머니가 온 다음에 데려가시오. 앙토리 당위원장 리병규가 내 장조칸데 좀 봐 주시오."

그가 빌며 사정했지만 막무가내였다.

수만은 연풍리 주재소에 끌려갔다가 그 다음날 위원 내무서에서 조사를 받고 구치소에 수감됐다.

죄목은 군계를 벗어나 50리 밖으로 가라고 했는 데도 명령을 어겼다는 것이다.

이찬골로 돌아온 개네와 어머니는 아연실색했다.

개네가 병규한테 달려가서 봐달라고 구구사정을 했더니 병규는 냉정했다. 오히려 그녀에게 꾸지람을 했다.

"내래 뭐랬니. 그 반동 수만이 새끼와 결혼하지 말라고 그렇게 말렸는데도 참 꼴좋다."

오히려 고소하다는 말투였다. 다음날 병규는 일부로 이찬골을 찾아왔다.

"내래 연풍동 주재소에 가서 잘 봐달라고 했더니 다시는 초산으로 안가겠다는 반성문을 받고 마침 출장 가는 주재원 편에 만포滿浦로 가는 트럭에 태우도록 하고 도중에 내리지 못하게 당부하고 보냈다고 하더라. 그리고 수만이는 이 근처에 다시는 얼씬거리지 못할 거라고 말하더라. 이제부터 수만이를 포기하고 너 살 궁리나 해라."

이렇게 병규는 거짓말을 하고 돌아갔다. 수만의 어머니는 개네 보기가 미안했다.

"내래 친정 어머니 보러 안 갔으면 이런 일이 없었을 텐데. 아가야 미안 하구나. 앞으로 어떻게 하면 좋지?"

어머니는 체념한 듯 한숨을 푹 내리 쉬었다.

"어머니, 걱정 마세요. 그이는 아마 강계 고모네 집에서 우릴 기다릴 거예요. 우린 아무래도 이찬골에서는 못살게 될 것 같으니 고모네 집으로 가시자요."

개네와 수만이 어머니는 적당히 짐을 꾸리고 집을 나섰다. 작은오빠 병훈이 짐을 져다 주기로 했다.

그녀의 아버지와 어머니는 송계리 국도를 지나 파발령 고개까지 오면서 딸과의 마지막이 될 지도 모를 작별을 서러워하며 헤어질 줄을 몰랐다.

고갯마루에는 그저께 보았던 얼굴 외에 또 다른 얼굴들이 쉬고 있었다.

어떤 이는 지게 위에 60대 백발 노모를 모시고 쫓겨나는 40대 중년 농부 가족도 있었다.

얼굴은 검게 탄데다 손은 억세게 일한 탓으로 굵게 마디지고 허름한 옷차림 그대로 였다. 동면 화신리에서 추방되어 오는 길이라고 했다.

평생 일밖에 모르고 지내왔는데 몇 뙈기 여분의 땅을 소작 준 탓으로 지주로 몰려 숙청의 대상이 되었다는 것이다. 지금까지 동면 땅을 떠나본 적이 없는 고지식한 사람인데 앞으로의 살길이 막연하다면서 한숨짓고 있었다.

같이 쫓겨나는 입장인데도 지게 위의 노모를 보고 다들 동정하며 세상을 원망하고 있었다.

개네네 식구들은 그래도 수만이라는 믿음직하고 든든한 사위가 있으니 개네는 괜찮을 것이라고 스스로 달래고 아버지와 어머니는 집으로 돌아갔다.

그때 북조선에서는 남쪽에 UN 감시하의 총선거가 실시된다는 소문을 듣고 많은 사람들이 동요하고 있다고 판단하고 있었다.

지금까지도 북조선 여기저기에서는 반소·반공운동들이 일어나고 있었기 때문에 반동요소로 보이는 사람들에 대해 대대적인 숙청을 감행한 것이다.

열심히 일만 했다 해도 당에 미운털이 박힌 사람들은 용서 없이 숙청의 대상이 된 것이다. 그 예가 상평 최씨네 3부자와 동면 화신리 농부의 경우였다.

그리고 몰수한 땅은 해방 후 일자리가 없어진 열성분자들에게 나누어 주었다.

좌절된 남행길

개네는 위원에서 하룻밤을 지내고 다음날 마침 강계로 가는 트럭편이 있어 힘 들이지 않고 그날 오후에 강계 북문에 있는 고모네 집에 도착했다.

고모부는 자그마한 개인병원 원장으로 생활이 안정돼 있었으므로 당분간 이곳에 있어도 별 지장은 없을 것 같았다.

그런데 개네는 수만 선생이 보이지 않자 고모한데 물어보니 그는 오지 않았다고 한다. 웬 일일까?

그간의 수만네 사정을 다 들은 고모와 고모부는 개네에게 당부의 말을 했다.

"수만이는 38선 이북에서는 절대 살 수 없으며 누구보다도 수만이가 더 잘 알고 있을 것이야. 지금 남쪽에서는 곧 UN 감시하의 총선거가 있기 때문에 날이 갈수록 경계가 엄해져 월남하기가 더 힘들어지고 있지. 수만이는 사정이 있어서 여기는 들르지 못하고 먼저 월남했을 지도 몰라. 그리고 젊은 남자와 같이 가는 것 보다는 여자들끼리 따로 가는 것이 의심을 덜 받게 될거야."

고모부는 안내자 만나는 방법 등 월남하는 요령을 자세히 설명했다.

그동안 어머니는 서울과 신의주 등 외지를 다녀온 적이 있고 기차여행 경험이 있지만 개네는 집을 떠나 여행해 본 적도 없고 기차는 처음이다. 도저히 떠날 수가 없었다. 그리고 죽든 살든 수만과 같이 행동할 마음으로 주저했다.

고모는 혹시 수만이가 여기로 올지도 모르니 며칠만 더 기다리라고 했다.

5일을 더 기다렸다. 정말 지루하고 마음 조린 5일을 기다렸지만 수만은 모습 조차 보이지 않았다. 아마 그가 먼저 남쪽으로 간 것 같은 생각이 들었다.

고모는 수만이가 오면 뒤따르도록 하고 같이 월남할 사람을 소개해 주었다.

최씨라고 하는 점잖게 생긴 50대 부부였다. 본래 장사하던 사람들 인데 화폐개혁 후 도저히 살 수가 없게 되어 남쪽에서 직장 생활을 하고 있는 아들네 집으로 월남한다는 것이다.

그들은 해방 직후에 다녀왔고 지난 해에도 38선을 넘어 서울을 다녀온 사람들이라고 했다.

개네는 마음이 다소 놓여 어머니와 함께 그들과 동행하기로 했다. 고모가 기차역까지 나와서 차표를 끊어주면서 어머니에게 형님 조심해서 가라며 인사를 하고 개네에게는 어머니 잘 모시라고 당부하며 여비를 챙겨 주었다. 그날이 5월 8일이었다.

기차가 기적 소리를 내며 속력을 내고 있었다. 그러나 개네는 지나가는 창문 밖의 풍경이 신기하게 전개되고 있지만 그녀에게는 아무것도 들리지 않고 보이질 않았다. 기차여행이 처음인 개네는 지금 이 시간에도 오직 수만 선생이 어디에 계실까. 무사히 월남을 했을까 하는 생각뿐이었다.

그들은 저녁 7시경 평양역에 도착했다. 금천·개성방향으로 가는 열차는 다음날 새벽 5시에 있다고 했다.

역 대합실에는 많은 사람들이 긴 나무 의자에 앉아서 밤을 새울 준비를 하고 있는데 웬 중년 남자가 눈치를 살피면서 이 사람 저 사람을 만나 무언가 귓속말을 하며 다녔다. 최씨한데도 다가와서 무어라고 속삭였다.

최씨가 고개를 끄떡하고 개네한테 손짓을 했다. 38선 근처까지 길을 안내하는 사람이라고 했다.

일행은 안내자를 따라 인근 여인숙에 들려 밤을 새우면서 월남하는 방법에 대해 설명을 듣고 잠시 눈을 부쳤다.

5월 9일 새벽, 평양역에서 짐은 철도 소화물편으로 부치고 금천행 열차를 탔다.

열차 내에는 최씨네 일행과 비슷한 사람들이 많이 눈에 띄었다. 도중에 차 뒷칸에서부터 철도 보안원의 검문이 있었다.

개네 마음은 괜히 불안하고 조마조마했다. 차례가 되어 떨리는 손으로 공민증을 제시하자 한번 쳐다보고는 그대로 지나갔다. 젊은 남자들에 대해서는 꼼꼼히 물어보고 공민증을 압수하기도 했다. 개네는 마음이 좀 놓였다.

기차가 오전 8시경 신막역에 도착하자 그들은 화물로 부친 짐을 찾았다. 신막에는 월남하는 사람들의 짐을 져 주는 짐꾼들이 있었다.

그날이 마침 누천 장날이라 많은 장꾼들 틈에 끼어서 걸었다. 누천까지는 약 20여릿길, 그곳에서 점심을 먹고 떠나려는 데 마침 해주海州로 가는 소련 군용트럭에 편승할 수 있었다. 얼마 안 가서 평산 온정리를 지나는데 검문소 앞에서 내무서원이 정지 신호를 했는데도 그냥 지나버렸다. 조금 지나서 차를 세우더니 소련군 운전병 옆에 앉았던 젊은이가 소리쳐 말했다.

"봤지요. 감히 소련군 트럭을 세워……"

그는 으스대며 돈을 요구했다. 소련군 병사들은 돈만 주면 모든 것이 통했다.

어머니와 개네는 석천리를 조금 지나서 하차했다. 예정시간보다 조금 빨리 그리고 쉽게 도착한 셈이다.

여기서부터 38선까지는 약 20릿길이라고 한다. 일행은 으슥한 외딴 농가에 안내되었다.

그곳에서 평양에서 온 안내자는 돌아가고 그들과 함께 38선을 넘을 새로운 안내자로 교대되었다. 그리고 짐꾼은 일행과 따로 떨어져 운반해주기로 했다.

때마침 그날이 음력 4월 1일, 다음날 새벽에 떠나기로 하고 길 안내자로부터 자세한 설명을 들었다. 그리고 조금 시간이 있으니 눈붙이고 푹 쉬었다가 떠나자고 했다.

개네는 고단하지만 긴장이 되어 잠이 오질 않았다. 어머니는 개네보고 눈 좀 붙이라면서 옆에 누웠다. 개네 머리에는 수만 선생이 무사히 남쪽으로 갔어야 할 텐데 하며 온통 그의 생각뿐이었다.

잠깐 동안 엷은 잠이 든 것 같았는데 어머니가 깨우는 소리에 놀라 일어났다. 이제 운명의 시간이 다가온 것이다.

맨 앞에 길 안내자, 그리고 최씨네 부부 다음 어머니 뒤끝에 개네 순서로 길을 떠났다. 5월 10일 새벽 1시경이었다.

음력 초승이지만 날씨가 맑아 하늘에는 별이 총총하고 밤눈이 익숙해지면서 먼 산과 하늘 경계선 그리고 앞에 가는 사람들이 잘 보였다. 한참을 걸었다.

그들이 우거진 호밀밭으로 들어서자 갑자기 정지한 안내자는 멀리 산이 보이는 남쪽 방향을 가리키며 조용히 말했다.

"이제 얼마 안 가면 됩니다. 저기 가까이 있는 언덕만 넘으면 남쪽입니다. 사람 소리가 나면 옆으로 빠져서 숨었다가 지나간 다음에 떠나시오."

그리고 거리는 200미터가 채 안되니 빠른 걸음으로 가자고 했다.

그런데 호밀밭을 지나 몇 발짝 안가서 앞서가던 어머니가 갑자기 소리를 내며 쓰러졌다. 깜짝 놀란 개네가 어머니를 끌어안았다.

"무슨 일이세요."

"아가야, 내 걱정은 말고 너나 먼저 가거라 어서…… 가라!"

어머니는 손사래를 했다.

어머니는 밤길이라 그만 깊은 곳을 헛딛고 넘어지면서 발목을 삔 것이다. 통증이 심하고 도저히 걸을 수가 없었다.

"어머니, 저를 꼭 붙잡으세요."

개네는 어머니의 허리를 안고 일어섰다. 그러나 어머니는 한 다리를 질질 끌면서 몇 발짝 가다가 주저앉았다.

"너 먼저 가라는데……. 너만이라도 가야지. 그래야 수만이를 만나지."

어머니는 급하게 다그쳤다.

개네는 들었던 보따리를 놓고 어머니를 업었다. 그러자 앞서가던 안내자가 웬일인가 싶어 되돌아 왔다. 그리고 개네와 둘이서 어머니를 부축하고 걸었다. 어머니는 심한 통증으로 신음 소리를 냈다. 안내자가 낮은 목소리로 말했다.

"조금만 더 가면 돼요. 참으세요."

그리고 몇 발짝을 더 갔을 때 사람 말소리가 가까이서 들렸다. 안내자는 긴장한 표정으로 빨리 몸을 숨기라고 하고는 어둠 속으로 사라졌다.

개네와 어머니는 더 움직일 수가 없었다. 결국 경비원에게 붙잡혀 초소로 끌려갔다.

개네는 불과 몇 미터 앞에 38선을 눈앞에 보고도 못 넘어가게 된 것을 한탄하며 이제 모든 것이 끝장났구나 하는 생각이 들었다. 같은 우리나라 땅인데도 왜 넘어 갈 수 없단 말인가. 수만 선생님은 영 못 만나게 되는 것은 아닌가, 하고 절망감에 빠졌다.

개네는 어머니를 놔두고 혼자 갈 수가 없었다. 혼자서 용케 월남했다 한들 눈앞에 있는 어머니를 버린 사람이 어떻게 선생님을 뵌단 말인가. 개네는 조금도 후회하지 않았다.

하느님께서 나에게 얼마나 견디는 가를 시험하는 것으로 생각했다. 이 시련을 극복해야 한다며 단단히 마음을 굳혔다.

안내원은 이곳에서 태어나고 자란 사람들이라 지리에 밝았다. 경비 초소의 위치와 경비원들의 순찰시간까지 훤히 꿰차고 있어 월남 하는 길이 생각보다는 힘들지 않다는 것을 개네는 경험을 통해 알게 되었다. 어머니의 발이 낳으면 그때에 가서 다시 시도하겠다고 마음먹었다.

아침이 밝아오자 초소에서 남쪽을 바라보았더니 남쪽 농부들이 일하는 모습들이 손에 잡힐 듯 가깝게 보였다.

개네와 어머니는 석촌리 주재소로 후송되었다. 거기에는 또 다른 사람들도 있었다.

금테 견장을 한 경비소장은 개네의 민청맹증과 여맹증을 보고 왜 월남하려 했는가를 물었다. 개네는 사실대로 얘기하자 경비소장은 되게 재수 없다는 듯 혀를 차며 돈을 요구했다.

개네가 가지고 있던 중앙은행권 2백 원을 내 놓았더니 그는 씩 웃으면서 조선은행권을 요구했다. 개네는 서둘러 짐 속에 있던 조선은행권 2만 원을 내 놓았더니 그는 반색을 하면서 덥석받아 책상 서랍 속에 넣었다.

"특별히 봐 줄 테니 앞으론 조심해서 다니시오."

그리고는 평산본부로 후송하지 않고 트럭편으로 신막까지 가도록 주선하였다.

나중에 들은 얘기지만 그때 안내원에게 상당한 금품을 주었더라면 경비병들이 눈감아 주었을 거라고 했다.

엇갈린 이별길

한편 수만은 10일간의 구류를 끝내고 5월 9일, 석방되었다. 정말 고통스런 감방살이였다. 배고픈 건 견디겠는데 개네와의 연락을 끊긴 채 독방에서 혼자 견디기가 너무나 힘들었다.

다시는 초산으로 안 가겠다는 반성문을 쓰고 위원 내무서를 나온 수만은 숲 속에서 어둡기를 기다렸다가 남의 눈에 띄지 않게 샛길로 밤새 60리 길을 걸어 이찬골로 돌아왔다.

수만을 본 개네 아버지는 기절할 듯 놀랐다. 어떻게 된 영문인지 혼란스러웠다. 그녀의 아버지는 수만으로부터 그동안의 일들을 듣고는 병규를 당장 때려죽이겠다고 발을 동동 구르며 화를 냈다. 그러나 시간이 없다. 그는 남의 눈을 피해 이곳에서 빨리 떠나야 한다.

수만은 서둘러 옷을 갈아입고 해뜨기 전에 이찬골을 떠났다. 강계까지는 2백80리 길. 지름길을 찾아 빠른 걸음으로 걸어 11일 오후좀 늦게 강계읍에 도착할 수 있었다.

읍내 입구 네거리에서 인민군 부대행렬을 만나 잠시 길을 멈추었다. 3천 명도 넘어 보이는 무시무시한 부대행렬이었다. 부대장으로보이는 군관이 울긋불긋한 견장을 달고 말을 타고 지나가면서 수만을내려다보는데 기절할 것같이 무서웠다. 그런데 그 모습은 언젠가 본것 같은 얼굴이었다.

도보부대 뒤로는 네 바퀴 달린 중기관총을 실은 마차부대가 지나가고 그 뒤로는 야포부대가 지나갔다.

초산읍에도 옛날 일본군 수비대 자리에 인민군 중대가 있었지만 영화에서나 보았을까 이렇게 어마어마한 대부대가 강계읍에 있는 줄은상상도 못했다. 딴 세상에 온 것 같았다. 부대행렬이 지나가는데도 한참 걸렸다.

수만은 서둘러 고모네 집에 들려서는 개네가 3일 전에 떠났다는 얘기를 듣고 더욱 크게 놀랐다.

왜 이렇게 일이 꼬일까? 정말 미칠 것만 같았다.

그러나 고모는 개네가 좋은 일행을 만나 지금쯤 어머니를 모시고무사히 38선을 넘어갔을 거라면서 안심하라고 했다. 그리고 일행인최씨 부부가 안 돌아온 것을 보면 무사히 월남했기 때문일 것이라고도 했다.

수만은 불안했지만 어느 정도 안심이 되었다. 다음날 아침 강계역에서 평양행 기차를 탔다.

평양역에는 저녁 7시경에 도착했다. 시간표에는 금천방향으로 가는 열차는 다음날 새벽 5시로 되어 있었다.

그는 그들도 기차를 탔을 거라고 생각하면서 역 대합실에서 밤을 보내기로 했다. 대합실에는 많은 사람들이 의자에 앉아서 밤을 지새울 준비를 하고 있었다.

그중에는 일가족으로 보이는 사람들도 있었다. 어떤 사람은 여기저기 사람보아가면서 접근하고는 무언가 귓속말을 하는 사람도 있었다. 그 사람은 조심스레 수만한테도 접근해서는 멀리 넘어가는 사람이냐고 묻고는 좋은 사람 소개해주겠다고 했다.

개네 생각이 문득 난 수만은 그에게 물어 보았다.

"3일 전에 50대 중반 부부와 일행인 40대 여자와 젊은 여자를 보았습니까?"

그리고 인상착의를 설명해주었다. 그랬더니 소개자는 그러냐고 하면서 자기가 소개해줘서 지금쯤 무사히 월남했을 거라고 자랑을 했다.

수만은 반신반의 했지만 남으로 가는 길이 생각보다는 쉽다고 생각이 됐다. 그리고 어머니와 개네가 무사히 월남했을 거라고 믿어졌다.

저녁 8시가 되면서 평양역 광장에는 영화를 보기 위해 많은 사람들이 모여들었다. 역 광장 한쪽에 대형 임시 영사막이 설치돼 있고 주변에는 내무서원들이 경비를 서고 있었다.

이윽고 요란한 군악이 울려 퍼지고 화면에는 완전무장한 인민군 부대가 연도의 많은 관중들의 열렬한 박수를 받으며 시가행진하는 장면을 보여주고 있었다.

지난 4월 25일 김일성 광장에서 있었던 남한 단독정부수립을 반대하는 남북조선민주주의 정당·사회단체 대표자회의 개최를 축하하는 군중대회 행사를 보여주고 있었다. 정말 무시무시한 군대행렬이었다.

주석단 앞을 지나갈 때 김일성 장군, 그리고 그 옆에 김구 선생의 모습도 보였다.

조금 후에 김구 선생이 마이크 앞에 나와서 인사를 했다. 헌출한 키에 흰 두루마기를 입은 김구 선생은 "나는 본래 무식해서 쉬운 말로 하겠습니다." 하면서 말을 시작하자 관람하는 군중 속에서는 피식하는 웃음소리가 터져 나오기도 했다. 김구 선생은 "진즉 우리에게 이런 인민군대가 있었다면 일본놈한테 나라를 빼앗기지는 않았을 것." 이라면서 김일성 장군을 높이 치켜세우는 연설을 했다. 그러자 장내는 박수갈채가 터져 나왔다.

훗날 이 대목에 관해서는 김구 선생이 한 말을 북조선이 의도적으로 사실과 다르게 조작해서 만든 것임을 알게 되었다.

그때 김구·김규식 일행은 남한에서의 UN 감시하의 총선거를 반대하는 남북연석회의 참석차 평양에 와 있었던 것이다.

수만은 다음날 새벽 금천행 기차를 타고 개네와 어머니가 지나간 같은 길을 따라 다른 월남 가족 일행과 함께 무사히 38선을 넘었다. 월남길이 생각보다는 힘들지 않았다.

어머니와 개네도 무사히 월남했을 거라고 생각되었다. 5·10 선거 투표 4일이 지난 14일 새벽이었다.

연백 거리에는 후보자의 현수막과 벽보가 그대로 너저분하게 걸려 있거나 담벼락에 도배되어 있었다.

수만은 어머니와 개네를 만나기 위해 서울행을 서둘렀다.

한편 개네는 신막을 떠나 그날 평양에서 1박하고 다음날인 5월 12일 저녁 7시 넘어 강계 고모네 집으로 되돌아왔다.

고모네 내외는 깜짝 놀랐다.

"이게 도대체 어찌된 일이야! 아침에 수만이가 떠났는데."

"아니 고모님 뭐라고요? 세상에 이럴 수가, 이럴 수가……."

개네와 어머니는 땅을 치고 흐느꼈다.

엉엉 울고 싶었지만 여기는 고모네 집이다. 소리 내어 울 수가 없었다.

생각하면 모두가 못돼먹은 병규 오빠 땜에 일어난 일들이다. 어쩌다 저런 게 내 사촌이란 말인가. 정말 분하고 분했다.

개네는 사흘간 고모네 병원에서 어머니의 다친 발 치료를 받고 통증이 어느 정도 가라앉은 다음 이찬골로 돌아왔다.

이찬골 개네네 집 식구들의 병규에 대한 노여움은 대단하였다. 그러나 지금으로서는 어쩔 수가 없었다.

다음날 개네는 병규네 집으로 찾아갔다. 그런데 이게 웬일인가. 병규와 그 가족들이 수만네 안채를 차지하고 수만네가 두고 간 살림살이까지도 자기네 것으로 사용하고 있었다.

화를 참지 못한 개네는 생전 처음으로 상말을 해대면서 욕설을 퍼부었다. 언니 센네도 병규에게 너는 사람도 아니라고 같이 분통을 터

트렸다.

병규는 양심이란 티끌만큼도 없는 사람이었다.

"우리집은 옛날 수만네 소작 노릇을 했어. 그래서 상부의 명령으로 이 집에서 내가 사는 거야. 이 집은 떳떳한 내 집이야."

병규는 얼굴색 하나 변하지 않은 채 도리어 큰 소리로 지껄여댔다.

그의 아버지가 사기도박과 주색에 빠져 땅과 집을 날린 것을 수만네 정범 할아버지가 살게 해 준 것은 세상 사람들이 다 알고 있는데도 뻔뻔스럽게도 큰 소리를 치고 있었다.

병규는 수만네 집을 빼앗으려고 처음부터 계획적으로 일을 꾸민 것이었다.

주위의 구경꾼들도 내놓고 말을 못할 뿐, 다들 그를 짐승만도 못한 나쁜 사람으로 보고 있었다.

개네는 병규가 버린 쓰레기덤을 뒤져서 수만과 그의 가족들이 찍혀 있는 사진들을 모아가지고 이찬골로 돌아갔다.

개네는 그가 무사히 월남했을 거라고 생각했다. 그리고 안내원만 잘 만나면 월남하기가 그리 힘들지 않을 것이라는 자신감이 생겼다.

어머니의 발이 빨리 낫도록 정성을 다해 찜질을 하고 고모네가 준 '멘소레담'을 발랐다. 통증은 어느 정도 멎었지만 절룩거리며 아직은 빠른 걸음을 할 수가 없었다. 어머니는 개네가 자신의 걱정을 할 때마다 죽고 싶도록 미안해했다. 그리고 자꾸만 독촉을 했다.

"나는 괜찮으니 내 걱정 말고 너 혼자서라도 수만이를 찾아 가라."

이렇게 수만과 개네는 훼방꾼 리병규의 농간으로 일이 꼬이고 엇갈리는 가운데 다시는 만날 수 없게 된 것이다.

아, 산이 막혀 못 오시나요

수만은 연백에서 기차 편으로 토성을 거쳐 경의선 철도로 갈아타고 개성을 지나 저녁 8시쯤 서울역에 도착했다.

서울이 생전 처음인 수만은 전기가 끊겨 가로등이 꺼진 컴컴한 서울 거리를 바삐 지나가는 사람들에게 묻고 물어 종로 사거리에 이르렀을 때였다. 느닷없이 큰 소리가 들려왔다.

"누구냐, 손들어!"

수만은 기겁을 하고 양손을 머리 위로 올렸다. 종로 4가 동대문 경찰서 앞이었다.

그는 양손을 머리 위에 올린 채 성명과 주소 그리고 행선지를 댔다.

검문 경찰관은 그가 이북에서 월남한 사람인 것을 확인하고 자신도 평남 중화에서 월남한 사람이라며 편안하게 대해 주었다. 그리고 5· 10 선거를 계기로 남한에서는 좌익 과격분자들에 의한 관공서 습격 등 테러가 날로 심해져 가고 있어 검문을 한다고 했다. 그러면서 빨갱이들이 이북 사람을 제일 미워하니 조심하라고 타이르기도 했다.

그리고 명륜동 가는 길을 자세하게 가르쳐 주고 곧 통행금지 시간이 되니 빨리 가라고 일러주었다.

수만은 연백에서나 경의선 열차 속에서는 느끼지 못했는데 서울의 밤이 이렇게 살벌할 줄은 몰랐다.

원남동을 지나 창경원 돌담길을 지나갈 때는 앞을 분간할 수 없이 캄캄했다. 그런데 사람들은 통행금지 시간이 가까워져서 그런지 빠른 걸음으로 귀가를 서두르고 있었다.

명륜동 경학원 입구로 들어섰을 때는 사람 통행이 뜸해졌는가싶었는데 금세 통행금지 사이렌이 울렸다.

수만은 간신히 경학원 앞뜰에 있는 은행 고목나무를 찾아 거기서 몸을 기대고 밤을 지새웠다.

새벽이 되어 날이 밝자 수만은 어머니께서 일러주신 대로 명륜동 입구 오른쪽 둘째 골목 안의 교회 뒤의 명륜동 2가 99의 1의 주소를 찾을 수 있었다.

여기가 아버지께서 말씀하신 형기네 집이라는 것을 확인할 수 있었다. 대문 기둥에는 그의 모친 현병운이란 이름의 문패가 걸려 있었다.

수만은 제대로 찾아 왔다는 기쁨과 함께 어머니와 개네를 떠올리며 문을 두드렸다. 한참을 두드리자 대문 안쪽에서 인기척이 나며 대문이 열렸다.

"누구시오, 이른 새벽에…… 아니 이거 수만이 아니가. 야! 수만이로구나."

그를 반갑게 맞이한 사람은 다름 아닌 이영주였다. 영주는 수만과 소학교 동창으로 형기 할머니의 남동생 이헌국 면장의 손자가 된다.

수만은 대뜸 격앙된 목소리로 그에게 말했다.

"우리 어머니 와 있어?"

영주는 갑작스런 말에 어리둥절했다.

"아니, 너의 어머니라니? 너희 식구 아무도 온 사람 없는데."

"뭐야, 아무도 안 왔어? 그럴 리가 없는데……."

수만은 그의 말을 믿을 수 없다는 듯 흥분하며 집 안으로 들어섰다.

안방에는 형기 할머니인 강굴집 할머니와 그의 며느리인 형기의 큰 어머니 즉 수만에게는 5촌 백모되는 분이 계셨다.

수만은 할머니와 당백모에게 큰절을 올리고 전후 사정을 알려 드렸다. 그랬더니 어머니와 개네가 안 온 것이 확실했다.

정말 기가 막혔다. 수만의 경험으로는 월남길이 생각보다는 그렇게 어렵지 않았는데 뭐가 잘못 됐을까. 아무리 생각해도 어머니와 개네가 월남하지 못한 이유를 알 수가 없었다.

수만은 다시 북으로 넘어가 볼까도 생각해 봤다. 그러나 왔다 갔다 길이 어긋날 수도 있다는 우려와 무슨 사정이 있어서 늦어지는지도 모른다고 생각이 들면서 며칠을 더 기다리기로 했다.

당백모에게 문찬 작은아버지 거처를 알아 봤더니 작은아버지께서는 모 사립중학교 교사로 바로 윗동네인 명륜동 3가에서 살았었는데 박헌영의 공산당에 관련되어 교사직을 물러난 뒤 무엇을 했는지 모르겠으나 작년 12월에 가족들을 다 데리고 월북했다는 것이다.

수만은 월남은 했지만 앞으로 살아갈 일들을 생각했다.

영주 말로는 이북에서 월남한 사람들 대부분은 경찰 아니면 군에 입대하거나 더러는 떠돌이 장사꾼으로 생계를 유지한다고 한다.

영주 자신은 건국당 사건으로 3월에 넘어와서 지금 강원도 영월 외딴 산골 소학교 교사로 취직이 될 것 같다고 했다.

수만은 이틀을 기다리다 일거리를 찾기 위해 시내를 나가 봤다.

당시 서울 시내의 교통수단은 5월 14일부터 북쪽에서 보내던 전기가 끊겨 출퇴근 시간에만 전차가 운행되고 말이 이끄는 네 바퀴의 마차를 개조한 포장마차 같은 것이 여러 명의 승객을 태우고 달리는 모습이 보였다. 그래서 많은 사람들이 걸어 다니고 있었다.

서울 거리에는 평양과 달리 섬뜩한 구호나 요란한 포스터 같은 것은 보이지 않았고 바쁘게 다니는 사람들의 모습도 아주 평화스러워 보였다.

말로만 듣던 종로 거리에 이르자 많은 사람들이 축음기 음반 점포 유리창 앞에 모여 확성기에서 흘러나오는 노래를 따라 부르고 있었다.

"아…… 산이 막혀 못 오시나요. 아…… 물이 막혀 못 오시나요……."

'가거라 38선' 신곡 노래가 계속 반복해서 흘러나오고 있었다.

38선 이북이 고향으로 보이는 어떤 이는 정말 눈물을 흘리면서 음반 소리에 맞춰 따라 부르고 있었다.

남대문 시장에는 염색한 군복, 식품과 레이숀 등 주로 미군 PX에서 흘러나온 물품들이 많았다.

월남한 상인들 중에는 투박한 이북 사투리를 쓰는 이들도 많이 눈에 띄었다. 시장은 전체적으로 무질서해 보였지만 활기에 넘쳐 있었다.

그런데 저녁때가 되어도 전기가 들어오질 않아 점포마다 카바이트 등불이나 촛불을 켜 놓고 있었다. 상점뿐만 아니라 가정집도 전등을 켜지 못하고 있었다.

수만은 며칠간 서울에 머물면서 일거리를 찾으며 애타게 기다렸지만 어머니와 개네는 나타나질 않았다.

농촌 출신인 수만은 낯선 서울에서는 별로 일거리가 없을 것 같아 시골로 내려가기로 했다.

수만은 지도를 꺼내 보자 충청도가 눈에 띄었다. 고향에 있을 때부터 충청도 인심이 부드럽고 계룡산 근처가 피난처라는 예기를 들은 적이 있었다.

5월 18일 할머니와 백모님한테는 어머니가 오시면 잘 부탁한다고 인사를 드리고 호남선 기차를 탔다.

5월 23일이 되는 날 이찬골 개네네 집에는 강계 고모가 찾아왔다. 그들도 북조선에서는 도저히 살 수 없을 것 같아서 월남할 계획이니 같이 가자는 것이었다.

개네가 어머니 때문에 곧 떠날 수 없다고 하자 어머니께서 타이르면서 말했다.

"내 걱정 말고 너만이라도 고모님을 따라가라. 그래야 내 맘이 편하지 그러지 않으면 내 맘이 항상 불안해서 견딜 수가 없단다."

거듭해서 개네 혼자만이라도 수만을 찾아서 떠나라고 간곡하게 말했다.

"어머니의 뜻이 정 그러니 개네 너만이라도 수만이를 찾아가는 것이 자식을 둔 어머니의 마음이다."

고모도 개네에게 타일렀다.

그녀도 어머니께서 정 못 가시면 혼자라도 가볼까 하고 생각도 해봤으나 그녀의 양심으로는 어머니를 남겨두고 혼자 가서 수만을 볼 수가 없었다.

개네는 그가 어머니를 모시고 있으면 어머니에 대한 걱정은 덜 하겠지만 혼자 가면 개네의 입장을 이해한다고 해도 평생을 어머니 걱정을 하며 살게 될 거라고 생각하니 도저히 혼자 가겠다고 할 수 없었다.

당장 눈앞에 어머니를 두고 떠날 수는 없었다.

그런데 그때 마침 시집간 수만의 누나 인숙이 찾아왔다. 어머니는 너무나 반가워했다. 생전 다시 못 볼 딸이 왔으니 말이다.

인숙은 친정 어머니가 추방당했다는 소식을 이제야 전해 듣고 왔다는 것이다.

전후 사정 얘기를 듣고 난 인숙은, 개네에게 어머니는 여기 친정이 있고 또 자신이 모실 수도 있으니 수만이를 찾아 떠나라는 것이다.

인숙의 시집 본가는 벽동군 가별면이고 신랑은 둘째 아들로서 그녀와 같이 우시인민학교 교사로 근무하고 있어 생활이 어느 정도 안정되어 있었다.

개네는 숙고한 끝에 강계 고모를 따라나섰다.

어머니한테는 정말 미안 하지만 어머니 입장에서는 개네가 하루빨리 수만이를 찾아 가는 것이 한결 마음이 편할 것 같다는 생각이 들었다.

강계 고모부는 의사이며 개인병원 원장으로서 당장 생활이 어려워서가 아니라 시국 돌아가는 형편이 북쪽에서는 도저히 살 수가 없을 것이라고 판단되어 월남하기로 결심한 것이다.

고모네 식구는 열 살, 여덟 살배기 아들 둘이 있었다. 월남하는데 대한 정보도 밝고 오래 전부터 준비를 했기 때문에 개네는 힘들지 않고 월남길에 오를 수 있었다.

기차가 평양역에 도착했을 때 역 대합실에서는 많은 사람들이 불안한 표정을 짓고 뭔가 수군대고 있었다. 평양 이북에 사는 사람들은 앞으로 평양 남쪽 여행이 어려워졌다는 것이다.

남쪽에 UN 감시하의 총선거로 새로운 정부수립이 결정됐으므로 북측에서 38선 왕래를 일절 할 수 없도록 경계를 엄하게 했기 때문이라는 것이다.

그전에는 공민증만 제시하면 크게 의심받지 않고 38선 근처까지는 갈 수 있었지만 이제는 평양 이남으로 가는 것부터가 어렵게 됐다는 것이다. 정말 갈수록 태산이라더니 이런 걸 두고 하는 말인지도 모른다. 아니나 다를까 다음날 아침 평양역에서 기차가 출발하자마자 공안요원들이 뒷칸에서부터 앞칸으로 이동하면서 승객들의 행선지를 묻고 공민증 검사를 해오고 있었다. 이를 본 고모부는 아차, 우리가 한 발 늦었구나. 하며 한 숨을 내 쉬었다.

고모네 차례가 되어 공민증을 제시하자 공안요원은 공민증과 그들을 번갈아 보면서 경계의 눈초리로 말했다.

"요 다음 역에서 하차하고 평양역에 가서 공민증을 찾으시오. 그리고 꼭 여행을 하려면 인민위원장의 여행증명서를 받아오시오."

개네는 땅이 무너져 내려앉는 듯 낙심하였다. 너무나 마음이 괴로웠다.

'수만 선생님 만나기가 이렇게 힘들단 말인가!'

이렇게 38선이 막히자 많은 사람들은 월남을 포기할 수밖에 없었다. 일부 젊은 사람들은 아예 평양에서부터 도보로 검문소를 피해 월남하는가 하면 걸어서 내륙 쪽을 통하여 철원, 춘천방면으로 월남하는 사람들도 있었다. 또 여러 사람이 함께 배를 전세내고 해상으로 월남하는 사람들도 있다고 한다.

고모네는 할 수 없이 강계로 되돌아올 수밖에 없었다.

개네가 닷새 만에 이찬골로 돌아오자 가족들이 또 한 번 놀랐다. 이번에는 무사히 월남할 줄 알고 안심하고 있었는데 이렇게 일마다 꼬여들다니 앞으로 살 길이 정말 걱정스러웠다.

어머니는 개네 보기가 더 미안해지고 죽고 싶은 심정이었다.

개네는 몸과 마음이 너무 지쳐 어머니한테 한잠 자겠다며 이불을 뒤집어쓰고 누었다.

얼마나 지났을까. 한잠 푹 자고난 개네는 어머니가 차려온 저녁상을 보자 갑작기 구역질이 났다. 잘못 먹은 것도 없는데 구토가 심했다. 입덧이 난 것이다. 이를 본 어머니는 미심쩍은 표정으로 물었다.

"너, 언제 경도가 있었니?"

개네가 꼼꼼히 따져보자 지난 3월에 경도가 있고 그후에는 없었던 것이 생각났다.

개네가 임신한 것이 확실했고 벌써 3개월에 접어든 것이다.

어머니를 비롯한 온 가족이 개네의 임신을 좋아하기보다는 걱정이 앞섰다. 임신 중에 위험을 무릅쓰고 38선을 넘는 힘든 여행을 할 수 없고 그렇다고 수만이 없는 아기를 낳아 키운다는 것이 그렇게 쉬운 일이 아닌데 하며 마음속으로 걱정이 태산 같았다. 아기는 또 가질 수도 있으니 지우라는 얘기도 나왔다.

개네는 지그시 눈을 감고 수만의 얼굴을 떠올리며 뜨겁게 사랑을 나누던 지난날의 일들을 되새겨보았다. 두 손으로 아랫배를 감싸듯

쓰다듬었다. 개네는 뱃속에 아기가 생겼다는 사실이 너무나 신기했다.

그녀는 마음속으로 선생님은 지금 어디 계신가요. 제가 선생님 아기를 가졌어요. 선생님! 하고 불러보았다.

개네는 어른들의 근심 걱정에도 불구하고 아기를 낳기로 결심하였다. 뱃속의 아기는 선생님과 자신이 그 어려운 시련을 극복하고 서로가 간절히 원해서 잉태된 것이다. 하늘이 내린 선물과도 같은 아기를 지울 수는 없는 것이다.

수만 선생님을 만나는 날 아기를 지웠다고 말할 수는 없다. 어떠한 어려움이 있더라도 아기를 낳아야 한다고 마음을 굳혔다.

남으로 간 수만

수만은 완행열차 편으로 서울을 출발한 지 네 시간 만인 낮 12시경 논산역에 내렸다.

호남평야의 북부 중심지가 되는 논산읍 거리에는 각 상점마다 의류, 고무신 같은 일용품 외에도 먹을거리가 풍성하게 진열되어 있었다.

쌀 생산 중심지답게 대형 정미소와 '조화朝花'라는 큰 양조장도 눈에 띄었다.

사방이 큰 들판으로 둘러싸인 논산읍에서 북쪽으로 멀리 계룡산이 보였다.

그는 책에서 보고 말로만 듣던 계룡산 쪽을 향해 큰 길을 따라 걸으면서 이상한 기분이 들었다.

평안북도 초산 산골 사람이 본의 아니게 38선을 넘어와서 고려를 멸망시킨 태조 이성계가 도읍을 정하려고 터를 잡았던 곳, 한양에 도읍한 이씨 조선이 멸망한 후 정씨 천 년 도읍지가 된다는 계룡산을 눈앞에 두고 있는 그 기분을 무어라고 표현할 수가 없었다.

덕지동德池洞을 지나 논산강 둑에 놓인 큰 다리를 건너 부적면大赤面 아호리阿湖里에서 그곳에 사는 농부 한 사람을 만났다. 민씨라는 사람으로 벼 못자리를 보러 가는 길이라고 했다.

충청도 사투리에 순진하게 보이는 그 사람과 둑에 앉아 한동안 이곳 풍속과 농사일 등 이런저런 얘기를 나누었다.

들판 한가운데 큰 집들은 일본 사람들이 살던 집으로 이곳 농토 대부분이 일본 사람 소유였다고 한다. 그리고 여기서 생산되는 많은 쌀은 논산, 강경의 큰 정미소에서 도정되고 군산항을 통해 일본으로 반출되었다고 한다.

수만은 쌀이 많이 생산되는 호남 사람들인데도 그중에는 아이, 어른이 함께 가족 단위로 멀리 평안북도 초산 앙토리 같은 산골까지 참빗, 채, 키 같은 것을 짊어지고 와서 구걸하다시피 행상하는 초라한 모습들이 생각났다. 압록강 건너 만주에도 호남 사람들이 많이 사는 것을 본 적이 있었다.

이곳에는 농토의 대부분은 큰 지주 몇 사람들이 점유하고 많은 사람들이 소작인으로 살고 있는데 소작도 하지 못하게 할까 두려워 불만이 있어도 그저 굽실거리며 살고 있고 아직도 양반 상놈을 가르는

봉건적 잔재가 많이 남아 있다고 한다. 해방 직후에는 한때 박헌영이 이끄는 공산당 활동이 활발하여 많은 폭동사건이 잃어났는데 경찰도 이를 다스리지 못한 것을 38선 이북에서 내려온 서북청년단이 힘으로 질서를 잡았다고 한다.

수만은 이북 고향 땅에서 살 수 없거나 추방되어 남쪽으로 온 젊은 사람들로서는 남한이 공산화 되는 것을 결사적으로 막을 수밖에 없었을 것이라고 생각되었다.

민씨는 담뱃대를 툭툭 털고 일어서면서 여기서 일하고 살고 싶으면 김광수 씨를 찾아가 보라면서 집을 가리켜 주었다.

그는 50대 후반으로 부적면 으뜸가는 유지이며 연산면과 부적면 일대의 광산 김씨 집안 어른으로 대접받고 있는 사람으로 그는 수만에게 몇 가지 질문을 한 뒤 같은 광산 김씨인 김용식을 소개해 주었다.

수만은 그가 가르쳐 준 대로 아호리 다리 근처 국도변에 있는 김용식의 집을 찾아갔다.

그의 집은 깨끗한 적산 가옥이었다. 김용식은 부적면에서는 제일 큰 정미소를 운영하고 소유 논밭도 5,6천여 평 되는 알부자로 이름나 있었다. 그리고 그는 대한청년단 부적면 단장이기도 했다.

김용식은 그가 이북 평안도 사람이라는 점에서 마음에 들었는지 이력서를 요구하기에 준비했던 이력서를 내놓았더니 크게 놀라면서 자필이냐고 물었다. 그리고 힘든 노동일을 할 수 있을까 갸웃하기도 했다.

그러나 수만의 건장한 체격 조건과 얼굴을 보고서는 앞으로 동지가 되어 같이 일하자고 쾌히 승낙했다.

거처는 정미소 사무실 옆방을 쓰도록 하고 식사는 정미소 일꾼들과 같이 하고 보수는 정미소 도정 수입 비율로 하기로 했다. 지금은 별로 일거리가 없지만 여름에 보리, 밀 수확 때와 가을 추수 때에는 24시간 기계가 돌아간다고 하며 그래서 다른 노동일보다 보수가 월등하게 높고 안전하다고 했다. 한때 좌익 불순분자가 정미소 일을 하면서 기계를 고장나게 하고 도정된 쌀을 몰래 빼먹기도 했다고 한다.

그런 일로 해서 김용식은 수만의 출신 성분과 인상 등이 마음에 들어 거의 파격적으로 대우하였다. 그 동네 다른 사람들이 모두들 부러워했다.

이와 같이 거처가 어느 정도 안정이 되자 수만은 서울 명륜동 할머니에게 이곳 주소를 명기하고 어머니와 개네 소식이 있는 대로 알려달라고 편지를 썼다.

그러자 얼마 후에 회신이 왔다. 어머니와 개네 소식이 전혀 없다는 것, 그리고 5 · 10 선거 후부터는 검문이 심해져 평양 이남부터는 38선 근처의 접근이 거의 불가능해졌다는 내용이었다.

수만은 한숨을 내 쉬었다. 지금까지 어머니와 개네를 만난다는 일념으로 희망을 가지고 살아 왔는데…….

그러나 수만은 곧 정신을 차리고 언젠가는 만날 날이 있을 거고 38선도 언젠가는 없어질 것이다. 이는 결코 오래 가지는 않을 것이라고 생각하며 마음을 달랬다.

당시 모든 사람들은 지금은 남과 북이 갈라졌지만 언젠가는 38선이 없어지고 왕래가 자유로워질 날이 꼭 올 것이라고 확신하고 있었다. 그리고 그것은 오래 걸리지는 않을 것이라고 생각했던 것이 사실이었다.

수만은 정미소 일거리가 없는 날엔 용식네 농장이나 다른 사람들의 농장에 나가 힘든 일을 마다하지 않고 무엇이든 했다. 그러면서 중앙 일간지를 구독하고 옥편과 국어사전을 사다가 야간에는 촛불을 켜놓고 열심히 공부했다.

당시 타블로이드판인 동아·조선일보는 4절지로 앞 뒤 양면 글에는 한자가 많았다. 유명 인사의 칼럼과 마음에 드는 구절은 학습장에 옮겨 쓰고 암기를 했다.

일터에서 쉬는 시간 남들이 담배 필 때에도 호주머니에 접어 넣었던 신문을 꺼내 다시 한 번 읽어 보았다. 중학생 영어 교과서를 빌려 영어공부도 했다.

그는 일제시대에 소학교를 다니면서 그것도 3학년까지 우리나라 글을 조선어로, 일본말을 국어로 배우고 해방 후에는 학교 공부를 할 기회가 없었으므로 우리나라 글에 대해 부족함이 많았다.

신문을 읽음으로써 세상 돌아가는 것을 알게 되고 많은 지식을 얻을 수 있었다.

어느덧 6월로 접어들면서 모내기가 시작되고 밀, 보리를 수확하느라 농촌은 무척 바삐 돌아가고 있었다. 모심기가 끝났는가 싶더니 얼마 안가서 밀, 보리 도정이 시작되고 정미소 기계가 쉴 사이 없이 돌아갔다.

수만은 현물로 받는 도정료와 도정료 수입에 따른 종업원 보수를 정확하게 계산하여 그때그때 기장하고 매일 그에게 현물을 확인 시키고 장부 결재를 받았다.

용식은 그가 유식한데다 성격이 꼼꼼하고 정직하게 일을 처리하는 것이 마음에 들었다.

이렇게 수만은 남쪽에서의 생활이 본격적으로 시작되었다. 그리고 6개월이 지나면서 신문지상의 글 중에 모르는 문자가 거의 없을 정도로 읽게 되었으며 간단한 영어 작문도 하게 되었다.

이러한 글읽기 습관은 그후에도 계속되었는데 그의 글씨 솜씨와 글 실력이 아호리 일대 주변에 차차 알려지면서 많은 사람들이 이력서 또는 편지 같은 것도 써달라고 부탁이 들어왔다.

방학 때가 되자 중학교 다니는 용식의 아들 공부도 가르쳐주는 등 주변 사람들과 잘 어울리면서 북한에서는 좀처럼 느껴보지 못했던 편안한 하루하루를 보내고 있었다.

북한에서는 웬만해서는 먹기 힘든 쌀밥에 생선 반찬을 먹으면서 이렇게 살기 좋은 곳을 놔두고 선조들께서는 왜 초산 앙토리 같은 산골에서 살았는지 하는 생각도 해보았다.

그러나 편안한 하루하루를 보낼수록 어머니와 개네 생각이 자꾸 떠오르고 견딜 수 없이 외로웠다.

8월 15일 남한에는 대한민국 정부가 수립되고 이승만은 초대 대통령으로 당선되었다. 그리고 그해 12월 UN 총회의 승인을 받았다.

그러나 이렇게 되기까지 남쪽은 북쪽과는 달리 제주도 4·3 사건 등 많은 혼란이 여러 곳에서 일어나고 있었으며 논산과 아호리 일대에서도 좌익세력과 우익세력 간에 살육과 소란이 있었다는 사실들을 마을 주민을 통해 알게 되었다.

수만은 몇몇 사람들이 겉으로 표현은 안 하지만 이북 출신인데다 대한청년단 부적면 단장인 김용식네 집에서 일하는 자신에 대해 곱지 않은 시선으로 보고 있다는 것도 느끼고 있었다.

10월 19일, 여수·순천 반란사건이 일어났다.

여수항에서 4·3 제주 폭동 진압을 위해 출동 준비를 하던 국군부대 내에서 좌익세력이 반란을 일으켜 삽시간에 전남, 순천과 벌교 근처까지 점령해 나감으로써 많은 장병이 전사하고 민간인이 좌우로 갈라져 서로 죽이고 죽이는 동족상잔의 비극적인 사건이 일어났다.

군에 의한 대대적인 토벌작전으로 진압은 되었으나 지리산으로 숨어든 반란군과 이를 토벌하는 작전은 계속되고 있었다.

수만은 철모에 흰 천을 두른 많은 군인들이 호남선 열차 편으로 이동하는 모습을 보았다. 북쪽에서는 상상조차 할 수 없는 광경이었다.

그 외에도 남쪽에서는 크고 작은 사건들이 잇따라 발생하였다. 그리고 이를 지원하는 북의 38선 분쟁 도발과 남파 게릴라의 침입 등 많은 사건들이 있었다.

이렇게 불안한 가운데 토벌작전이 끝나고 어느 정도 안정이 되는 듯 했지만 1949년에 접어들면서 남로당 국회프락치사건, 김구 선생 암살 등이 일어나는 등 정국이 조용한 날이 없었다. 그해 6월에는 주한 미군이 완전 철수하였다.

그는 북쪽에서 느껴보지 못했던 자유와 좀처럼 먹어보지 못했던 흰쌀밥에 생선과 고기를 배불리 먹으면서도, 무시무시한 군사력과 항상 긴장상태에서 일사불란하게 움직이고 있는 북한에 비해 남한은 어딘가 나사가 풀린 것 같고 모든 것이 구멍 뚫린 것처럼 허술하게 보였다. 그래서 언젠가는 북한에 당할 것만 같은 불안한 마음을 떨칠 수가 없었다.

이런 가운데 수만은 38선이란 장벽 때문에 개네와는 쉽게 만날 수 없는 이별의 아픔을 가슴에 안고 살아갈 수밖에 없게 되었다.

북에 남은 개네

이찬골 개네는 수만 선생님이 북조선에 있다면 무슨 수를 써서라도 이찬골을 찾아왔을 텐데 안 오는 걸 보면 월남한 것이 틀림없다고 생각했다.

그리고 다시 만날 날은 38선이 없어지는 날이 될 것이고 38선은 언젠가는 없어질 것이 확실하다고 생각하면서 그날이 언제일지 모르겠지만 그날까지 어떻게든 살아가야만 한다고 마음을 단단히 가졌다.

그날부터 개네는 점점 무거워지는 몸을 이끌고 어머니와 함께 오래전에 할아버지가 가꾸었던 묵은 화전을 다시 일구기 시작했다. 무성한 풀을 깎고 나무 뿌리를 캐면서 하루 십여 평을 일구어 조와 옥수수를 심었다.

그리고 비 오는 날이나 밤이면 재봉틀을 돌려 옷을 만들어 읍내 시장에 내다 팔기도 했다. 광목, 명주, 모시, 항라 같은 귀한 필목을 넉넉히 가지고 있어 당분간은 사는데 별 걱정은 없었다.

그러던 어느 날 서울에서 살고 있다던 문찬 숙부가 이찬골을 찾아왔다. 하양리 이모 할머니 즉 숙부에게는 이모가 되는 분을 만나 자상한 얘기를 듣고 오는 길이라고 했다.

뜻밖이었다. 어머니는 너무나 반가워했다. 개네도 정범 할아버지와 할머니 장례식 때에 문상와서 며칠 지내다 가신 문찬 숙부를 본 기억이 났다.

문찬 숙부는 지난 해 12월 월북하여 지금은 김일성대학 교수로 계신다고 하면서 그간 바빠서 이렇게 늦게야 왔다고 했다.

문찬 숙부는 수만이가 숙청당하여 월남했을 거라는 얘기를 듣고는 자신이 있었으면 말렸을 텐데 하며 아쉬워했다.

그는 곧 통일이 되면 그때 만나게 될 것이니 너무 걱정하지 말고 몸 건강히 지내라는 말을 했다.

개네는 일본에서 대학을 다니시고 현재 김일성대학 교수로 계시는 문찬 숙부의 속마음이 궁금했다.

숙부께는 아버지가 되시는 정범 할아버지가 평생 땀 흘린 덕분에 일본 대학까지 다니셨고 할아버지께서 일구시고 가꾸셨으나 이제는 남의 것이 된 하단리 집과 농토를 보고 어떤 기분이 들었을까? 그리고 개네가 하말 할아버지, 할머니 묘소를 안내하겠다고 말하자 다음에 들리겠다며 바삐 발길을 돌렸다.

그것은 아마도 대지주의 아들로서 일본 명문대학 유학을 마치고 호강하던 사람이 현재 김일성대학 교수라는 자리에 있다는 사실을 고향 사람들에게 알리고 싶지 않았기 때문이라는 생각이 들었다.

8월 중순경 장날이었다.

개네는 어머니와 함께 만든 옷가지를 팔기 위해 읍내 장터엘 갔다.

그런데 거기서 마이요루 포칸체프 소련군정 사령관과 같이 시장 시찰을 나온 심수길 동역관을 만났다. 김 통역관은 어머니를 만나가 반가워하면서 말을 했다.

"고모님, 다음 일요일에 며느리와 함께 우리집에 잠깐 들리시지요."

그날 어머니는 개네와 함께 김 통역관 집엘 들렸다. 김 통역관 어머니는 수만의 어머니를 보고 시누이라고 불렀다. 그러면서 수만이 격정과 함께 어려운 가운데도 시어머니를 잘 모시고 있는 개네에 대한 칭찬도 아끼지 않았다.

그때 김 통역관이 과자와 통조림 등 선물 한 보따리를 들고 들어왔다. 그 당시 초산에서는 좀처럼 맛볼 수 없는 귀한 음식이었다. 그는 자리에 앉으며 격정스런 표정으로 말했다.

"지금 남쪽에서는 단독정부가 수립되었음으로 북조선에도 곧 인민공화국 정부가 수립될 것이고, 그후 소련군이 철수하게 되면 나는 이곳을 떠나 평양에 가 있게 되는데 앞으로 고모님과 가족이 걱정이 되어 보자고 했습니다."

그러면서 지난 4월 숙청 때에 수만은 명단에서 빠지도록 되어 있어 마음놓고 있었는데 앙토리 세포위원장이 자기 마음대로 이름을 끼워넣은 것을 나중에야 알았다고 했다. 이미 지나간 얘기지만 그후에도 자신에게 상의했으면 앙토리 아닌 다른 곳에서 수만이랑 한 가족이 같이 살 수 있었을 텐데 하며 아쉬워했다.

개네 보고는 기왕에 이렇게 된 것 낙심하지 말고 앞으로 여맹이나 민청 같은데 열심히 나가서 실적을 올리면 당원이 될 수 있고 그래야만 북조선에서 살 수 있다고 일러주었다.

어머니와 개네는 김 통역관이 준 선물을 한 아름 안고 이찬골 집으로 돌아왔다.

개네는 주위의 많은 사람들이 걱정해주고 격려해주는데 대해 깊은 감동을 느끼고 앞으로 어떤 어려움이 닥치더라도 열심히 그리고 꿋꿋이 이겨내고 살아가리라 마음을 굳게 다짐했다.

9월 9일 북한에는 조선민주주의인민공화국이 수립되고 김일성이 내각 수상이 되었다. 그리고 12월에는 소련군이 많은 무기와 군 장비를 인민군에게 물려주고 북한에서 철수하였다.

그후 인민군의 전력 증강이 급속하게 진행되고 있는 모습이 눈에 띄었다.

아기를 낳았어요

그해 12월 24일 이른 아침.

지난 밤 함박눈이 소복이 내려 이찬골이 온통 흰 눈에 덮여 있었다.

그날 아침 햇살이 눈부시게 비치는 시간에 개네는 산고 끝에 아기를 낳았다. 아들이었다.

출산은 시어머니께서 탯줄을 끊고 시종 정성을 다해서 돕고 보살폈다.

이윽고 출산의 고통에서 깨어난 개네는 시어머니의 손을 꼭 잡고 돌아누우면서 입을 벌리고 울어대는 아직은 핏덩어리 같은 아기를 보았다. 개네는 너무나 감격스러워하며 기쁨의 눈물을 흘렸다.

"선생님! 제가 아기를 낳았어요. 선생님! 지금 어디 계셔요. 선생님의 아들을 낳았어요."

아기는 순조롭게 잘 자라고 있었다. 개네는 아기에게 젓꼭지를 물릴 때마다 자신을 놓칠세라 쳐다보면서 젖을 빨아대는 아기의 모습에서 수만 선생님을 너무나 닮아가고 있다는 것을 느꼈다.

개네는 그가 자신이 아들을 낳은 사실과 정말 무사히 38선을 넘었는지까지도 궁금해서 견딜 수가 없었다.

1949년 새해 들어 평안북도 동북부에 있는 강계, 초산, 위원, 자성, 후창, 휘천군이 갈라져 자강도가 되고 강계읍이 도청 소재지가 되면서 시가 되었다는 소식이 알려졌다.

그런데 얼마 후 이찬골 산골에 웬 인민군 3륜 오토바이가 들어와 수만 어머니를 찾았다.

인민군 대좌 계급장을 단 김형준이었다.

그는 수만의 종백부(5촌 백부) 김문회의 둘째 아들로서 형기의 동생이며 수만의 6촌 형이 된다.

김형준은 서울 희문중학을 나온 후 일본에서 대학을 다니던 중 학도병으로 끌려가 중국 북부전선에 배치되었으나 곧 탈영하여 연안 독립동맹 김두봉 의용군에 들어가 항일전에 참전하였다가 8·15 해방이 되자 북한에 들어와 인민군 간부가 된 것이다.

한때 그의 부친은 초산에서 우체국 직원으로 있으면서 일제가 압록강 상류 임산 개발자금으로 송금하던 현금을 탈취해 당시 임시정부산하 정의부 소속 독립군에게 바침으로써 독립군이 독일제 모젤 소총으로 무장할 수 있도록 한 장본인이다.

그후 상해 임시정부에 들어가 1932년 4월 29일, 윤봉길 의사의 일본 시라가와 대장을 살해한 폭탄 투척 사건을 지원하고 국내에 드나들며 독립군 자금을 조달하는 등 독립운동을 하다가 일본 군경에 체포되어 5년 옥고를 치루기도 했다.

출감 후 베이징에서 살았으나 8·15 해방이 되자 김구 주석과 합류, 입국하였다가 1948년 4월에 월북하였다.

김형준은 생모 현병운의 성을 따서 현파玄巴 라고 이름 부르고 있었다.

그는 부친의 독립운동 사건으로 어려서 고향을 떠나 서울에서 학교를 다니면서 방학 때 할머니를 보려고 초산에 들리곤 했었다. 현파 대좌는 강계에 있는 인민군 연대장으로서 예하부대인 초산 인민군 중대 시찰을 왔다가 운해천 할아버지 산소에도 들르고 친척인 수만을 보려고 앙토리를 찾은 것이다.

일행에는 만주 청하淸河 출신의 보좌관 강 소좌와 초산 인민군 중대장 대위도 함께하였다.

현파 대좌는 수만을 못 만난 것을 아쉬워하며 그의 어머니인 당숙모에게 정중하게 인사를 하고 개네에게는 언젠가는 수만을 꼭 만날 것이니 희망을 버리지 말고 시어머니 잘 모시라며 당부하고 돌아갔다.

현파 대좌가 다녀간 후 앙토리 일대에서는 수만네 집에 대한 이야기들이 퍼져나갔다.

그녀도 남편인 수만 선생 집안에 이렇게 훌륭한 인물들이 있다는 사실에 대해 새삼 놀랐다. 여기서 누구보다도 놀라고 불안해 한 사람은 리병규 세포위원장이었다.

그는 수만의 배경에 인민군 대좌가 있다는데 대해 놀랐고 보좌관인 강 소좌가 청하 사람이란 것을 전해 듣고는 뭐가 구린지 불안해했다.

그후부터 리병규는 전과는 다르게 개네와 개네 시어머니한테 공손하게 대했다.

3
동족상잔

제 2의 피난길

어느덧 세월이 흘러 수만과 개네가 남과 북으로 갈라진 지 만 2년 이 되는 1950년 5월이 되었다.

5월 30일 남한에서는 제2차 총선거가 있었는데 수만은 생전 처음 자유롭게 국회의원을 자신의 손으로 직접 뽑는 투표를 했다.

그러나 선거과정을 지켜보면서 해방이 된 지 5년이 됐지만 남한에 는 아직도 양반과 상놈이라는 계급적 인식이 깔려있고 지역 간의 불 화와 고질적인 씨족 가문 간의 차별과 다툼 등 북한에서는 볼 수 없는 반봉건적 잔재가 남아있다는 것을 느꼈다.

이런 상황이라면 무산계급을 단결시키고 일사불란하게 움직이는 북한에게 당할 것만 같은 생각이 자주 들었다.

더욱이 미군이 철수한 상태에서 뭔가 일어날 것만 같은 불길한 예감을 떨칠 수가 없었다.

수만은 그해 가을 추수까지만 일하고 그만 둘 생각이었다. 그때까지의 수입을 계산하면 쌀 30 가마가 될 것이고 돈으로 환산하면 약 20여만 원은 될 것 같았다. 20만 원이면 큰 황소 2마리 값으로 웬만한 장사 밑천은 될 것이며 좀 더 자유스럽게 살고 공부도 하고 싶었다.

6월 25일 논산장엘 갔더니 북한이 전면적인 남침을 개시했다는 소문이 나돌았다.

그의 생각은 38선 부근에서 가끔 북한 인민군에 의하여 일어났던 도발 사건쯤으로 생각했다. 그런데 동아일보 호외 뉴스를 보니 대대적인 전면 남침이 틀림없었다.

전쟁이 일어난 것이다.

그런데도 인민군을 잘 모르는 많은 사람들은 국군이 잘 막아줄 것이라고 믿고 크게 동요하지 않았다.

그러나 그도 괜찮겠지 하면서도 불안한 생각이 자꾸 들었다. 그렇다고 어떻게 해야 할 것인지는 생각이 나질 않았다.

그날 용식과 인민군 남침에 대한 의논을 했다. 수만은 북한 인민군에 관해서 느낀 대로 얘기했다.

그러나 용식은 국군을 크게 믿고 있었다. 그의 동생 용준은 국군 하사관으로 여수·순천 사건 때도 큰 공을 세운 것을 자랑했다. 그래도

만의 하나를 생각해서라도 대책은 세워야 한다고 수만은 강조했다. 그리고 라디오 방송에 귀를 기울였다.

28일 마침내 서울이 함락되었다는 소식이 들렸다. 그리고 얼마 후 많은 관용차들이 용식의 정미소 앞 호남 국도를 따라 논산, 강경방면으로 이동하고 있었다. 그것은 정부요인들의 후퇴로 보였다.

7월 5일경에는 미군이 참전했다는 소식이 들려왔다.

사람들은 미군이 참전했다면 인민군을 쉽게 물리칠 수 있을 것이라며 안심하고 보리를 타작하고 보리를 벤 자리의 논김을 매는 등 농사일에 열중하고 있었다.

그런데 얼마 후 피난민들이 내려오고 20일에는 대전이 함락되었다는 소식이 들렸는데 논산읍에 진주한 일부 미군이 연산방면에 포격을 가하는 것이었다.

아호리 일대가 곧 전쟁터가 될 것이라는 말들이 떠돌면서 일부 주민들이 피난 보따리를 싸느라 야단들이었다.

용식은 수만에게 미군이 참전했으니 잘 될 것이라면서 미안하지만 각자 숨어 지내다가 다시 만나기로 약속하고 그는 가족들을 데리고 어디론가 피난을 갔다.

김광수와 다른 사람들도 깊은 산골에 있는 친척이나 지인들을 찾아간다고 했다.

남아 있는 사람들은 일부 소작인이나 남의 일을 해주고 겨우 생계를 유지하는 갈 곳 없는 가난한 사람들 뿐이었다.

아는 사람이라고는 전혀 없는 수만은 계룡산 근처로 가기로 마음먹고 식량과 옷가지, 그리고 덮을 이불을 싸서 길을 나섰다.

연산방향의 국도를 피하고 소로를 따라 노성魯城쪽으로 가다가 상월면 산길을 거쳐 신도안에 도착했다.

그곳은 옛날 이성계가 도읍하려고 터를 잡은 곳으로 정감록 비결을 믿는 많은 사람들이 살고 있었고 전쟁 피해 없이 인민군에 의해 점령되었다고 한다.

그러나 수만은 사람 많은 곳을 피해 다시 계룡산 동쪽 소로를 따라 올라 가다가 오른쪽 고개 넘어 소문으로 듣던 동월東月이라는 곳에 이르렀다.

공주군 반포면 학봉리에 속하는 이곳은 마치 앙토리 상단 이찬골 같이 사방이 산능선으로 둥글게 둘러싸여 있는 아늑한 곳으로 십여 호의 주민들이 살고 있었는데 대전, 유성 등지에서 많은 피난민들이 모여들고 있었다.

수만은 길吉씨라는 유성에서 왔다는 평안북도 영변 사람을 만나 같은 방을 쓰기로 하고 짐을 풀었다.

유성에서 옷 장사를 했다는 길씨의 말에 의하면 대전과 유성은 미군의 폭격으로 잿더미가 되고 미처 피난 못간 많은 이북 사람들이 인민군에게 붙잡혀 갔다고 한다.

길씨도 숨어 살다가 밤중에 빠져나왔다고 하면서 앞으로의 일을 걱정하였다.

8월로 들어서면서 유성, 대전을 다녀온 동월 주민들에 의해 대구가 곧 함락되고 전쟁이 오래가지 않을 것이라는 소문이 나돌았고 또 다른 사람들은 인민군들이 전투력이 바닥이 났으므로 미군의 대대적인 반격이 곧 시작될 것이라는 엇갈린 소문도 들렸다.

전선이 낙동강 쪽으로 멀어졌지만 후방인 유성, 대전지방에는 연일 미군의 폭격과 기관총 사격으로 주간에는 차량이나 기차도 운행하지 못했다. 야간에는 주민들을 동원하여 릴레이식으로 보급품을 전선으로 운반하고 많은 10대의 젊은이들이 전방으로 끌려간다고 한다.

그리고 동리마다 노동당 세포와 민청, 여성동맹 초급단체가 조직되고 애국가 '아침은 빛나라……'와 김일성 장군 노래 '백두산 줄기줄기 피어린 자국…….' 등을 열심히 가르치고 불러댄다고 한다.

그런데 이상하게도 이곳 동월은 조용했다. 아마도 큰 길과 멀리 떨어져 있는 산골짝으로 공주 땅이지만 얕은 능선만 넘으면 논산 신도안이고 생활권은 유성이 가까웠기 때문이다.

그리고 거주민이 몇 세대 안 되는데다 주민 대부분이 일제시대 때부터 타 지역에서 모여든 사람들로 산비탈 화전 같은 농지에서 가축을 기르고 장작 땔감과 숯을 팔아 생계를 유지해왔기 때문으로 보인다.

9월로 접어들자 계룡산 동월에서는 피난온 사람들은 그들이 살던 곳으로 되돌아갔고, 길씨도 가족이 있는 유성으로 되돌아갔다.

혼자 남게 된 수만은 가지고 온 식량마저 동이난 상태인데다 아호리 소식이 궁금해서 동월을 떠났다.

필사의 탈출

그는 가는 길 역시 호남 국도를 피하고 상월면을 지나 노성 쪽으로 돌아서 갔다. 저녁때쯤 아호리에 도착하자 가깝게 지내던 조규동을 찾아갔다.

그의 고향은 경북 영천으로 일제시대에 대구공업을 나온 사람이다. 1946년 대구 10월 폭동사건 때 남노당에 가담한 탓으로 영천에서는 더이상 살 수가 없게 되자 1947년 아호리로 이사 와서 같은 중등교육을 받은 수만과는 말이 통하고 친구처럼 지냈었다.

그는 인민군을 아군이라 하고 국군을 괴뢰군이라고 하면서 곧 대구가 함락되면 고향으로 돌아갈 것이라고 했다.

규동은 수만을 반갑게 대해주면서 같이 저녁을 먹고 노동당 세포 사무실이 있는 김광수 집으로 안내했다. 거기에는 이상호 형제 등 몇몇 낯익은 사람들이 회의를 준비하고 있었다.

그들은 얼마 전까지 수만과 함께 남의 집 논밭에서 모심고 김매고 보리타작하던 친구들이다. 다들 반가워하며 인사를 나누었는데 이상호 동생인 상준이 손사래를 치며 말했다.

"김수만 동무는 잠깐 나가 있으시오."

조규동은 미안해하는 눈치였다. 그가 밖으로 나오자 안에서는 된다, 안된다는 격앙된 말들이 오고갔다.

수만은 다시 동월로 돌아가야 되겠다고 생각하고 슬며시 그 자리를 피했다.

그는 가깝게 지내던 민씨 집에서 소지품을 챙기고 있을 때 조규동이 찾아와 미안하다며 사과하고 상준도 수만을 받아드리기로 했으니 걱정 말라고 했다.

그리고 다른 곳으로 가지 말고 앞으로 여기서 같이 지내자며 막걸

릿집으로 가서 한 잔씩 나누었다. 그러나 수만은 아호리에 더 머물고 싶은 생각은 없었다.

그는 다음날 동월로 떠나기로 작정하고 품값을 받기 위해 일하던 몇 집을 찾아가 식량이 떨어져 왔다고 했는데도 세상 인심이 변했는지 이 핑계 저 핑계를 대며 가을 추수까지 기다려 달라고 오히려 수만에게 사정을 했다.

겨우 보리쌀 한 말을 받아가지고 인사차 조규동의 집에 들러 얘기를 나누는데 느닷없이 왼팔에 완장을 두른 치안대원이 들이닥치며 수만을 보며 치안대장이 잠깐 보자고 하니 같이 가자고 해서 따라 나섰다.

아마도 빌려다 먹은 쌀과 보리를 안주려고 누군가가 수만을 이북 사람이라고 고자질 한 것 같았다.

치안대는 김용식 정미소를 사무실로 쓰고 그의 집을 숙소로 사용하고 있었다.

치안대장 정대석은 본래 강원도 울진 사람으로 남노당 좌익으로 몰려 이곳에 와서 숨어 살던 사람인데 일제시대에 서울에서 중학교를 다녔다고 한다. 수만은 정대석에 대해 얘기는 들었지만 대면하기는 처음이다. 체격도 좋았고 아주 험상궂은 인상으로 말씨도 거칠었다.

치안대원이 수만을 데리고 치안대장 앞으로 갔다. 치안대장은 험한 인상으로 대뜸 핏대를 세우며 소리쳤다.

"이놈이야!"

그리고 무릎을 꿇어 라고 하자 수만은 얼떨결에 무릎을 꿇었다.

"너, 서북청년 이북내기라며. 공화국을 배신한 놈 혼 좀 나 봐야겠어.”

치안대장은 야전침대 마구리 몽둥이 두 개를 들고 옆에 있는 치안
대원 두 사내에게 명령했다.

“이놈은 국방군 간첩이니 사정없이 쳐라.”

치안대원은 언젠가 수만과 아호리에서 만 2년을 살면서 남의 집 품
팔이 일을 같이 하던 이들이다.

그들은 치안대원은 할 수 없이 동무 미안하다며 돌아가며 수만의
등을 마구 내리쳤다.

그는 아랫배에 힘을 주고 견뎌 볼려고 했지만 몽둥이가 사정없이
내리치자 견딜 수 없이 아팠다.

퍽 퍽 두 번, 세 번 내리칠 때마다 눈을 부릅뜨고 힘을 주었지만 죽
을 것만 같았다. 이러다 여기서 죽는 것은 아닌가 하는 절망과 공포심
이 엄습해 왔다.

순간 수만은 어머니와 개네의 모습을 떠올리면서 마음속으로 ‘죽
어서는 안 돼…… 어떻게든지 살아야 한다.’고 다짐하면서 몽둥이가
등을 내리칠 때마다 있는 힘을 다해 주먹을 꼭 쥐고 아랫배에 힘을 주
었다.

옆에서 지켜보던 치안대장은 핏대를 세우며 마구 지껄여 댔다.

“이놈 봐라, 이북 놈. 백골부대 같이 독한 놈이로구나. 이놈 죽여!”

그는 온몸의 감각이 마비됐는지 몽둥이가 등을 내리칠 때마다 아픔
보다는 둔탁한 소리만 느껴졌다.

그리고 눈앞이 희미해지면서 아득히 멀어지고 이 세상 모든 것이
끝나는 것만 같았다.

죽도록 얻어맞은 수만은 견디다 못해 그 자리에서 쓰러지고 말았다. 잠시 후 귓가에 "항공! 항공!" 하는 고함 소리와 함께 비행기 굉음이 들리고 기관총 소리가 뒤따라 들려왔다.

치안대장의 다급한 목소리가 희미하게 들려왔다.

"이놈, 지하실에 처넣었다가 내일 보위부에 넘겨! 어서!"

얼마나 지났을까. 어머니의 목소리가 어렴풋이 들려왔다.

"아들아! 왜 차디 찬 맨바닥에 누어있니? 감기 걸리겠다. 어서 일어나라. 어서……"

수만은 "어머니!" 하면서 눈을 떴다. 꿈이었다.

그는 내가 왜 여기 누워있을까? 잠시 생각하면서 손으로 바닥을 더듬어 보았다. 시멘트 바닥이었다. 칠흑 같은 어둠 속에 옆에서 윽 윽 하는 신음 소리가 들렸다. 그때서야 수만은 치안대원들한테 몽둥이로 맞던 생각이 떠올랐다.

'안 돼 살아야 돼, 죽으면 끝이다.' 하면서 돌아누우려고 힘을 주자 등, 척추뼈가 목 뒤까지 자극하면서 뜨끔거리고 아팠다. 주먹을 쥐기만 해도 등뼈와 근육에 통증이 왔다.

수만은 살아야 한다는 일념으로 아픔을 견디며 안간힘을 다해 돌아누웠다. 그리고 팔꿈치와 두 무릎으로 기었다. 힘들게 조금 기어가자 손이 벽에 닿았다.

두 손으로 벽을 더듬으며 일어서자 머리가 천장에 닿았다. 마루였다. 그는 순간 용식네 정미소 지하 창고라는 것을 알았다. 정미소에서 한동안 일했기 때문에 건물 구조를 너무나 잘 알고 있었다.

수만은 천장 판자를 더듬더듬 살피다가 출입구 판자를 찾아내고 살짝 밀어 올렸다.

지하실 바깥은 의외로 조용했다. 몇 시나 됐을까? 지금쯤 주민들 대부분은 군 보급품 릴레이 운반에 동원된 것으로 보였다. 그리고 감시하는 치안대원은 아마도 숙소인 용식네 집에서 잠을 자거나 술을 마시고 있는지 인기척도 없었다.

출입문 판자를 뒤집으면 사다리로 이용되기도 했다.

그는 그것을 지하실 벽에 대고 사다리삼아 천천히 지하실을 빠져 나올 수 있었다. 그리고 판자를 조심스레 제자리에 올려놓고 기다시피해서 정미소 뒷문을 열고 나왔다. 바로 둑 밑에는 논이 있고 고압선 철탑이 서 있었다.

그는 둑 아래로 미끄러져 내려가다가 한 바퀴 뒹굴고 논바닥으로 빠졌다. 용식네 집 주방 하수구에서 물이 흘러내려 고여 있었기 때문이다. 위를 쳐다봤지만 조용했다. 아무도 눈치를 채지 못한 것 같았다.

노성방향으로 가는 농노길 약 백 미터 서쪽으로 호남선 철길 둑이 보였다.

수만은 이곳을 빨리 벗어나야 한다는 일념으로 양 팔꿈치와 양 무릎으로 기어가기 시작했다. 일어서면 한 발짝 옮길 때마다 목 뒤 척추가 뜨끔거리고 통증이 심해서 걸을 수가 없었다.

철길로 기차가 지나가고 있었다. 낮에는 폭격이 심하기 때문에 야간에만 군수물자나 병력을 실어나르기 위해 운행하는 것 같았다. 간신히 철둑을 넘었다.

노성 쪽 소로를 따라가면 길가에 농가 주택들이 있어 갈 수가 없었다. 길에서 조금 떨어진 서쪽은 노성천 제방까지 이어지는 부적면에서도 제일 넓은 들판이 펼쳐져 있다.

수만은 들판으로 빠져나가기로 하고 마침 바로 옆에 있는 외딴집 옆을 지나는데 빨랫줄에 남자용 두어 적삼이 걸려 있는 것이 보였다. 그 집은 일본에서 살다가 8·15 해방 후 귀국해서 농사를 짓는 사람의 집으로 그도 잘 알고 지내는 사람의 집이었다.

수만은 잘못인줄 알면서도 나중에 살아남으면 갚기로 하고 두어 적삼을 실례했다. 팔꿈치와 양 무릎이 벗겨져 피가 나오기 때문이다. 입던 옷은 찢어서 팔꿈치와 무릎을 감았다. 그런 다음 논둑과 논바닥을 따라 기었다. 얼마나 기었을까. 동쪽 하늘이 훤하게 밝아오고 있었다.

수만은 노성천 둑에서 그리 멀지 않은 들 한복판에 위치해 있음을 알고 어느 정도 안심이 되었다.

이곳은 넓은 들이고 물이 빠진 마른 논바닥에 벼가 잘 익어 벼이삭이 고개를 숙이고 있기 때문에 편하게 누워있으면 하늘에서 내려다보면 보일까 한낮에 숨어 지내기는 안성맞춤이었다.

수만은 솜 같은 뭉게구름이 떠도는 가을 하늘을 올려다보면서 생각에 잠겼다.

꿈 속에서 어머니가 나를 깨우지 않았으면 지금쯤 어떻게 되었을까. 생각만 해도 소름이 끼쳤다. 그리고 개네는 지금 어떻게 지내고 있을까?

'개네, 미안해! 정말 미안해! 이 전쟁이 끝나면 통일이 될 것이고 그때는 만나서 같이 살 수 있을 거야. 그때까지 잘 견디어내야 해. 그리고 어머니를 잘 부탁해.'

수만은 지난날을 생각하며 한없이 눈물을 흘렸다.

가을 한나절에 내리비치는 햇볕이 따사로웠다.

고추잠자리는 세상이 어지럽게 돌아가는 줄도 모르고 한가로이 하늘을 날으고 벼이삭에 앉았다가 또 날으곤 했다. 메뚜기도 커다란 눈알을 굴리면서 벼 잎을 갉아 먹다 말고 그를 이상하게 쳐다보는 것 같았다.

논산읍과 아호리 다리 쪽에는 미군 정찰기가 쉴새없이 날아와 기관총을 퍼붓고 있었다. 또 제트 전투기가 굉음을 내며 비행하는 모습도 보였다.

UN군의 폭격 때문에 낮에는 자동차와 우마차는 물론이고 사람들의 모습조차 보이질 않았다. 그래서 그런지 들판은 아주 조용했다. 시간이 지루하게 느껴질 정도였다.

수만은 생각했다.

'이 전쟁이 언제 끝날 것이고 또 어떻게 끝날 것일까? 국군이 이기면 당연히 고향에 갈 수 있겠지만 만약에 인민군이 이기면 고향에 가서 어머니와 개네랑 함께 살 수 있을까……?'

그는 국군이 승리하기를 마음속으로 빌고 있었다. 그리고 지난 밤에 누구인지는 모르겠으나 옆에서 고통에 못 이겨 신음 소리를 내던 사람의 일이 궁금하기도 했다. 그 사람과 함께 빠져 나오지 못한 것이 못내 마음에 걸렸지만 할 수 없었다.

수만으로서는 이 시간까지도 사정없이 몽둥이로 얻어맞은 통증을 참고 정말 죽을 힘을 다하고 있는 중이다. 그리고 아직도 갈 길은 멀기만 했다.

초포에 배가 다니는 날

지루한 한낮이 지나고 저녁때가 되었다. 오늘이 음력 초사흘, 조각
달이 서쪽 노성천 둑 위 구름 사이로 보였다가 이내 넘어갔다. 수만은
젖은 옷으로 양 팔꿈치와 양 무릎을 다시 한 번 단단히 감고 노성천
둑을 향하여 엉금엉금 기기 시작했다. 일어서서 걷자니 통증은 여전
했다.

제방 넘어는 노성천이 흐르고 건너편 둑 넘어 서쪽은 광석면이다.
그리고 노성천 아래 남쪽은 탑정 저수지에서부터 흐르는 논산강과 합
치고 그 넘어가 논산읍이다.

제방 위는 길이 잘 나 있지만 사람들 눈에 띄기가 쉽다. 그래서 둑
아래 노성천을 따라 거슬러 올라가기 시작했다.

노성천과 연산천이 합류되는 곳을 지날 무렵 연산 쪽으로부터 제방
위로 많은 사람들이 집단으로 지나가고 있었다. 아마도 의용군으로
징발되어 가는 젊은이들이 논산으로 가는 데 지름길인 제방 둑길을
이용하는 것 같았다.

수만은 갈대숲에 낮게 몸을 숨겼다. 그런데 무엇인가 장다리를 몹
시 아프게 꼬집었다. 참게였다.

수만은 어느 글에선가 사자성어로 된 연계노해連鷄魯蟹라는 단어를
본 적이 있었다. 연산 오골계와 노성 참게라는 뜻이다.

가을이 되자 참게들이 바다 쪽으로 내려가고 있었다. 바로 둑 넘어
멀지 않은 곳 화악동은 연산 오골계의 고장이다. 그리고 보니 그는 지
금 '연계노해'의 중심에 서 있는 것이다.

그는 이 경황에서도 그런 생각을 하다니 절로 웃음이 나왔다. 뿐만 아니다. 지금 동쪽 연산連山으로부터 흘러드는 하천이 노성천으로 유입하는 초포草浦를 지나고 있는 중이다. 일명 '풋개'라고도 한다.

'동방별구시東方別區詩'에 '초포행주草浦行舟'라는 글이 나오는데 '계룡산이 한 차례 진동하여 검은 돌이 희어지고, 한강 물이 붉게 밀려가 공주公州에 이르니 초포에 배가 다닐 때 그대는 가히 알게 될 것이다' 라는 구절이 기억났다.

무슨 뜻인지 해석하기가 어려웠지만 한문 공부했다는 사람들은 '초포에 배가 다니게 되면 그때서야 세상에 평화가 온다.'는 뜻으로 해석하고 있었다.

당시 많은 사람들은 일제 식민지 시대와 8·15 해방, 남북분단과 6·25 전쟁의 격동기를 살아오면서 주위 환경 변화 때마다 위기를 느끼고 앞날이 불투명하면 불안한 나머지 일종의 미신이랄까 옛날부터 전해 내려오는 정감록 같은 비결 즉 일종의 예언서를 믿고 있었다. 특히 계룡산 근처에 사는 사람들이 더 했다. 그들은 언젠가는 계룡산에 도읍이 들어설 것이라고 확실하게 믿고 있는 것이다.

심지어 어떤 사람들은 계룡산에 도읍이 들어서면 공주 금강에 땜을 막고 노성천 상류와 공주 금강으로 흘러드는 강줄기를 이어지게 하는 운하를 만들면 금강 물이 노성천으로 흘러들어 초포에 배가 들어올 수 있다고 확대해서 얘기하는 사람들도 있었다.

이렇게 신도안에 도읍이 들어서고 초포에 배가 다니면 그때에 가서야 나라가 편안해진다는 것이다.

수만은 하루빨리 나라가 편안해지고 초포에 배가 다니는 날이 왔으면 좋겠다고 생각하면서 방향을 바꾸어 연산 쪽 하천 둑을 따라 거슬러 가기 시작했다.

얼마나 걸어 왔을까. 제방을 기어서 올라가 보자 멀리 계룡산의 일맥인 국사봉이 보였다. 국사봉 남쪽으로 뻗은 능선까지는 넓은 들은 없고 작은 논밭을 건너 구릉과 야산들이 상월면과 연산면 경계선을 이루면서 이어져 있었다.

수만은 둑을 넘어 논밭을 지나 산등성이를 따라 가기로 했다. 언덕을 오를 때는 허리를 펴고 걸을 수가 있었다. 오르막길에서는 내리막길과는 달리 조심만 하면 발뒤축이 땅에 닿지 않아 척추에 자극을 주지 않기 때문에 통증이 덜했다.

멀지 않은 거리에 국사봉 남쪽 산등성이 보이면서 안개가 자욱이 깔리고 날이 밝기 시작했다.

이제 얼마 안가면 신도안에 도착할 수 있다고 생각한 그는 적당한 곳을 찾아 몸을 숨기고 쉬기로 했다.

주위에는 심은 지 얼마 안 되는 한길 남짓한 외솔들이 몸을 숨기는 데 알맞게 숲을 이루고 있었다.

개네의 환상

죽다시피 몽둥이로 얻어맞고 며칠 굶은 데다 이틀이나 고된 밤길을 걷다보니 기운이 쇠진해서 더이상 움직이기가 힘들었다.

어떻게든지 동월까지 가야 하는 데 아직도 다음날 밤중에야 겨우 도착할까 한 먼 길이다. 그것도 남의 눈을 피해서 말이다.

수만은 다시 기운을 얻기 위해서 모든 잡념을 없애고 푹 쉬기로 했다. 그리고 깊은 잠에 빠져 들었다.

추분이 며칠 남지 않은 가을해는 빨리 넘어갔다. 어제까지 들판에서 지루한 하루를 보냈지만 깊은 잠에 빠졌던 오늘은 하루해가 빨리 지나갔다. 그런데 워낙 고단해서 그런지 기운은 좀처럼 되살아나는 것 같지 않았다.

초나흘 달이 넘어 가자 다시 걷고 기기 시작했다. 국사봉 남쪽 산등성을 넘는 밤길은 생각보다 험했다.

낭떠러지 같은 급경사를 피해 돌아가다가 깊은 골짜기에 빠지기도 하고 방향감각을 잃고 우왕좌왕 하다가 목표지점과는 멀리 떨어지기도 했다. 그래서 할 수 없이 작은 길을 찾아 인가가 보이면 멀리서 조심조심 우회하고 다시 길을 따라 걷다보니 등에는 진땀이 흐르고 기진맥진하여 더이상 움직일 기운조차 없어졌다.

밤새껏 길을 헤매고 오르고 내리다 보니 밤이 너무도 짧게 느껴졌다. 어느새 날이 밝기 시작했다. 바로 앞에 외딴집이 보였다. 허둥지둥 몸을 이끌고 간신히 길 옆 산등에 기어올라 숲 속에 몸을 숨겼다.

아침 안개가 자욱해서 멀리는 보이질 않았다. 그런데다 의식이 점점 멀어지고 시야가 자꾸만 흐려지면서 지금의 위치가 어딘지를 짐작할 수조차 없었다.

그는 '이러면 안 돼! 정신을 차리고 견뎌 내야 돼' 하면서 살을 꼬집고 눈을 비비고 힘겹게 견디고 있었다.

얼마 후 외딴집 대문이 열리면서 어린 처녀가 물동이를 들고 나오는 것이 보였다. 앞을 지나가는데 길게 땋아 내린 머리에 흰 적삼, 검은 통치마를 입은 모습이 영락없이 개네와 닮았다. 흐려지는 눈을 비비고 다시 보았다.

'아니, 개네다. 틀림없이 개네다.'

수만은 흥분한 나머지 "개네야" 하며 소리를 지르고 벌떡 일어섰다가 넘어지면서 길로 굴러 떨어졌다. 이에 놀란 처녀 아이가 뒤돌아보자 수만은 또 한번 "개네야!" 하고 소리를 질렀으나 목소리는 나오지 않고 그 자리에서 의식을 잃고 말았다.

얼마나 지났을까. 온몸에 땀이 흐르면서 눈을 떠 보니 어두컴컴한 온돌방 맨바닥에 마대 같은 이불에 덮여 알몸으로 반드시 뉘어져 있었다. 방바닥은 아주 뜨거운데다 등 뒤에는 쇠똥을 깔았는지 끈적끈적하고 냄새가 코를 찔렀다.

창호지 문이 훤히 밝은 것을 보니 바깥은 아직 한낮인 것 같았다. '여기가 어딜까? 내가 왜 여기 눕혀져 있을까?' 문득 개네같이 생긴 처녀 아이를 보고 소리지르던 생각이 났다.

머리를 길게 땋아 내렸으니 개네는 아닐 터인데 개네로 보였던 것이다.

용변이 마려웠다. 통증 때문에 몸을 돌려 일어나는데도 힘들었다. 방구석에 벗어놓은 옷을 주워 입고 힘들게 일어서서 조심스레 밖으로 나갔다. 집 뒤뜰이다. 몇 구루의 대추나무 그림자가 길게 뻗어있고 바로 옆에 뒷간이 보였다.

수만은 용변을 보고 다시 방으로 들어가려고 문고리를 당길 때였다.

"인제 일어났나······."

소리가 들려 뒤돌아보니 50대 후반쯤으로 보이는 인자한 모습의 중늙은이가 미소 띤 얼굴로 가까이 다가오고 있었다.

수만은 너무 당황해서, "아······ 예." 하며 대답하고 나자 무어라 할 말이 없었다.

"어서 들어가세."

그는 수만의 등을 어루만지며 같이 방으로 들어갔다.

그는 수만의 신상이 궁금했는지 미심쩍은 표정으로 물었다.

"혹시, 국군이야 인민군이야?"

그 당시 대부분의 젊은이들은 머리를 기르고 있었는데 수만은 해방 이후 지금까지 머리를 기르지 않았었다. 그래서 수만의 머리 모습이 군인으로 보였던 모양이었다.

"저, 군인이 아닙니다. 막일하는 농사꾼입니다."

"아, 그래. 자세한 얘기는 나중에 하기로 하세."

그는 일어나서 밖으로 나가더니 언제 준비했는지 미음 한 사발을 가지고 와서 시장할 텐데 어서 찬찬이 먹으라며 수만이 앞에 내려놓았다. 정말 자상한 분이다.

사흘을 굶은 수만은 위험한 고비를 넘기느라 너무나 긴장했던 탓인지 기운이 떨어지고 의식을 잃으면서도 시장기는 느끼지 않았는데 눈앞에 미음 그릇을 보자 갑자기 시장기가 돌아 순식간에 미음 한 사발을 비웠다.

"찬찬히 먹어야지, 급하게 먹으면 탈나요."

주인은 그렇게 말하고 나서 이번에는 막걸리 한 사발을 들고 왔다.

"젊은이! 어디서 어떻게 당했는지 몰라도 등이 붓고 어혈이 졌으니 이것 마시고 뜨거운 방에서 땀 흘리고 쇠똥 위에 누워 찜질을 해야 되네. 마음놓고 잠을 푹 자게."

그는 막걸리 사발을 수만에게 건네주었다.

"쓸개를 타서 좀 쓸 걸세. 그래도 꾹 참고 마시게."

주인은 그에게 말하고 일어나 밖으로 나갔다.

수만은 쓸개를 탄 막걸리 한 사발을 비우자 취기가 온몸에 배면서 스르륵 졸음이 오고 온몸이 녹아나듯 기운이 확 풀어지는 것 같았다. 그리고 마음을 푹 놓은 탓인지 이내 깊은 잠에 빠져들었다.

다음날 이른 아침에 잠에서 깬 수만은 한결 몸이 가벼워진 것 같은 느낌이 들었다. 등이나 바닥에 깔았던 쇠똥도 다 말랐다.

일어나서 용변을 보려 뒷간에 다녀오는데 아직도 발뒤꿈치가 땅에 닿을 때마다 목 뒤로 이어지는 척주에 약간의 통증은 있지만 보행에 큰 불편은 느끼지 않았다.

얼마 후 주인은 쌀죽 한 사발과 김치를 들고 들어왔다.

"잘 잤는가? 몸은 좀 어떤가? 이거 먹고 기운 내게."

수만은 그가 가지고 온 쌀죽 한 사발도 순식간에 먹어치웠다.

수만은 주인이 너무도 고마웠다. 세상에 이런 분이 계셨단 말인가. 수만은 자신도 모르게 주인 앞에 무릎을 꿇고 정중하게 큰절을 했다.

"어르신 저를 살려주셔서 고맙습니다. 이 깊으신 은혜 평생을 두고 잊지 않겠습니다."

수만은 진심으로 감사하는 마음으로 큰절을 올렸다. 그리고 고향이 평안북도라는 것 월남하게 된 경위 등 지금까지 일어났던 모든 일들을 자세히 말해 주었다.

"오갈 곳이 없는 젊은이로군. 고생이 많았네 그려. 여기 내 집이라 생각하고 마음 편히 쉬게나. 지금은 젊은이들이 나돌아 다닐 때가 아니야. 마음놓고 푹 쉬게."

주인은 자신의 고향은 황해도 옹진이며 해주海州 오씨라는 것 등 간략하게 자신을 소개하고 여기는 논산군 두마면 도곡리이며 일명 '되빵구'라고 하는 곳으로 계룡산 신도안이 근처에 있고 개태사가 멀지 않은 곳에 있다는 것 등을 설명했다.

"물을 데워 놓았으니 좀 씻고 난 후에 다시 얘기하세."

그는 빈 죽 그릇을 들고 나갔다.

수만은 오 노인이 큰 함지박에 준비한 더운 물에 몸을 깨끗이 씻고 오 노인 가족들에게 인사를 올렸다.

오 노인의 식구는 50대 중반으로 보이는 부인 박씨와 딸 오정화뿐이었다.

그의 딸 위로 장남 성환이가 있었는데 8·15 직후 공산당에 들어갔다가 전향하여 보도연맹에 속해 있었으나 6·25 전쟁이 일어나자 당국에 끌려가서 지금까지 소식이 없다고 한다. 차남 정환은 농사일이 싫어서 경찰에 들어갔는데 전쟁이 일어나면서 정부가 후퇴할 때 잠깐 들렸다가 갔는데 그후 소식은 알 수 없다고 하였다.

이렇게 오씨 집안도 남북 분단과 6·25 전쟁으로 일가족이 수난을 겪고 있었던 것이다. 그런 와중에도 수만을 자신들의 가족같이 보호

해주는 오씨네 가족이 너무도 고마웠다.

이렇게 며칠이 지나자 수만은 차츰 통증이 가시고 원기가 회복되고 있었다.

전쟁은 여전히 계속되고 있었다. 유엔군 정찰기와 제트기에서 쏘아대는 기관총 사격과 폭탄이 터지는 폭음이 호남 국도와 철도에서 멀지 않은 이곳 도곡동에도 들려오고 있었다.

그러던 어느 날 인민군이 후퇴한다는 소식이 들리는가 했는데 완전무장한 백인과 흑인병사 2명이 앞에 총을 하고 오씨네 집 대문을 밀고 들어왔다.

때마침 점심을 먹고 있던 수만은 반가워하는 표정으로 "웰컴, 웰컴." 하면서 뜰 아래로 내려섰다. 그리고는 "웰컴, 유엔 포스(어서 오시오, 유엔군)." 하면서 인사를 했다. 그러자 미군병사는 "캔 유 스픽 잉글리쉬?(영어할 줄 아는가?)" 하고 물어왔다. 수만은 "아이 캔. 밧 온리 리틀 웰(예. 아주 조금 할 줄 압니다)." 하면서 손끝을 조그맣게 보여줬다. 그랬더니 미군병사는 알아들었다는 듯 "캄온, 캄온(따라오라)." 하면서 손짓을 했다.

그들은 정찰병으로 인민군 패잔병과 적성 무장력에 대한 수색 정찰 중이었는데 수만의 엉터리 영어 실력을 믿고 협조를 요구했던 것이다.

수만은 그들과 함께 지프를 타고 계룡산 주변 일대의 부락과 도로 등을 정찰했다.

팔이 잘린 인민군 부상병을 발견했는데 그는 충남 당진 사람으로 정규병이 아니고 학교 재학 중에 끌려나와 낙동강 전선에서 부상을 당하고 본대에서 이탈해 고향에 가는 중이라고 했다.

미군은 수만의 의견을 듣고 그를 의무대로 보내 썩어가는 팔을 치료하고 돌려보내도록 조치했다.

정찰 임무를 끝낸 미군은 수만을 지프로 도곡동까지 태워다주고 고맙다는 인사 표시로 C레이션 세 박스를 주고 돌아갔다.

이를 본 오 노인은 그에게 언제 영어를 배웠느냐, 학교는 어디까지 다녔느냐며 자상하게 물어보고 이에 공순하게 답하는 수만의 태도에 신뢰감이 깊어졌다.

어느 날 부인 박씨는 수만에게 "혹시 장가갔나요?" 하고 물어 왔다.

"예, 장가갔어요."

그가 사실대로 얘기하자 박씨의 표정은 내색은 안했지만 실망하는 눈치였다.

이렇게 며칠이 지난 뒤 수만은 오 노인에게 동월로 가서 소지품과 품값을 받으려 부적면 아호리를 다녀오겠다고 하고 집을 나섰다.

희망과 낙망

초산 앙토리 이찬골에도 전쟁 소식이 들려왔다.

남쪽의 이승만 반역도당이 6월 25일 북침을 해왔기 때문에 공화국의 용감무쌍한 인민군은 자위의 목적으로 이를 쳐부수기 위해 정당한 반격에 나섰다는 것이다.

그리고 얼마 후 서울을 점령하고 승승장구하던 인민군이 8월에는 이승만 괴뢰군과 미 제국주의 군대를 물리치고 낙동강까지 진출하여 대구 점령을 눈앞에 두고 있다는 것이다.

북한에서는 이를 계기로 곧 통일이 될 것이라고 선전하고 있으므로 많은 사람들이 들떠 있었다.

6·25 전쟁을 당한 초산 사람들의 심리상태는 둘로 갈라져 있었다. 열성당원이나 이를 적극적으로 동조하는 사람들은 인민군의 승리를 확신하고 곧 통일이 될 것이라면서 기세등등했다. 그리고 전쟁 승리를 위해 인민군에 입대하라고 소집 동원에 적극적으로 나서고 있었다.

한편 겉으로는 전쟁에 동조하고 협력하면서도 내심은 태평양전쟁을 승리로 이끈 미군이 참전했으니 국군이 밀고 올라올 것이라고 은근히 기대하는 사람들도 적지 않았다.

그런데 곧 대구, 부산이 점령되고 통일이 눈앞에 와 닿았다고 큰 소리쳤는데 9월이 다 지나가면서도 대구, 부산을 점령했다는 소식은 들려오지 않았다.

내심 초조해진 열성당원들은 더 많은 청소년들과 고급 중학교 재학생들까지도 자원 형식으로 전쟁터로 강제 소집되어 나가도록 집집마다 다니며 독촉을 했다. 그 밖에 여성 민청원도 소집해 나갔다.

앙토리 이찬골에서는 개네 작은오빠 병훈과 건너편 골짜기에 사는 박구장의 아들 승철도 소집되어 나갔다.

개네는 전쟁을 당하자 불안과 희망이 교차하여 잘 판단이 서질 않았다. 전쟁 와중에 수만 선생님이 잘못될까 봐 불안했다.

그러나 한편으로는 통일만 되면 선생님을 만날 수 있고 또 같이 살 수 있기 때문에 통일이 됐으면 하는 간절한 희망을 저버릴 수가 없었다.

그러던 어느 날 인민군이 후퇴한다는 소식이 들리더니 10월 26일 국군이 초산 앙토리 신도장을 점령했다고 한다.

그리고 압록강 물을 떠서 수통에 담아 이승만 대통령에게 받쳤다는 얘기도 나돌았다. 그러자 열성당원이나 이에 동조하던 사람들이 자취를 감추었다. 리병규도 어디론가 숨어버렸다.

개네는 마음속으로 곧 선생님을 만날 것 같은 희망이 생기고 은근히 기뻐했다. '수만 선생님이 우리 아기를 보면 얼마나 기뻐하실까' 하며 그날을 그렸다.

그런데 그 기쁨도 잠시 28일 새벽에 국군은 소리도 없이 후퇴했다는 것이다. 중공군이 전쟁에 개입하여 국군의 후방을 공격했기 때문이라고 한다. 개네의 꿈같은 희망은 허망하게 무너지고 말았다.

국군이 후퇴한 다음날 초산읍은 미군의 폭격으로 쑥밭이 되고 도망갔던 열성분자들이 다시 나타나서 설치기 시작했다.

읍내에서는 국군의 초산 진격 환영대회에 참가했던 많은 사람들이 처형당했다고 한다. 앙토리 이찬골에서는 국군 환영대회가 있었는지조차 모르고 지냈다.

열성분자들은 전쟁은 중국 인민해방군의 참전으로 이승만 괴뢰군과 미 제국주의 군대를 한강이남까지 밀고 내려갔으니 곧 통일이 될 것이라고 다시 기세등등했다. 그러면서 젊은이들의 전쟁 동원 소집에 한층 열을 올리고 다녔다.

위기는 넘겼지만

UN군이 진주한 부적면 아호리에는 피난갔던 김광수와 김용식 등 이른바 반공 우익 인사들이 돌아와 자못 기세등등한 자세로 설치고 있었다. 반면 공산당 활동을 하던 이상호 형제나 조규동 그리고 치안 대장 정대석은 보이지 않았다.

인민군 점령기간에 공산당에 의해 맞아 죽거나 인민군에 의해 총살당한 사람이 부적면만 14명이고 이웃 광석면과 성동면은 20~30명에 이른다고 한다.

수만은 언젠가 누구인지는 몰라도 정미소 지하실에서 신음하던 사람도 죽음을 당했을 것으로 생각되었다.

아호리 사람들은 수만을 보자 '조상 묘를 잘 쓴 사람' '억세게 운이 좋은 사람으로 지옥에 갔어도 살아나올 사람' 하면서 다들 놀라는 표정이었다.

그중에 수만을 몽둥이로 때리던 치안대원이 잘못했다면서 두 손을 모으고 삭삭 빌기도 했다.

수만은 나라가 남북으로 분단되면서 일어난 우리 모두의 불행인데 아무런 감정이 없다면서 앞으로 서로 친해지고 잘 해나가자고 그들을 이해시켰다. 그리고 막걸리 한 잔씩 나누면서 그들과도 친해졌다.

아호리 사람들은 한낱 피난민 농사꾼으로만 보았던 수만의 남다른 언행에 감동했는지 그에 대한 태도가 예전과는 확실하게 달라졌다. 서로들 자기네 집에 와서 같이 지내자고 하고 맛있는 음식을 만들면 같이 먹자고 그를 부르곤 하였다. 그러면서 어느 혼자 사는 중년 여자는 사위가 돼 달라고 적극적으로 나서며 구혼을 해왔다.

이렇게 아호리 사람들은 수만에 대해 시골 사람들 본연의 순진함을 보여주고 있었다.

수만은 사람은 누구나 이해하고 포용해야 한다고 생각했다. 이렇게 순진한 사람들을 누가 이 지경으로 만들었는지 왜 이렇게 되도록 했는지 그 대답이 잘 나오지 않았다.

그는 품값을 받기 위해 가을 추수까지 일을 더 하기로 했다. 전쟁 통에 젊은 사람들이 많이 빠져나가 일손이 부족했다. 벼베기와 가을 걷이 그리고 타작, 보리심기 등 너무나 바빴다.

가을 추수가 끝나자 용식의 정미소에서는 믿을 사람은 수만밖에 없다면서 정미소 일을 도와달라고 간곡히 부탁해 왔다.

그는 품값을 받으려면 인근 주민들 거의 전부가 용식의 정미소에서 도정을 하기 때문에 정미소에서 일하는 것이 품값을 받는데 크게 도움이 될 것이라 생각하고 일을 하기로 했다.

그 무렵 남한 곳곳에서는 공산당을 하다 인민군 패잔병과 같이 깊은 산중으로 숨어들어갔던 무장 공비들이 자신들이 살던 고장의 면사무소나 경찰서를 습격하는 사건이 곳곳에서 벌어지고 있었다.

부적면에도 몇 차례의 습격이 있었는데 지서가 불타고 공비의 총을 맞아 중상을 입고 병원으로 후송돼 가는 젊은이들도 있었다. 그래서 야간에는 면사무소 및 경찰서는 물론 각 동리에서도 자체 경비를 섰다.

이런 가운데 동리에서는 무장 공비와 내통하는 자는 없는가 하고 이웃을 의심하는 등 민심이 예전 같지가 않았다.

부적면에서는 학살당한 고인에 대한 위령제를 올리는 행사가 있었다. 동네에선 그가 붓글씨 잘 쓴다고 소문은 이미 나 있었다. 피살자 이름이 적힌 14명의 위패에 붙일 지방과 부적면 면장이 초안한 제문을 수만에게 정서해 달라고 부탁이 왔다. 그는 정성을 다해 붓글씨체로 지방과 제문을 써서 냈다.

면사무소 앞마당에서 유가족들의 오열과 통곡 속에 위령제가 진행되었다. 그중에는 해방 직후 젊은 혈기로 경찰에 들어가 잠시 대전에서 근무하다가 그만두고 집에서 홀어머니를 모시고 농사일과 품팔이를 같이 하던 사람도 있었다.

수만은 아마도 이러한 비극은 인민군 점령지역 어디에서나 있었을 것이라고 생각했다. 그는 이런 와중에도 기적과 같이 용케 살아남은 것을 천운으로 생각하고 아호리에 더이상 머물 생각이 없었다.

그러나 품값과 당리를 주었든 곡물 회수가 생각보다 쉽지 않았다. 그것은 정미소 일감이 많이 밀렸기 때문이다.

12월이 되면서 중공군이 참전하여 유엔군이 후퇴한다는 소문이 들리더니 40세 이하의 젊은 장정들을 대상으로 '대한국민방위군'이 조직되었다. 그것은 전선의 병력보충자원으로서 또 후방의 치안유지를 위한 조치였다. 그러면서 방위군 장교라는 사람들이 군복에다 계급장을 달고 설치고 다녔다. 한편으로는 내놓고 말은 안하지만 아호리 민심도 흔들리고 있었다. 공비에 가담한 가족들과 일부 젊은 사람들의 표정과 언행에서 느낄 수 있었다.

어느 젊은이는 수만에게 다가와 조용한 말투로 악수를 청해왔다.

"우리는 김형이 이북에서 월남한 사람이지만 양민이라는 것을 믿고 있네. 우리 서로 동지나 다름없이 지내세."

그가 진심으로 호의를 갖고 접근했는지는 알 수 없지만 수만은 온몸에 소름이 확 끼치는 것을 느꼈다.

1951년 새해 초가 되자 국민방위군 전 장정들에 대한 일체 소집이 있었는데 갈아입을 옷과 우선 먹을 수 있는 식량을 휴대하라는 것이다.

소집된 장정들은 리 단위 및 면 단위로 편성되어 단체 행동을 하도록 하고 이탈을 금지하는 령이 내려졌다.

아호리를 포함한 부적면 방위군 부대는 용식의 동생인 김용준이 지휘했다.

수만은 아호리를 떠나기 전 용식에게 받아야 할 품값과 빌려준 곡물 명단을 건네주면서 부탁했다.

그러나 용식은 그에게 조용히 말했다.

"김수만 동지는 부적면민으로 명단에 올라있지 않기 때문에 빠져도 되네. 내가 봐 주겠으니 우리 정미소 일을 도와 주게."

수만은 여러 사람이 보는 앞에서 특권을 누리고 빠질 수는 없다고 했다.

이렇게 해서 1·4 후퇴에 따른 국민방위군의 대이동이 실시되었다.

이는 인민군이 다시 남진했을 때 병력자원인 젊은 장정들을 적에게 넘겨주지 않기 위해 전선 후방으로 철수시키고 군 예비대로 훈련시키려고 했던 것이다. 확실한 목적지는 알 수 없었으나 대전을 경유해서 경부 국도를 따라 대구방면으로 후퇴하는 것으로 보였다.

약 3백 명으로 추정되는 부적면 부대는 4열 종대로 행진했지만 강제로 끌려온 사람들이라 질서가 잘 잡히지 않았다.

연산을 지나 개태사 근처에 이르렀을 때 여기저기서 쉬었다 가자는 소리가 나오게 되자 잠시 휴식을 취하게 되었다.

수만은 여기가 도곡리 근처라는 것을 알고 이미 마음이 달라졌다. 많은 장정들이 짐을 내려놓고 누워있거나 담배를 피고 있었다.

지휘자 김용준도 담배를 피면서 누군가와 얘기를 나누고 있었다.

특별히 경계하는 것 같지 않았다. 그때 일행 중 누군가 용변 보는 시늉을 하면서 길 아래 숲으로 가는 것이 보였다.

지금까지 여러 차례의 위기를 넘겨온 수만은 '바로 이때다' 라고 육감적으로 생각하고 행동했다.

대열 후미에 있던 수만은 용변을 볼 것처럼 바지 허리춤을 만지면서 태연하게 대열에서 이탈하여 길 아래 숲 속으로 들어갔다. 아무도 보는 사람은 없었다.

4
모정의 세월

멀어진 고향길

수만은 무사히 도곡리 오 노인 댁으로 돌아왔다.

그런데 무슨 일인지 집안 분위기가 이상했다. 모두가 슬픔에 잠긴 침울한 표정이었다.

오 노인은 수만을 보자 비통한 모습으로 흐느꼈다.

"어서 오게, 지금 오는가…… 둘째 놈의 전사 통보를 받았다네……이게 다 운명인걸 어쩌겠나."

오 노인은 모든 것을 체념한 듯 바닥에 주저앉고 말았다.

경찰관인 둘째 아들 정환이 낙동강 전선 후방 청도 근처에서 공비

토벌작전 중 전사했다는 것이다.

전쟁이 시작되면서 큰아들이 끌려간 뒤 소식이 없어 애타게 기다렸는데 또 둘째 아들이 전쟁 중에 전사를 했으니 그 슬픔이 오직할까.

수만은 오 노인 가족에게 무어라 위로의 말을 해야 할지 몸둘 바를 몰랐다. 그저 같이 슬퍼하며 오 노인네 집안일과 바깥일을 열심히 도울 뿐이었다.

도곡리에서도 많은 젊은 사람들이 국민방위군으로 동원되어 빠져나갔다고 한다. 그중에는 처음부터 숨어 지내거나 도중에 이탈하여 빠져나온 젊은이들도 있었다.

오 노인은 수만에게 가급적이면 나다니지 말고 남의 눈에 띄지 않게 뒷방에서 숨어 지내라고 했다.

얼마 후 중공군이 경기도 평택까지 밀고 내려왔다가 다시 UN군에 밀려 임진강까지 후퇴했다는 소식이 들려왔다.

그러자 2월 초부터는 국민방위군으로 동원되었던 많은 젊은이들이 굶주림과 지친 모습으로 병자나 거지꼴이 되어 각자 집으로 돌아오고 있었다.

나중에 알게 된 일이지만 김 모 준장이라는 국민방위군 사령관과 간부들이 50만 방위군에게 지급할 식량과 보급품을 횡령하여 많은 아사자와 병약자를 발생하게 한 방위군 사건으로 사령관 이하 간부 8명은 군사재판에 회부되어 사형에 처했다고 한다.

승승장구 북한 초산까지 진격했던 국군이 후퇴할 때 그전에 38선이 가로막혀 월남하지 못했던 많은 이북 사람들이 대거 남쪽으로 내려왔다. 그리고 중공군에 의해 서울이 함락되자 전쟁 초기에는 미쳐 서울을 빠져나오지 못해 공산치하에서 고통을 겪었던 다수의 시민들이 서울 남쪽방면으로 대이동을 시작함으로써 경부 국도와 경의선 열차는 피난민들로 꽉 메워져 인산인해를 이루고 있었다.

1·4 후퇴로 대전, 대구, 부산 등 남한 각지에는 많은 피난민들이 모여들었다. 계룡산 근처 신도안과 도곡리에도 피난민들이 모여들었다.

경기도 오산, 평택까지 진출했던 중공군을 물리친 UN군은 다시 서울을 회복하고 5월에는 개성, 철원까지 진격했다.

그러자 6월 23일 소련 외무상 마리크가 휴전을 제의함으로 판문점에서 휴전회담이 열리게 됐다.

전쟁은 소강상태에 들어갔으나 지금의 휴전선 일대에서는 유리한 고지를 점령하기 위해 진지 공방전이 벌어지면서 전쟁은 장기화 국면에 접어들고 있었다.

그때 어떤 부인이 전쟁통에 남편을 잃고 더 이상 도곡리에서 살 수 없게 되자 농토를 처분하겠다고 했다. 당시 도곡리에서는 그 땅을 살 만한 사람이 없었다.

오 노인은 수만에게 그 땅을 사자고 설득했다.

난리통에 아들 둘을 잃은 오 노인은 그가 친자식같이 믿음직했고 또 한 가족이 됐으면 하는 속마음에서 수만을 놓치고 싶지 않았던 것이다.

수만은 오 노인과 함께 아호리로 가서 김용식에게 사정을 얘기했더니 그는 부탁한 곡물과 지금까지 받지 못한 이자까지 합해서 40여 가마의 쌀값 삼십여 만 원을 후하게 계산해 주었다.

그 당시 논산지역에서는 모든 거래는 쌀값으로 환산해서 계산했다. 역시 도곡리 땅값도 쌀값으로 환산해서 밭 2천여 평을 싼 값으로 살 수 있었다.

수만은 오 노인네 집에서 한 식구가 되어 농사일을 하면서 어느 정도 안정이 되자 어머니와 개네 생각이 났다.

국군이 수만의 출생지인 초산 앙토리 신도장까지 진격했다가 후퇴했다는데 혹시 1·4 후퇴 때 월남했을지도 모른다는 생각, 그리고 나를 찾고 있을 거라는 생각에 이르자 견딜 수 없이 개네가 보고 싶고 그리웠다. 그간 서울에 몇 번 편지를 보냈지만 회신이 오질 않았다.

그러나 젊은 사람은 징병, 징용, 징발 때문에 함부로 나다닐 수가 없었다.

야간에는 인원을 할당받은 병무 또는 징용담당 공무원이 동리 이장을 앞세워 주로 피난 내려와서 거주하고 있는 집을 방문하여 그 자리에서 이름을 적은 영장을 제시하고 연행해 갔다.

결국 수만도 1953년 1월 영장을 받고 입대하게 되었다. 그는 논산 훈련소를 거쳐 중서부전선의 최전방 보병중대에 배치되었는데 3월 5일, 소련 스탈린이 사망하자 휴전회담이 급진전되고 7월 27일, 휴전협정이 조인되면서 DMZ 근무를 하게 되었다.

야간근무 시간이었다. 비무장지대 초소에서 그리 멀지 않은 좌 전방에 개성 송악산이 보였다.

언제 전쟁을 했느냐는 듯 주위가 평화스럽게 조용했다. 함께 근무하던 상급 초병이 잠을 좀 자겠으니 근무 잘 서라며 부탁하고 잠을 잤다.

수만은 철조망 북쪽을 바라보면서 여러 가지 생각이 떠올랐다.

이제 휴전이 됐으니 언제 통일이 되고 개네는 언제 만나나. 저곳만 넘어가면 개네를 만날 수 있을 텐데. 넘어가서 어머니와 개네를 만나게 해달라고 사정해 볼까. 등등 별 생각을 다 해봤다.

죽을 때 죽더라도 개네를 한 번 만나고 죽었으면 후회가 없을 것 같은 생각까지 들었다.

한밤중이었다. 옆에서 발소리가 들리는가싶더니 누군가가 옆구리를 쿡 찌르며 낮은 목소리가 귀를 때렸다.

"정신 차려! 이 새끼 졸고 있어."

수만은 깜짝 놀라 얼떨결에 앞에 총을 하고 소리를 질렀다.

"근무 중 이상 무!"

소대장과 분대장이었다.

"뭐, 근무 중 이상 무…… 야, 이 새끼야 바로 눈앞에 적이 있어. 그런데도 졸름이 와?"

소대장은 카빈총 개머리판으로 수만의 옆구리를 찔렀다.

근무태만으로 상급 병사와 함께 중대장 앞으로 호출되어 갔다.

수만은 사실대로 얘기했다. 어렸을 때부터 왼쪽 귀가 만성 중이염을 알아 고막이 파열되고 지금도 가끔 농이 나올 때가 있으며 그래서 왼쪽은 전혀 들리지 않는다고 했다. 그리고 징병검사 때 군의관에게 사실을 얘기했지만 검사는 안하고 병역 기피하려고 꾀를 쓴다며 발로 걸어차더라는 얘기까지 했다.

중대장은 의외로 다정한 분이었다. 그게 사실이냐며 거듭 확인 한 후 연대 의무대에 정밀검사를 상신했다. 연대를 거쳐 사단 의무대에서 만성 중이염이라는 것이 확인되고 치료를 받았다.

사단 의무대에서 농이 나오지 않도록 치료를 받은 후 서울육군병원에 후송되었는데 난청에 의한 병역근무 불능의 판정을 받고 의병제대하게 되었다.

군복무 만 2년 1개월 만인 1955년 2월이었다.

제대증을 받은 수만은 이제부터는 어디서나 자유롭게 다닐 수 있게 되었다.

수만은 즉시 명륜동 강굴 집 할머님 댁에 들렸는데 전쟁을 겪었지만 집은 옛 모습 그대로 였다.

백모님은 얼마 전에 돌아가시고 80대 할머니께서 평창 이씨 친정 조카뻘 되는 내외분과 함께 지내고 있었다. 그래서 편지 회신이 잘 안된 이유를 알 수 있었다.

늙으신 할머니께서는 아주 조심스럽게 말씀하셨다. 손자인 김형준 대좌가 후퇴할 때 명륜동 집에 잠깐 들려 전쟁 전에 앙토리에 있었던 얘기를 하고 갔다고 했다.

앙토리 상단에서 수만의 어머니인 당숙모를 만났는데 며느리와 함께 38선을 넘다가 다리를 삐어 넘어오지 못했다고 했다. 그러나 건강하게 잘 지내고 있으며 며느리는 아들을 낳았고 시어머니를 아주 잘 모시는 효녀로 소문났다는 등 의외로 반가운 소식을 전해주었다.

수만은 어머니! 개네! 하고 소리 죽여 부르면서 눈물을 흘렸다.

'나 혼자 넘어오지 말았어야 했었는데. DMZ 근무 때 차라리 월북이나 할 걸. 그랬으면 어머니와 개네 그리고 내 아들을 만날 수 있었을 텐데' 하는 생각까지도 했다.

수만은 할머니에게 계룡산 근처에서 농사일을 하고 있다는 것 등 지나온 얘기를 하고 할머니께 너무 고맙고 내내 건강하시라는 인사를 드리고 호남선 열차를 탔다.

열차 속에서 그는 힘들었지만 군복무하기를 잘 했다고 생각했다.

이제부터는 숨어 지낼 필요도 없고 모든 것이 떳떳하고 자유스러워 졌으니 일을 열심히 해서 하고 싶은 공부도 해야겠다고 다짐했다.

개네가 가는 길

휴전은 됐지만 앙토리에는 인민군대에 나갔던 많은 젊은이들이 돌아오질 않았다. 또 돌아왔다 해도 대부분 팔다리가 절단되는 등 불구자가 되어 돌아왔다.

개네 오빠 병훈은 전사했다는 통보가 왔다. 이찬골 건너에 사는 박승철도 끝내 소식이 없다고 한다.

전쟁통에 모든 것을 바치고 일했던 주민들은 깊은 시름에 빠졌으나 겉으로는 내색조차 할 수 없었다.

개네의 친정집에서는 가족들이 아들을 잃은 슬픔에 일손을 놓고 한동안 천장만 쳐다보고 한숨을 지었다. 비단 그녀의 친정뿐만이 아니라 자식 잃은 모든 주민들이 말을 잃었다.

그러나 당에서는 영명하신 김일성 원수의 영도하에 용감무쌍한 인민군대는 미 제국주의의 사주를 받고 침공해온 이승만 괴뢰도당들을 물리침으로써 전쟁을 승리로 이끌었다고 선전하고 있었다.

전쟁 중에 김일성 장군은 김일성 원수가 되었다. 그러면서 전 인민이 다함께 전쟁 복구에 나서 힘쓰고 미 제국주의를 물리치자고 선동했다.

그러나 일할 사람이란 군 입대를 기피한 당 간부들을 빼면 여자들과 노인들 뿐이었다.

개네는 집안 살림과 인민학교에 입학한 아들 준일의 뒷바라지는 어머니가 맡아하게 하고 자신은 전쟁 복구 일꾼으로 적극 나서 일을 하기로 했다.

그간 전쟁 때문에 돌보지 못해 무너졌던 제방을 고쳐쌓고 가축기르기와 풀베기 등 퇴비 만들기에도 앞장서서 일했다.

전답은 비료가 없는데다 인력이 모자라 심어 놓은 곡식을 제대로 가꾸지 못하여 잡초만 무성한 상태에 있었다.

지난날 농민에게 농토를 분배한다는 취지로 토지개혁은 했지만 같은 리里에서도 들판의 비옥한 땅과 산비탈 언덕의 천박한 땅도 같은 평수, 가족 수의 많고 적음에 관계없이 가구당 균등하게 분배한데다 현물세도 균등하게 강제부과하였으므로 사실상 불평등하기 짝이 없었다. 그래서 곡물 생산량은 더욱 줄어들었다.

노동력이 남아도는 산골짝 농민들은 현물세를 면하기 위해 화전에 더 힘을 쓰고 땅이 비옥하지만 일손이 부족한 농가에서는 제대로 수확을 할 수 없었다. 더욱이 전쟁을 겪으면서 이러한 현상은 심화되었다.

1956년 북한에서는 전쟁 복구와 생산증대를 위해 '천리마운동'을 펴고 전 인민들에 대한 노력동원을 선동하고 나섰다.

상급 당 간부와 군 인민위원회 간부들이 직접 나서서 독려했지만 중공업을 우선 정책으로 집중 지원하고 농업 생산에는 아무런 지원이 없었으므로 힘만 들었지 특별히 나아지지는 않았다.

개네는 인력이 부족한 상태에서 농업 생산을 늘리려면 구역마다 농업 작업반을 만들어 노동력이 남는 농가에서 노동력이 없는 농가의 농사일을 공동으로 하고 그 대가는 가을에 수확한 곡물을 받는다는 일종의 품앗이 농사법을 리 인민위원회에 제안, 시행토록하여 당과 주위 사람들로부터 많은 호응을 받게 되었다.

그렇게 1년이 지나던 어느 날이었다. 이찬골 개네의 집으로 군용 지프 한 대가 들어왔다.

어깨 견장이 온통 황금빛인데다 왕별을 단 현파 소장이었다.

그는 전쟁 중에 자강도 압록강변 고산진까지 차량을 버리고 도보로 후퇴한 김일성 수상을 끝까지 보위한 공로로 소장으로 승진한 것이다.

현파 소장은 수만의 어머니한테 인사하고 개네를 찾았다.

현파 소장은 전쟁 중 서울 명륜동에 들러 수만이가 논산에서 농사일을 한다는 소식을 듣게 되고 이곳 소식도 전했다는 것을 알려 주었다. 그러면서 다들 잘 지내고 있으니 통일만 되면 다시 만날 수 있으니 희망을 버리지 말라고 격려했다는 것과, 강계 문옥 고모부는 강계시 인민병원장이 되어 잘 지내고 있고 문찬 숙부는 김일성대학 교수직에서 물려나 지금은 자강도에서도 산골인 용림군 고급 중학교 교사로 보직받고 와 있다고 했다.

현파 소장은 개네에게 수만이 남쪽에 가 있다는 사실을 누구한데도 얘기하지 말고 비밀로 해야 하며 살기 위해서는 당을 위해 열심히 일해야 하고 그래야만 후일 수만을 만날 수 있다고 했다.

현파 소장의 말을 듣고 어머니와 개네는 지금 수만과 비록 남과 북으로 갈라져 있지만 열심히 사노라면 틀림없이 가족들이 다 함께 살게 될 날이 올 것이라고 믿으면서 어떻게든지 살아남아있어야 한다고 생각했다.

그런데 현파 소장과 함께 온 만주 청하 출신 강 소좌 보좌관은 읍내 내무서에서 만주 청하에서 살다가 고향으로 돌아온 리병규를 찾았다.

리병규의 아버지 리군진은 청하에서 일본놈 앞잡이였다. 독립군을 일본 헌병에 밀고하여 검거케 하고 또 국내에 돈 있는 사람의 정보를 알아내서 무장 강도를 독립군으로 위장시켜 그들을 찾아가 독립군 자금을 대라며 협박해 재산을 갈취하여 나누어 먹는 등 온갖 못된 짓을 하다가 일본이 패망하자 부인과 함께 어디론가 도망친 인물이다. 강 소좌 아버지도 리군진에게 끌려가 모진 고문 끝에 사망했다고 한다.

병규는 그의 아버지 덕에 청하에서 중학교까지 다녔지만 8 · 15 해방이 되자 아버지의 친일 행각이 드러나 청하에서 더는 살 수가 없어서 초산 앙토리 고향으로 갔다는 등 리병규에 대해 얘기를 했다.

내무서에서는 즉각 리병규를 체포하여 신문 한 결과 사실임이 드러났다.

리병규는 친일악질반동 출신 성분을 숨기고 인민과 당을 기만하였다는 죄로 중형을 받고 교화소에 갇히게 되고 그의 가족들은 추방되었다. 많은 사람들은 병규만 아니었으면 수만은 추방되지 않고 개네와 함께 잘 살 수 있었을 텐데 하면서 아쉬워하고 병규 그놈 아주 나쁜 놈이라고 하면서 울분을 토했다.

그리고 사람들은 개네는 병규가 살던 수만네 집에서 살아야 된다고 입을 모았다.

앙토리 당에서도 개네에게 지난날 수만네 집이었던 하단리 집으로 이사하라고 권유했다.

그러나 개네는 사촌 오빠 병규가 우리 가족에게 지울 수 없는 깊은 상처를 주었고 다시 그 집으로 들어가 살기에는 어딘가 꺼림칙한 생각이 들어 사양하고 자신보다 살기 어려운 사람을 위해 양보한다고 했다.

이러한 개네의 착한 마음씨에 감동한 주변 사람들과 당에서는 개네를 입당시키고 앙토리 인민위원회 위원으로서 농업 생산 발전에 도움이 되도록 참여시켰다.

개네는 지금 힘들지만 통일만 되면 우리 가족 모두 함께 살 날이 꼭 올 것이라고 굳게 믿으며 앞장서 일해 나갔다.

수만이 가는 길

1958년 4월 하순 어느 날이었다.

오 노인은 아침식사가 끝나자 가족들 앞에서 수만에 대한 자신의 심정을 천천히 털어놓았다.

"그간 한 가족이 되어 7년을 지냈으니 이제는 남이라 할 수 없는 인연이 되었네 그려."

그러면서 딸 정화를 가리키며 말을 이었다.

"쟤 나이 올해 스물네 살이야. 이미 시집 갈 나이가 지났네. 그러니 이제부터는 자네가 내 사위가 되어 진짜 한 가족이 되어 주게나. 자네가 기혼자로서 이북에 가족이 있다는 것도 잘 알고 있다네."

오 노인은 수만의 표정을 보면서 담담한 어조로 계속 말을 이어나갔다.

"자네가 총각이라고 속인 것도 아니니 먼 훗날 통일이 되어 이북에 있는 부인을 만나면 딸 정화는 작은부인이 되면 될 것 아닌가. 자네 부인도 이해할 걸세."

옆에서 이야기를 듣던 부인 박씨와 딸 정화도 그가 허락해 주었으면 하는 표정이었다.

두 아들을 잃은 오 노인 입장에서도 딸 정화가 스물네 살의 과년한 데다 아들 대신 살아줄 사윗감이 필요했던 것이다.

그동안 몇 군데에서 청혼이 있었지만 오 노인은 오래 전부터 수만을 마음에 두고 있었다.

수만은 그들의 간절한 생각을 듣고 며칠만 생각할 시간을 달라고 하였다. 그러나 그는 여태껏 개네 외에 다른 여자를 생각해 본 적이 없었다. 막상 오 노인의 말을 듣고 난 다음부터 마음이 복잡해지기 시작했다.

오 노인 입장에서는 일가친척 없는 수만을 자신의 아들 겸 사위가 될 적격자로 보고 있는 것이다. 그러나 다른 사람이 사위로 들어온다면 수만은 이 집에서 나가야 할 처지가 될 것이다.

그냥 두었으면 죽었을지도 모를 자신을 살려주었고 정성을 다하며 보살펴주던 오 노인네 가족들, 어느덧 7년이라는 어려운 시기에 그들과 한 가족이 되어 깊은 정이 들었다.

수만은 정화를 처음 봤을 때 개네로 착각할 정도로 닮은 데가 많았다. 그 당시 모든 처녀들이 머리를 짧게 자른 단발머리지만 정화는 길게 땋은 머리에 누런 삼배 적삼과 통치마를 입고 있었다. 그리고 마음씨도 개네와 많이 닮았다.

언젠가 그가 쇠꼴을 한 지게 지고 집으로 들어가는 길이었다. 그때 정화는 소를 몰고 앞서가다가 그가 뒤에서 오는 낌새를 알아차리고 발길을 멈추고 한 발작 옆으로 길을 비켜주던 일이 있었는데 그 모습이 마치 개네가 물동이를 이고 가다 길을 비켜주던 생각이 나기도 했다.

수만은 어떻게 개네를 두고 또 장가를 가겠는가. 그는 깊은 고민에 빠졌다.

하지만 또 한편 생각하면 통일이 안 된다면 고향엘 갈 수 없으니 개네를 언제 만날 수 있을까. 곧 통일이 될 것이라는 막연한 기약 속에 그날그날을 바쁘게 살아왔지만 영원히 개네를 못 만나는 것은 아닌지 하는 생각이 들자 또 미칠 것만 같이 괴로웠다.

수만은 밤새 고민 끝에 오 노인의 사위가 되기로 결심했다.

그는 잠시 생각했다.

통일의 그날은 하늘만이 아는 일이고 결코 누가 원해서 또 노력한다고 되는 일은 아니다. 그간 쌓아온 정과 인간적 의리를 생각해서라도 오 노인네 가족들의 부탁을 뿌리칠 수 없다. 내가 건강하게 잘 살아야 언젠가는 개네를 만날 수 있다. 그리고 영원히 개네를 못 만나게 될 경우 새로 가정을 꾸려서 자식을 낳고 후대를 이어야 한다. 이것이 조상에 대한 후손의 도리이니 훗날 개네도 이해해 줄 것이다.

아침이 되자 수만은 오 노인 내외에게 큰절을 올리면서 사위가 되기로 한 심정을 천천히 털어놓았다.

"오갈 데 없는 떠돌이를 보살펴주시고 자식으로 받아들여 주신데 대해 진심으로 고맙습니다. 앞으로 아내를 사랑하고 효도를 다하겠습니다."

오 노인 내외는 수만의 결심에 크게 기뻐하며 즐거운 표정이었다. 어느 새 정화도 문틈으로 들여다보며 기뻐했다. 말로 표현은 하지 않았지만 그녀도 오래 전부터 기혼자인 줄 알면서도 수만을 남몰래 짝사랑했고 군에 입대했을 때에도 무척 그리워했다.

이렇게 오 노인네 가족은 오랜만에 즐거운 아침식사를 할 수 있었다.

그날이 1958년 4월 26일, 공교롭게도 그가 공산당으로부터 숙청을 당하고 고향에서 추방당한 지 만 10년이 되는 날이었다.

수만은 정화와 결혼식을 올리고 오 노인의 사위가 되면서부터 생활은 안정되었지만 고향에 두고 온 개네에 대한 그리움과 미안한 마음을 떨칠 수가 없었다. 때로는 일하다 말고 멍하니 하늘을 쳐다보고 또는 잠자다 말고 천장을 바라보고 시름에 잠기곤 하였다.

정화는 이러한 남편을 깊이 이해하고 상처를 건드릴세라 언제나 조심스럽게 그를 대해주고 있었다.

수만은 자신을 깊이 이해해주고 정성을 다하는 정숙한 정화가 너무도 고마웠다. 더욱이 두 번째 결혼이라는 죄책감 때문에 정화에게는 더 잘해줘야겠다는 생각으로 가급적이면 개네에 대한 그리움은 마음 깊이 묻어두고 내색은 하지 않기로 하였다.

리 인민위원장 리개네

개네는 전쟁복구사업에 앞장서서 열심히 일을 하고 돌아와 저녁에 잠잘 때가 되면 수만과 뜨겁게 사랑을 나누던 생각이 순간순간 떠오르면서 견딜 수가 없었다.

객지에서 외롭게 지내고 있을 그이도 이 시간에 자신을 보고 싶어 할 거라고 생각하자 더욱 미칠 것만 같았다.

'수만 선생님 정말 보고 싶습니다. 미치도록 보고 싶습니다. 저야 내 집에 살면서 어머니 모시고 또 아들 준일이 자라는 모습을 보며 지내고 있으니 그런대로 견디면서 혼자 지내고 있습니다만 선생님은 일가친척 없는 객지에서 어떻게 혼자 지냅니까. 통일이 되면 만날 수 있다고들 하지만 그날을 기약할 수 없으니 더욱 안타깝기만 합니다. 저는 그저 선생님이 혼자 너무 고생하시지 마시고 그곳에서 좋은 사람 만나서 외로움을 달래고 좀 더 편안하게 지내시기를 진심으로 간절히 바랍니다. 선생님! 우리 언젠가 만나는 날이 꼭 올 거라는 희망만은 저버리지 않으면 됩니다.'

개네의 두 눈에서 하염없이 눈물이 흘러내리고 있었다.

다들 '통일만 되면' 하지만 어디까지나 바람일 뿐이지 쉽게 통일이 될 것 같지 않았다. 그녀는 그가 혼자 고생하지 말고 좋은 사람 만나서 좀더 편안하게 살기를 진심으로 바라고 있었다.

개네는 어느덧 여자로서 29세가 되는 한창 나이다. 밤이 되면 견딜 수 없이 그가 그리워졌다. 그럴 때마다 참고 견디어야 한다면서 허벅지를 멍이 들도록 꼬집고 바늘로 피가 나도록 찌르면서 외로움을 달랬다.

그 당시 앙토리에는 대부분의 남정네가 전사 또는 행방불명된 탓으로 전쟁 미망인과 미혼녀들이 많았다.

그들도 그녀와 마찬가지로 오랜 독신 탓으로 밤을 지새기가 외롭고 남정네가 너무도 그리웠다.

이러한 와중에 일부 당 간부나 인민위원회 간부들은 혼자 사는 부녀자를 은근히 유혹하고 또 강제로 몹쓸 짓을 하는 경우가 많았다.

그녀들 중에는 겉으로는 거절하면서도 은근히 기대하는 사람들도 있었다. 당 간부나 리 인민위원회 직원들에게 잘 보이면 성적 외로움을 달래는 한편 공동작업 같은 힘든 일을 가끔씩 하지 않아도 잘 봐주기 때문이다.

그 밖에 강제로 당한 부녀자들도 있었지만 앙갚음이 두려워 아무 말도 못하고 참고 견디고 있었다.

이렇게 당 간부나 리 인민위원회 직원들의 못된 짓들이 계속되자 부녀자들 사이에 서로 시기하고 질투 끝에 싸움이 벌어지는 일들이 일어나고 있었다. 결국에 들통이 나서 많은 당 간부나 리 인민위원회 직원들이 혹독한 처벌을 받았다. 때문에 농업 생산이 잘 될 리가 없었다.

　1958년 4월 한식날이었다. 개네는 아들 준일을 데리고 하말 할아버지, 할머니 산소에 성묘를 하고 돌아오는 길에 노루목 언덕에 앉아서 10년 전 수만 선생님과 함께 얘기를 나누던 생각을 떠올리면서 준일에게 그 당시 얘기를 들려주었다.

　압록강에 유입하는 초산천 하류 하말 일대와 앙토천이 초산천과 합류하는 하양리 일대는 본래 정범 할아버지께서 개척한 땅이었다는 것. 그리고 수풍 댐이 생기면서 대부분 침수되었지만 하양리 일대 낮은 땅은 흙을 메워 돋우고 각씨바위 아래서부터 제방을 쌓으면 수만 평의 땅이 논이 되고 여기에 앙토천 하류의 농경지를 정리하면 넓은 논과 밭이 될 것이라는 것. 이는 본래 할아버지와 아버지께서 계획했었는데 아버지는 억울하게도 남쪽으로 갈 수밖에 없었다는 것 등을 자세히 알려주었다.

　준일은 지금까지 병규 외삼촌 때문에 아버지가 집에 들어오지 못하다가 6·25 전쟁 때 행방불명된 것으로만 어렴풋이 알고 있었지만 아버지가 남쪽에 살아계신다는 얘기는 처음 들었다.

　올해 열한 살이 되는 준일은 어머니의 말을 들으면서 아버지가 남조선으로 갈 수밖에 없었던 사실에 대해 충분히 이해를 했다.

　그리고 아버지가 여기 계셨다면 큰 일꾼으로 앙토리를 살기 좋은 마을로 만들었을 거라고 생각했다.

　준일은 어린 마음에도 증조 할아버지와 아버지 뜻을 받들어 앙토리를 살기 좋은 고장으로 만들어야 겠다고 다짐했다.

개네는 남편을 빼닮은 아들이 자신의 말을 진지하게 듣는 모습을 보자 갑자기 수만 선생님의 모습이 떠올라 준일을 꼭 껴안고 한참 동안 흐느꼈다.

북한은 1958년부터 전 농경지를 일정한 지역단위로 협동농장을 만들도록하고 협동농장관리위원회가 관리하도록 하였다.

이렇게 함으로써 종전의 분배받은 농경지를 개인이 경작하고 가을에 농작물 2할 5부내지 3할을 현물세로 정부에 내기만 하면 나머지는 자기 것이 되던 제도는 철폐하였다. 농경지가 국유화된 것이다.

따라서 농민들은 과거의 농지 경작자로서의 농민 개념에서 벗어나 이제부터는 농업협동조합 농장의 농업 노동자가 되고 생산된 농산물은 노동 일수에 따라 분배하는 것이다. 그리고 앙토리 산골짝의 화전 경작을 일절 금하였다.

얼마 후 상부에서는 개네의 농업 발전에 대한 열성적인 활동과 앙토리 주민들의 여론에 따라 개네를 앙토리 협동농장관리위원장으로 임명하고 협동농장 사업을 추진하도록 하였다.

협동농장관리위원회는 행정구역상 리里단위로 1개소를 조직, 운영하고 협동농장관리위원장이 리 인민위원장직을 겸임하도록 되어 있었다.

그리고 그 밑에는 작업반을 두고 또 밑에 분조를 두어 협동농장을 조직적으로 빈틈없이 관리하도록 하였다.

개네는 29세, 만 28세 나이에 리 인민위원장이 되고 겸해서 앙토리 전 농장의 관리책임자가 된 것이다. 마침내 그들은 이찬골 집을 정리하고 리 인민위원회 사무실 옆으로 거처를 옮겼다. 집안일과 준일의 학교 보내는 일은 어머니가 돌보기로 하고 자신은 협동농장 관리에 전념하기로 했다.

개네는 그 당시 북한의 7개년 경제계획에 때맞춰 앙토리 협동농장 관리계획과 시행안을 만들어 상신했다.

그 내용은 수만과 평소 말하고 계획했던 것으로 첫째 앙토리를 하양리-상·하단리, 상평-원곡 2개 구역으로 나누어 작업반을 두고, 둘째 하천유역을 정비하여 수리화하고, 셋째 경지정리로 경작지를 확대하고, 넷째 화전을 폐하고 조림하여 땔감 자원으로 조성한다는 것이었다.

좀 더 구체적으로 말하면 하양리 일대의 넓은 수몰저지대를 매립하여 수답을 만들어 화전에 의지하던 상단이나 광대골 사람들을 하양리로 이주시켜 쌀농사를 짓도록 하여 먹는 문제를 해결하고, 상단과 광대골 골짜기를 막아 저수지를 만들어 수해를 조절한다는 것까지도 포함되었는데 물론 쉬운 일은 아니었다.

많은 예산과 인력 그리고 오랜 시간이 걸릴 계획이다. 그러나 평생 강냉이밥도 먹기 힘든 가난에서 벗어나려면 힘이 들더라도 꼭 해야 할 사업이다.

다들 개네의 계획에 놀랐고 전 주민이 이에 동의했다. 계획대로 이루어진다면 약 4만여 평의 농지가 새로 늘어나고 쌀밥을 먹을 수 있기 때문이다.

그녀의 이러한 계획에 앙토리 전 주민들이 적극 호응하여 달구지와 손수레 등 모든 장비를 총동원하여 농지정리에 나섰다.

잃어버린 30년

그간 남쪽에서는 4 · 19 혁명과 5 · 16 군사혁명 등의 일대 혼란이 있었으나 우여곡절 끝에 박정희 군사정부에 의해 어느 정도 질서가 잡혀가고 있었다.

이런 와중에 수만은 서울 명륜동 강굴집 할머니가 돌아가셨다는 부고를 받았다. 할머니는 아들과 손자 둘을 이북에 두고 눈을 감은 것이다. 생각해 보니 가장 가까운 친척이 그였다.

수만은 곧 명륜동으로 가서 장례를 치루고 할머니를 망우리 공동묘지로 모셨다. 할머니가 사시던 집은 할머니를 모시고 살던 할머니의 친정 조카뻘 되는 평창 이씨라는 사람이 살도록 합의하였다.

그런데 할머니의 작은며느리 즉 형기의 생모되는 현병운 백모의 친척이라는 사람이 나타나서 미리 준비한 호적등본을 제시하면서 명륜동 집은 자기가 상속받아야 한다고 권리를 주장하고 법적조치를 취하겠다고 하였다.

그는 현병운 백모와는 먼 친척으로 같은 현씨 성을 가진 사람이었다. 결국 명륜동 집은 현씨라는 사람한데 넘어갔다.

그 집은 본래 김문희 당백부가 중국으로 망명해 갈 때 형기 · 형준 형제의 교육을 위해 장만하고 거처했던 집으로 현병운 명의로 되어 있었는데 두 형제가 일본으로 유학을 가게 되자 고향 초산에서 살던 강굴집 할머니가 서울로 와서 큰며느리와 함께 살던 집이었다.

수만은 몇 년 후 지나는 길에 명륜동엘 들렀더니 그 집은 이미 다른 사람의 이름으로 넘어가고 할머니를 모시고 살던 평창 이씨는 문간방에 세 들어 살고 있었다.

박정희 군사정부는 '산업근대화' 라는 구호를 내걸고 전 국민이 참여하는 새마을운동을 펴나가면서 공업단지를 조성하여 공장을 세우고 댐 건설, 고속도로 건설, 발전소, 조선, 자동차와 중화학공업 등 획기적인 경제 건설에 나섬으로써 1970년대 말에는 생활양식이 모든 면에서 눈에 띄게 달라지고 있었다.

이곳 도곡리에도 농로가 포장되고 볏짚으로 엮은 지붕은 슬레이트 지붕으로 바뀌었다. 그러나 많은 젊은이들이 도시 또는 공장으로 빠져나가면서 일꾼이 줄어들어 농촌에 살기는 더 어렵고 힘들어 졌다.

그동안 수만은 정화와의 사이에 아들 둘과 딸 하나 3남매를 두었다. 큰아들 준건, 딸은 준희고 막내아들은 장인인 오 노인의 부탁으로 출생하는 즉시 손자로 입양시키고 이름을 오세훈이라고 하고 오씨네 대를 이을 수 있도록 하였다.

3남매가 성장하면서 초등학교는 신도안에서 다녔고 중 · 고등학교는 모두 대전에 있는 학교에 기차로 통학하게 하였다.

수만 내외는 아이들의 공부 뒷바라지하느라 힘은 들었지만 3남매 모두가 공부를 잘하여 우수한 성적으로 고등학교를 졸업하고 차례차례 서울 명문 대학에 입학하게 되었다. 또 아이들이 가정교사를 해서 학비를 조달했기 때문에 학비 부담이 적어지면서 어느 정도 안정된 생활을 해나갈 수 있었다.

그런데 1979년에 들면서 7 · 29 박정희 대통령 시해사건과 신군부 세력 등장, 그리고 광주 5 · 18 민주화운동 등 비극적인 사건들이 잇달아 일어나면서 또 한 번 남한 전체가 일대 소용돌이 속에 휘말렸다.

그때 신문과 방송에서는 광주지구 계엄분소장 윤흥정 중장의 이름과 사진이 자주 등장했는데 윤 중장은 수만보다는 한 살 위로 소학교 동창이었으며 그보다 먼저 월남하여 육사 8기생으로 입대한 사람이다.

윤 중장은 얼마 후 신군부에 의해 체신부 장관이 되었으나 3개월 후 장관직에서 해임되고 예비역으로 편입됐다는 신문 기사가 나기도 했다.

수만은 경제적으로 어느 정도 안정이 되자 3남매 공부를 위해 도곡동 땅을 정리하고 서울로 이사를 해 볼까 하고 생각 중이었다. 그런데 충격적인 사건이 잇달아 일어나자 다시 불안해지기 시작하고 서울로의 이사를 주저해 왔다.

그러나 시간이 흐르자 그의 생각과는 달리 학생들의 데모는 있었으나 시국이 점차 안정을 되찾아 가고 있었다.

그간 나라의 경제가 발전하고 생활이 안정되어 가면서 많은 사람들이 혼란을 원치 않았기 때문이라고 생각되었다.

1982년 말부터 정부가 논산군 두마면 일대의 토지를 수매하기 시작했다.

수만은 연산면에 속한 일부 임야를 제외한 도곡동 땅 6천여 평을 생각보다 후한 값을 받고 정부 매수에 응했다. 그로서는 생전 처음 만져보는 거금이 생긴 것이다.

우선 3남매의 교육을 위해 서울 서초구에 아파트를 구입하고 일부 금액은 비상시 식량 확보를 위해 평소 보아 두었던 노성 읍내리 논 약 3천 평을 싸게 구입했다.

그곳에는 오 노인의 고향인 황해도 옹진에서 피난 내려와 정착한 사람들이 몇 가구 살고 있었다.

70대 고령의 나이에 서울 가기를 꺼려하는 장인, 장모는 읍내리에서 거처하도록 하고 일꾼을 얻어 품삯을 주고 농사를 짓기로 하였다. 그리고 남은 돈은 은행에 정기예금으로 예치했다.

1983년 초 서울로 이사온 수만은 때마침 그곳 아파트 단지의 경비 일자리가 비어 경비를 보게 되었는데 보수도 생각보다는 많았으며 따지고 보면 도곡동에서 농사지을 때 수입보다 더 많았다.

이렇게 서울 생활을 시작한 지 얼마 안 되는 그해 6월 30일, 여의도 KBS 방송국에서 특별방송으로 '이산가족을 찾습니다.'를 TV 생방송을 통해 이산가족 만남을 주선하고 있었다.

그때부터 TV 방송은 물론 방송과는 별도로 TV에 출연하지 못한 많은 이산가족들이 여의도 KBS 방송국 광장에 모여들어 찾는 사람의 이름을 적은 피켓을 높이 들고 군중 속을 누비고 있었다.

그도 혹시 어머니와 개네의 소식이라도 알아볼 수 있을까 해서 KBS 광장엘 나갔다.

이산가족을 찾는 군중은 십만여 명에 이르고 있었으며 발 디딜 틈이 없다시피 혼잡하였다.

방송국 본관과 부속건물은 물론 주변 건물의 벽과 벽, 그리고 전신주 등 빈 공간에는 찾는 사람의 이름이 적힌 이름표들이 빈틈없이 붙어 있었다. 심지어 길바닥에도 페인트로 이름을 적고 헤어진 가족을 애타게 찾고 있었다.

광장에 나와 있는 군중들의 인상에는 그저 헤어진 가족을 찾아보려는 안타까운 마음이 얼굴에 나타나 있었다.

이 순간 그들은 가족을 만나려는 희망 외엔 아무런 욕심도 없어 보였다.

TV 방송에서는 '비가 오나 바람이 부나 그리웠던 30년 세월……어머님 아버님 그 어디에 계십니까 목메어 불러봅니다.' 가수 설운도의 '잃어버린 30년' 노래가 이산가족들의 애간장을 더욱 타 들어가게 하고 있었다.

분단의 비극이란 이런 것인가. 일제의 압박에서 벗어나 해방이 되었다고 기뻐들 하면서 만세를 부르던 우리 선량한 백성들이 무슨 죄가 있어서 이처럼 혹독한 아픔을 겪어야 하는가?

수만은 35년 전 어머니와 개네를 두고 혼자 월남하던 당시의 생각이 떠오르자 미칠 것 같이 후회스럽고 설움이 북받쳐 올랐다.

그리고 시베리아로 유형간 아버지께서는 얼마나 고생이 많으실까. 지금 살아계시는지…… 너무도 슬프고 가슴이 저리고 찢어지는 것 같이 아팠다.

광장 한 구석에 이북 5도청이라고 새긴 간판을 단 천막이 보였다. 천막 안에는 평안북도라고 적힌 책상이 놓여 있었는데 책상 위에 초산군이라고 적힌 노트가 눈에 들어왔다.

'아……초산. 초산이로구나!'

수만은 '초산'이라는 글자만 보고도 가슴이 두근거리고 마음이 설 렜다.

초산군 노트를 한 장 한 장 넘겨보자 아는 사람들의 이름이 눈에 띄 었다. 몇 장을 더 넘기자 맨 윗줄에 '찾을 사람 김수만'이란 글자가 또렷하게 보였다. 찾는 사람은 초산면 앙토리 박승철이었다.

박승철이 누굴까. 잘 기억이 나질 않았다. 노트에 적힌 전화번호를 찾아 전화를 걸어 박승철을 만났다.

그는 이찬골 사람으로 개네 집과는 그리 멀지 않은 곳에서 살았는 데 얼굴은 익지만 나이는 한 살 아래로 학교는 4년 후배였으므로 별 로 접촉이 없어서 이름을 잘 몰랐던 것이다.

그러나 그는 수만을 어려서부터 잘 알고 있었고 남한에는 별로 아 는 사람이 없는데다 같은 이찬골에 사는 개네의 남편 김수만을 만나 고향 소식이라도 알려 주려고 찾은 것이다.

승철은 중학교 재학 중 6·25 전쟁이 일어나자 인민군에 강제 징 집을 당하고 낙동강 전선까지 투입되었다. 그는 인민군이 후퇴할 때 포로가 되어 거제도 수용소에 수용되었는데 1953년 6월 이승만 대 통령의 용단으로 석방된 후 국군에 입대했다가 제대했다고 했다.

그는 초산에서 태어나고 자랐지만 지옥 같은 그곳에 다시 가고 싶 지 않다고 했다. 그리고 자신과 같이 포로가 되었다가 석방된 초산 사 람도 약 20명은 될 거라고 했다.

그는 또 개네가 아들을 낳았고 어머니를 잘 모셔서 효부 소리를 듣 고 지낸다는 것과 병규의 모함으로 개네와 수만은 헤어지게 되고 수만네 집은 병규가 살고 있다는 얘기와 그리고 그놈 병규 때문에 자신도 인민군대에 강제 동원됐다는 얘기도 했다. 그리고 김일성대학 교수인 문찬 숙부와 현파 인민군 대좌가 이찬골을 다녀갔다는 얘기도 했다. 그러면서 매년 5월 5일에 평안북도 도민의 날 행사가 있는데 그때 초산 사람들도 많이 참석하니 꼭 나오라고 일러주고 헤어졌다.

수만은 고향에 대한 소식이 궁금해 며칠 더 KBS 광장엘 나갔더니 여전히 많은 사람들이 피켓을 들고 광장을 누비고 있었다.

개네의 전성시대

개네는 앙토리 전 주민들의 협동에 힘입어 계획대로 하양리 일대의 제방쌓기와 수몰지대 매립사업을 진행했으나 장비와 노동력 문제로 생각대로 쉽게 진행되지는 않았다.

그녀는 언제나 새벽에 일어나 작업반을 독려하고 설득하면서 적극적으로 주도해 나갔다.

"우리가 가난에서 벗어나 배불리 먹으려면 꼭 해야 할 일이고 후손에게 가난을 물려주지 맙시다. 그리고 우리의 사업은 꼭 이루어집니다."

개네는 그들을 격려하고 희망을 안겨주었다. 그러면서 한편으로는 상부에 인력지원을 요청하였다.

군 인민위원회에서는 진작부터 개네의 협동농장관리계획의 타당성과 앙토리 주민들의 열성적인 자구노력을 높이 평가하여 청년동맹과

학생들의 노력동원을 앙토리에 집중시켰다.

앙토리는 그가 있을 때부터 모범 리 인민위원회로 상부에 보고되어 있었으며 상부에서 검열이나 지도원이 내려오면 언제나 앙토리에 먼저 내려 보내곤 했었다.

앙토리가 잘 되면 군 인민위원장에 대한 평가도 높아지게 되어 있었다.

얼마 후 앙토리에는 석방된 국군포로들을 배당하여 혼자 사는 미망인이나 노처녀들을 결혼시키고 북송된 재일동포들도 입주시켜 노동력을 늘리기도 했다.

이렇게 힘겹게 사업을 진행해 나가기 10여 년 되는 1970년대 중반으로 들면서 뜻밖에 앙토리에 트랙터 한 대가 지원되었다. 정말 기적이었다.

두메산골 초산에 트랙터가 지원될 것이라고는 누구도 상상하지 못했다.

이러한 당의 배려는 개네의 희망적이고 합리적인 협동농장사업관리계획을 상부에서 각별히 높이 평가한데다 계획 실천 열의가 월등하고 진행사항이 우수했기 때문에 도에서 파격적으로 지원된 것이다.

군 인민위원회에서도 상부로부터 트랙터까지 지원해 준 것에 매우 놀라워 했다.

트랙터는 마침 강계시 중장비기술학교에서 중장비 교육과정을 졸업한 개네의 아들 준일이 운전하기로 했다.

개네는 진작부터 식량증산을 위한 농지정리사업을 위해서는 앞으로 중장비 기계가 필요하고 중장비 운전 기술을 익혀 둬야 한다고 생각되어 준일을 기술학교에 보냈던 것이다.

개네는 너무나 기뻤다. 언젠가 노루목에 앉아 남편과 시간 가는 줄도 모르고 이야기했던 일, 그리고 그 자리에서 아들에게 그때의 일들을 들려주며 꼭 껴안았던 생각이 떠오르자 갑자기 남편이 오늘따라 무척 생각이 나고 그리워졌다.

'수만 선생님 지금 어디 계시나요. 할아버지와 당신이 꿈꾸시던 사업을 저하고 준일이가 이룰 것입니다. 반드시 이루어 낼 것입니다. 언젠가 우리 가족이 다시 만나는 날, 그날이 오면 저 노루목에서 당신과 나 그리고 우리 준일이와 함께 얘기 나누고 할아버지 묘소에 인사드리기로 하겠습니다. 그날이 꼭 올 거라고 믿습니다. 사랑하는 당신 정말 보고 싶습니다.'

개네는 이처럼 마음속으로 늘 수만을 그리며 살아가고 있었다.

그후 협동농장관리사업은 힘겨웠지만 잘 진행되고 있었다.

하단리 낮은 산등성이를 굴토해서 하양리 침수지대에 매립하고 흙을 깎아내린 자리에는 아파트형 공동주택을 건설하였다.

아파트에서는 장작을 땔 수 없었다. 그래서 특별히 앙토리 아파트에는 상부로부터 연탄이 공급되었다. 그리고 상단, 광대골 등 골짜기에서 주로 화전에 의지하여 살던 농민들을 이주시켰다.

개네의 친정집과 언니 센네네도 가까운 이웃 아파트에 살게 되었고 하양리 이모 할머니 가족들도 새 아파트로 이사해서 살게 되었다. 아파트 입주자들은 누구나 취사 난방용 땔나무를 안 해도 되게 되어 살기가 한결 편하게 되었다.

아파트 주변 공간에는 닭장과 돼지우리를 지어 개네의 시어머니 등 노인네와 어린이들이 닭과 돼지를 키우도록하여 앙토리 전 주민들이 남녀노소를 막론하고 모두가 자신들의 일처럼 열심히 일했다.

그러던 어느 날 개네에게 뜻밖의 소식이 들려왔다. 초산인민학교 교사로 근무하고 있는 박수경이 아들 준일에게 청혼을 해왔기 때문이었다.

수경은 군 당 간부의 딸로 준일과 그의 어머니가 맘에 들어 청혼한 것이다. 개네도 평소 그녀가 맘에 들어 며느리가 되었으면 하고 바라던 터였다.

양가의 합의로 좋은 날을 택하여 준일과 수경은 마침내 결혼식을 올리고 읍내 공동주택에서 따로 살게 되었다.

1976년 가을 개네 나이 마흔일곱, 준일은 스물여덟 살이었다.

1980년 초 경지정리사업이 거의 마무리되고 그해 가을 추수 때에 하양리 일대에 새로 생긴 논 약 4만여 평에서는 쌀 5백여 가마니를 생산할 수 있었다.

그리고 경지정리로 늘어난 앙토천변 밭에서도 조, 강냉이, 수수, 콩 등 많은 잡곡을 수확할 수 있었다.

여태껏 강냉이밥도 먹기 힘들었던 앙토리 주민들이 흰 쌀밥을 먹게 되자 그들은 기적이 일어났다며 모두 기뻐했다.

이러한 사실들이 인근 시·군과 상부에 알려지면서 많은 사람들이 견학차 방문하고 상부에서 시찰단까지 내려와 그들을 높이 평가했다.

국내는 물론 대외적으로 널리 선전하기 위해 중앙방송국에서 나와 취재해 가며 열을 올렸다.

그들은 수령의 음덕과 주체농법으로 농사지은 결과 강냉이밥도 제대로 먹지 못하던 앙토리 인민들이 이제는 쌀밥에 고깃국을 배불리 먹게 되었다는 것이다.

이러한 성공사례가 노동신문과 민주조선 등 중앙일간지에 실리고 원색으로 된 대외용 선전화보에도 실렸다.

화보를 통하여 김일성 수령의 주체농법으로 인민공화국이 잘사는 나라가 되고 있다는 것 등을 해외에까지 널리 선전하고 있었다.

개네는 오래 전 수만 선생님의 얘기를 듣고 실행한 것뿐인데 자신 스스로도 의외의 결과에 놀랐다. 그러나 그녀는 남편의 얘기는 누구에게도 일절 할 수가 없었다.

센네 언니나 오빠 병식은 개네가 자랑스러우면서도 내색하지 않는 그녀가 측은하게 느껴졌다.

그들은 개네가 저토록 일할 수 있었던 것은 수만을 존경하고 그의 뜻에 따라 실천한 것임을 잘 알고 있었다. 그래서 병규의 어처구니없는 행동이 아니었다면 개네가 혼자가 되지는 않았을 텐데 하면서 병규에 대한 증오심이 새삼 떠올랐다.

얼마 후 상부로부터 개네에게 노동영웅이라는 칭호가 내려지고 군인민위원회 광장에서 그녀에게 표창장을 수여하는 행사가 있었다. 그리고 5박 6일간의 금강산 관광 음덕이 내려졌다.

개네는 금강산 관광을 마치고 돌아오는 길에 강계 문옥 고모네 집엘 들렀다.

고모는 갑자기 찾아온 개네의 손을 잡으며 살가운 표정으로 뉴스를 통해 늙은 시어머니를 모시고 열심히 살아가는 개네에게 칭찬을 아끼지 않았다.

인민병원장을 지내는 고모부와 고모도 어느덧 나이 60이 넘어 70을 바라보지만 아직은 생활에 큰 불편은 없어 보였다.

두 아들이 대학을 나와 취직을 하고 결혼하여 손자 손녀들은 다른 곳에서 살고 있다고 했다. 그리고 나이 70이 된 문찬 숙부는 아직은 중학교 교사직을 그대로 유지하고 있는데 생활이 그리 넉넉하지는 못하고 두 아들들도 인민군대를 제대하고 며느리를 봤지만 남로당 출신 성분 탓으로 둘 다 산골 협동농장에서 일하고 있다고 했다. 또 형기와 현파 소장은 김두봉 연안파이기 때문에 숙청당했다는 소문은 있으나 확실한 사정은 알 수 없다고 했다. 그러면서 훗날 수만을 만나려면 매사에 조심하고 또 조심하며 살아야 한다고 거듭 일러주었다.

앙토리 사람들을 비롯한 주위 사람들의 부러움을 받게된 개네는 더욱 몸을 낮추고 모든 사람들에게 공순하게 대했다.

군 인민위원장은 개네의 덕택에 상부로부터 더욱 두터운 신임을 받게 된 것을 흐뭇하게 생각하고 그녀가 추진하고 있는 사업이 더욱 잘 되게 여러 모로 지원을 아끼지 않았다.

남으로 내려온 사람들

수만은 아파트 경비 일을 시작하면서 8·15 해방 이후부터 줄곧 정규 학교를 다니지 못했으므로 남들처럼 대학에는 못 갔지만 배워야한다는 열정으로 일간지와 유명 학술잡지 같은 것을 구입하여 열심히 탐독하였다.

그리고 근무가 없는 날 틈나는 대로 근처에 있는 국립중앙도서관을 찾아가서 그간 하고 싶었던 공부를 계속했다.

하루는 4층 고전실에 올라갔다가 벽에 붙은 성姓씨 일람표를 보았는데 거기에는 그의 본관인 문주文州 김씨의 중시조는 김풍金豐이라고 표시되어 있었다. 그것은 일제시대 창시개명을 할 때에 일부 종친들은 성을 일본식으로 金豐(가네도요)라고 했던 것을 이해할 수 있었다.

그는 성씨에 관한 서적과 초산읍지楚山邑誌 등을 찾아내고 오늘에 있기까지의 내력을 추적하였다. 고향에서는 볼 수 없었던 족보를 찾아냈는데 구한말에 만든 것으로 거기에는 고려 말기 성균관 제주를 지냈던 김풍 할아버지께서 이성계에 의한 역성혁명의 난을 피해 당시 원나라에 의해 강점되었다 수복된 지 얼마 안 되는 초산으로 피난와서 정착했다는 내용이 기록되어 있었다. 그리고 김창수 증조부와 김정범 할아버지의 함자가 명기되어 있었으며 그는 중시조 김풍 할아버지의 18대 손이라는 것을 알게 되었다.

정범 할아버지의 함자를 본 수만은 너무나 감격스러웠다. 대를 이어 압록강 국경지대에서 온갖 고난과 환난을 이겨내며 오늘의 그를 있게 한 조상님들이 너무나 고마웠고 자랑스러웠다.

수만은 잠시 눈을 감고 생각에 잠겼다.

600년 전 중시조 김풍 할아버지께서 국난을 당하여 멀리 압록강 국경까지 이주하였던 것처럼 18대 후손인 그는 공산당에 의해 강제 추방당하여 조상들께서 개척하고 정착해 온 고향 땅을 떠나 낯선 남쪽 땅에 와서 살 수밖에 없게 된 것과 한반도가 둘로 갈라지지 않았다면 가족이 한데 모여 오순도순 살아갔을 텐데 이제는 남쪽에서 또 한 가정을 이뤄 살아가는 기막힌 현실 앞에 몸을 떨었다.

수만은 여기까지 생각이 미치게 되자 다시금 어머니와 개네에 대한 생각이 떠올라 견딜 수 없이 마음이 아프고 괴로웠다.

이러한 나날을 보내는 가운데 수만은 아파트 경비를 보면서 월급도 받고 공부도 할 수 있어 시골에서 농사일 하는 것 보다 훨씬 낫다는 것을 느꼈다. 그래서 많은 사람들이 서울로 올라오는 이유를 알 것만 같았다.

3남매의 아들 딸 중 첫째 준건이와 둘째 딸 준희는 취직이 되었음으로 막내아들 세훈이에게만 학비를 지원하고, 노성에 계시는 장인 장모에게는 매월 약간의 용돈을 보내주면서 넉넉하지는 않지만 안정된 생활을 할 수 있었다.

그런데 1984년 새해 갑자기 노성에 있는 장인이 위독하다는 소식을 듣고 수만과 정화는 서둘러 노성으로 내려갔다.

장인인 오 노인은 오랜 동안 손발에 마비증세가 나타나 그동안 병원에서 꾸준히 치료를 받아왔지만 결국 돌아가셨다.

나이 78세, 음력으로 1983년 12월 21일이었다. 연산면에 준비해 두었던 산에 정성껏 모셨다. 장례를 치르고 난 후 장모는 서울로 모셨다.

얼마 후 노성 읍내리 근처 땅도 정부가 수매를 시작함에 따라 논 3

천 평을 그 당시로서는 파격적인 가격을 받고 넘겼다.

그러던 어느 날 알게 된 일이지만 도곡리를 포함한 계룡산 일대가 계룡시로 승격되면서 육·해·공군본부인 계룡대가 들어서고 바로 옆의 노성 읍내리 근처에는 육군항공학교가 들어옴에 따라 정부가 부근의 토지를 후하게 매수했던 것이다. 그러자 언젠가는 신도안에 도읍이 들어설거라는 소문이 다시 펴지고 계룡산 도읍설이 끊이질 않았다.

이 과정에서 수만은 요행이도 많은 값을 받고 농지를 팔 수 있었다.

그리고 그는 노성 땅을 처분해서 받은 돈과 그동안 모아두었던 돈을 합해 근처에 막내아들 즉 오 노인의 손자인 오세훈 명의로 아파트 한 채를 구입하고 할머니를 모시도록 하였다.

그해 1984년 5월 5일, 수만은 강북구 미아리 신일고등학교 운동장에서 열린 평안북도 도민의 날 행사에 참가했다.

운동장 주변 공간에는 약 만오천 명으로 추산되는 도민들이 모여 있었고 운동장에서는 시·군 대항 축구 경기가 한창 진행 중에 있었다.

그는 20여 개의 대형 천막 가운데 초산군민회를 찾았다. 남녀노소 약 3백여 명의 군민들이 모여 있었는데 초산군 10개 면 중 군청 소재지인 초산면 사람들이 제일 많았고 그들은 수만을 모르는 사람이 거의 없었다. 근 40년 만에 만나보는 얼굴들이었다.

고향을 떠나 맨주먹으로 38선을 넘고 일가친척 없는 천리타향에서 모진 고생을 하며 6·25 전쟁을 겪으면서 갖은 역경을 딛고 살아남은 사람들이다.

그중에는 소학교와 중학교 동창이 있고 학교 선후배들이 있었다. 아버지, 어머니 세대인 7, 80대 노인들도 보였고 앙토리 사람들도 있었다.

그들은 수만을 보자 모두 일어나 반갑게 맞이해 주었다. 그 순간 마치 고향에 온 것 같은 느낌이 들었다. 눈물이 나도록 반가웠다.

군민회장은 김봉건 예비역 육군 대령이었다.

그는 자신보다 한 살 위지만 학교는 1년 후배였다. 그리고 키는 그다지 크지 않았지만 다부진 체격으로 초산에서는 육상 100미터 기록을 가진 사람이었다.

김봉건은 1946년 3월, 토지개혁 때 어머니와 형, 동생 일가족이 함께 월남하였다.

육사 7기생으로 6·25 전쟁 당시 1사단 11연대 소속 중대장으로 임진강 방어전과 대구 다부동 전투에서 공을 세웠고 북진 때 북한의 수도 평양에 제일 먼저 입성한 부대 지휘관으로 이름나 있다.

초산군민 중 월남할 당시 대부분의 젊은 사람들은 군과 경찰에 들어갔고 일부는 교사 또는 공무원으로 임용되었다. 때문에 장군과 고급 장교 출신 그리고 경찰서장 등 군과 경찰간부직을 지낸 사람이 많았으며 정부 행정부처의 국장과 지방 초등학교 교장을 맡고 있는 사람들도 몇 사람있었다. 또 가족이 6·25 전쟁 때 전사하거나 행방불명이 되고 공산당에 학살당한 불행한 유가족도 많았다.

당시 소학교 최 선생의 남편으로 초산군청에서 주사主事를 지낸 문학선의 큰아들 문정호는 육사 생도로 그리고 동생 문정욱은 하사관으로 두 형제 모두 전쟁 초기 의정부 전선에서 전사했고 문정호는 1년

선배로 수재들이 다니는 서울 경복중학교 5년 과정을 마쳤다고 했다. 동창인 김경호는 사관후보생으로 문산 임진강 방어선에서 전사했고, 월남 후 충남 홍성국민학교 교장으로 재직하던 윤홍정 장군의 부친 윤경모 선생은 수만의 당백부이며, 전북 고창중학교 교사로 근무하던 김문훈 선생은 고향이 이북이라는 이유로 공산당에게 비참하게 학살당했는데 그 시신마저 찾을 길이 없다고 했다.

윤홍정 장군의 모친인 최씨 할머니는 수만의 할머니와는 먼 친척이 되는 자매간으로 인민군에게 학살당한 고 윤경모 교장의 부인이다.

그때 최씨 할머니는 수만을 알아보고 그의 어깨와 팔을 쓰다듬으며 놀란 표정으로 말했다.

"야…… 네레 수만이로구나. 몰라보게 달라졌구나. 그래 엄마 소식은 들었니?"

그렇게 최씨 할머니와 이야기를 나누는데 갑자기 최씨 할머니보다는 아래로 보이는 70대의 웬 할머니 한 분이 옆으로 다가왔다.

"네레, 수만이구나."

수만은 전혀 모르는 할머니였다.

그 할머니는 수만의 앞으로 바싹 다가앉으며 다소 격앙된 목소리로 말했다.

"내레 너 이모야. 4촌 이모가 되지. 사직골 너 외갓집 옆에서 살면서 너 갓난아기 때 봐주고 업어주기도 했지. 넌 잘 모를 거야. 거럼 모르지. 너, 정말 몰라보겠다야. 그런데 엄마는 못 넘어왔다면서?"

그러면서 그의 손등을 한참을 어루만졌다.

이모의 남편은 김영춘이라고 했다.

그는 동면 화신동 산골 사람으로 가난한 집 여러 형제 중 막내로 태어났다.

그 집안에서는 본래 미리기 좋은 그를 공부를 시키려고 옛날 보통학교를 보냈다. 보통학교를 마친 후 시골 경찰 파출소 급사로 취직하여 독학으로 경찰간부 시험에 합격하여 평북 박천 경찰서에서 사법주임으로 있다가 월남하였다.

그는 경감으로 의정부 경찰서 과장 보직을 받고 근무 중 6·25 전쟁으로 의정부가 인민군에게 포위를 당하자 포위망을 뚫고 나오다가 전사하였다고 한다.

혼자가 된 이모는 부산으로 피난 내려가 길거리에서 장사를 하며 지냈는데 옛날 고향 사람들이 그립고 친척이라도 만나보려고 군민회에 나왔다고 했다.

그 밖에도 여러 친구와 아는 사람들을 만났다.

그중 한 친구는 후배로서 초산중학교 재학 중 초산까지 진격했던 국군 6사단 7연대가 중국 공산군에 완전히 포위되었을 때 국군 본대가 후퇴한 15일 후에 포위망을 뚫고 탈출하려던 국군 장교를 길을 안내하여 임진강까지 천릿길을 넘어왔다고 자랑삼아 얘기했다. 그는 또 평안북도 구장 근처에서 불심검문을 받고 인민군 정치보위부에 연행돼 가던 중 경비병이 한눈을 파는 사이 돌로 경비병을 내리쳐 살해하고 묘향산맥을 넘어 도주했다는 영화에서나 나올 법한 얘기도 했다.

그 외에도 거제도 국군 포로수용소에서 위장 포로로 수용된 인민군 공작원에 의한 폭동사건에서 죽을 뻔 했던 일, 판문점에서의 남북포로 교환과정에서 북으로 송환 직전에 탈주에 성공한 일 등의 얘기도 했다.

이와 같이 생과 사의 험난한 길을 헤쳐 온 많은 사람들 중에는 상당한 재산을 모은 사람들도 여럿 있었다.

그렇게 이런저런 사연과 고향 소식을 나누고 있을 때 느닷없이 "형님" 하면서 다가오는 사람이 있었다.

송정우였다. 그는 수만보다 한 살 아래로 본래 아버지 고향은 위원군 봉산면이다.

하양리 이모 할머니의 외손자가 되는 정우는 아버지의 직장관계로 중국 만주에서 살았는데 해방 후 아버지가 행방불명이 되자 어머니와 함께 하양리 외갓집에 와서 중학교 교육과정을 마쳤다.

그때 정우는 수만을 가끔 찾아와 이야기를 나누곤 했는데 건국당에 가입했다는 얘기도 오고 갔었다. 그러던 중 건국당 사건이 발각되자 검거를 피해 월남하였다. 그는 월남 후 군에 입대하여 육군 중령으로 예편했다고 했다.

그날 정우는 초산군민회 바로 옆에 자리한 위원군민회에 나왔다가 수만을 보고 찾아 온 것이다.

수만은 그날 고향 친구들과 만난 후 주소와 전화번호를 서로 교환하고 연락하면서 한 해를 보냈다.

앙토리 비슬나무

1985년 5월 어느 날 저녁때였다. 근무를 마치고 집에 와서 저녁을 먹으려는 시간에 갑자기 전화벨이 울려서 수화기를 들었더니 다급한 목소리가 들려왔다.

"형님, 이지무의 아들 동식입니다. 빨리 KBS 텔레비전을 틀어보세요. 앙토리가 나왔어요. 빨리 틀어 보세요."

"뭐, 앙토리."

그는 서둘러 TV를 틀었다.

화면에는 아나운서의 거친 이북말과 함께 앙토리 모습이 보였다. 신작로에서 하단 쪽으로 들어가는 길목에 있는 비슬나무를 보고 알아볼 수 있었다.

비슬나무는 수령 3백 30년으로 높이 25미터, 둘레 5.8미터의 거목으로 현재 북한 천연기념물 제115호로 등록되어 있다.

그 나무는 앙토리 골짜기에 숲을 이루며 자생해 왔는데 일제 말 사람들이 장농과 목가구 등의 자재용으로 마구 벌채하는 것을 정범 할아버지가 적극 나서서 막음으로써 지금 몇 주 남지 않은 나무 중 제일 큰 나무다.

음력 5월 단옷날이면 높고 굵은 가지에 그네를 매고 부녀자들이 누가 더 높이 뜨느냐 내기하면서 그네를 뛰었다. 그때 개네도 수만의 어머니가 지어 준 비단옷을 입고 그네뛰기를 하였다. 그는 씨름을 하다가 넋을 잃고 개네를 쳐다보던 생각이 새삼 떠올라 감회가 새로웠다.

그 비슬나무 밑에서 농장 일꾼들이 아코디온 반주에 맞추어 노래를 부르고 있었다. 한참 김매는 시기 협동농장에서 공동작업을 하다 쉬면서 사기를 올리기 위해 노래를 부르고 있는 것이다. 그 너머로 광대봉과 수만네 집 뒷산 매봉도 보였다.

이윽고 화면은 멀리 노루목까지 이어지는 제방 안쪽으로 하양리 일대의 벼가 자라는 들판과 언덕에는 3층으로 지은 아파트 10여 동이 보였다. 또 도로변에는 리 인민위원회 간판이 붙은 건물도 보였고 상단 쪽 앙토천을 따라 제방이 쌓여 있었으나 옛날 수만네 집은 보이지 않았다. 일부에서는 경지정리 작업을 하느라고 트랙터가 흙을 밀어내는 일을 하고 있었다. 그리고 젊은 트랙터 운전기사의 모습도 보였다.

화면이 바뀌면서 50대 초반으로 보이는 여성 위원장이 리 인민위원회 사무실 앞에서 사람들을 모아놓고 인민 경제계획을 승리로 이끌자며 연설을 하는 장면이 보였다. 그리고 하양리 들판과 앙토천을 따라 경지정리하는 트랙터 작업 장면과 아파트 화면을 다시 보여주었다.

침수지대이던 하양리 일대에 제방을 쌓고 복토 매립하여 논을 일구어 강냉이밥도 못 먹어 굶주리던 인민들이 위대한 김일성 수령의 영도에 따라 주체농법으로 쌀밥을 먹게 되었다는 사실과 앙토리 골짜기 자갈땅을 반듯하게 경지정리해서 농지를 늘렸다는 것 그리고 공동주택인 아파트를 건설하고 닭, 돼지를 키워서 고깃국을 먹게 되어 살기 좋아졌다는 것을 특별히 선전하고 있었다.

그런데 연설하고 구호를 외치는 여자 모습이 마치 개네같이 보였다. 순간 수만의 가슴이 울렁거렸다. 눈을 비비고 TV 앞으로 바짝 다가앉아 화면을 유심히 보았다. 틀림없는 개네였다.

"아, 개네다! 개네가 틀림없다!"

수만은 자신도 모르게 큰 소리를 질렀다. 그러자 화면은 이내 다른 것으로 바뀌고 개네의 모습은 더 이상 볼 수 없었다.

옆에서 함께 TV를 보고 있던 아내 정화는 남편이 왜 저렇게 소리를 지르는지 영문을 모르고 있었다. 고향 화면이 나오자 좋아서 그러는 줄만 알고 있었다.

그러나 그는 아내 정화에게 미안한 생각이 들어 먼지 속마음을 털어놓았다.

정화는 그를 낳아준 어머니와 아내를 떠나서 살다가 고향 화면을 보는 남편의 심정을 충분히 이해하고 오히려 위로했다.

다음날 수만은 방송국을 찾아가 그날에 방송된 '통일열차' 비디오를 구입하여 아내와 함께 다시 보았다.

한 장면 한 장면 바뀔 때마다 가슴이 터질듯 아려오는 아픔은 더 이상 견딜 수가 없었다.

그리고 화면 속에서 열변을 토하는 여성은 개네가 틀림없다는 것을 확인할 수 있었다.

수만은 강냉이밥도 없어 초근목피로 연명하던 앙토리 주민들이 이제야 배불리 먹고 살게 되었을 거라고 생각되었다. 또 개네가 어머니도 잘 모시고 있을 거라고 생각하자 조금은 마음이 놓였다.

그는 개네에 대한 미안함과 그리움에 아내 정화의 손목을 잡고 한없이 울었다. 그녀도 남편의 순수한 마음을 이해하고 함께 눈물을 흘렸다.

네레 수만이니?

그간 남북 간에는 서울과 평양에서 이산가족 상봉행사가 몇 번 있었다.

애타게 찾던 가족들이 눈물을 흘리며 서로 껴안고 흐느껴 우는 상봉 장면들이 방영될 때마다 그는 죽기 전에 어머니와 개네를 한번 만나고 죽으면 원이 없겠다는 생각으로 이산가족 재회신청을 하려고 했다.

그러나 무엇보다도 북한의 실정을 잘 알고 있는 그으로서는 혹시 어머니와 개네 그리고 아무것도 모르고 자랐을 아들에게 나쁜 영향이 미칠까 두려워 선뜻 재회신청을 할 수 없었다.

그렇게 이산가족 재회신청을 망설이며 지내는 동안 서울에서는 88 올림픽이 개최되고 북한을 제외한 많은 공산국가들까지 포함한 160개 국이 참가하여 성황을 이루었다.

그리고 얼마 후 소련을 비롯한 동구권 공산국가들이 무너지는 소식이 들려왔다.

한국과 소련이 수교를 맺고 제주도와 모스크바에서 한국 노태우 대통령과 소련 고르바초프 대통령 간의 정상회담이 열리기도 했다. 또 중국과도 수교를 맺고 특사들이 오고갔다. 그리고 압록강과 두만강 연변의 지린성 간도와 료양성을 다녀오는 사람들도 늘었다.

많은 사람들은 머지않은 장래에 북한도 무너지고 남북통일도 앞당겨 질거라고 입을 모았다.

특히 북한이 고향인 실향민들은 고향 갈 날이 멀지 않았다고 기뻐했다.

1991년 어느덧 남북이 갈라진 지도 43년이 되었고 수만의 나이도 어느새 63세가 되었다.

그러던 어느 날 하양리 이모 할머니의 외손자인 송정우한테서 전화가 왔다. 고향 소식을 가지고 온 사람이 있으니 강남성모병원으로 빨리 나오라는 것이다.

그 무렵 송정우는 건강이 나빠져 병원에 입원 치료 중이었다.

병원 입원실에는 그가 핼쑥한 얼굴로 침대 위에 앉아 있었고 정우 누님 정순과 낯선 50대 후반 남녀 내외가 와 있었다.

입원실에 들어서자 낯선 여자는 수만을 금세 알아보았다.

"오라버니, 오래간만입니다. 나, 영선이에요."

그녀는 평안도 사투리로 인사를 하며 하양리 이모 할머니의 외손녀라고 하였다. 영선 어머니는 이모 할머니 셋째 딸로 수만에게는 고모가 된다.

그 역시 영선을 쉽게 알아 볼 수 있었다.

어린 영선은 수만네 집안일을 도우려고 다니던 그녀는 어머니를 따라 자주 왔는데 그때 수만네 집에서 키우던 거위가 목을 빼고 꺽꺽하고 달려들면 무섭다고 울면서 자신에게 매달리던 기억이 지금도 생생하다고 하였다.

영선 위로 오빠 영창이 있는데 수만과는 동갑내기로 어렸을 때 자주 어울렸으나 그보다 3년 늦게 소학교를 다니던 중 만주 유수림자 근처로 한 가족이 이주해갔다.

그 당시 한국에는 농사지을 땅이 없었고 남의 소작인 하기도 어려운 때라 많은 사람들이 넓은 만주로 이주해갔다.

해방 직후 영선 아버지인 고모부가 이모 할머니 댁엘 잠깐 들린 적이 있었다.

남북이 분단되고 토지개혁으로 민심이 어수선한 때였다. 그때 영선 아버지인 고모부는 "앞으로 세상은 미국이 지배할 거야. 미국은 정말 부자이고 큰 나라야." 하며 미국 예찬을 했던 기억이 났다.

영선 아버지는 학교는 다니지 않았지만 세상물정을 누구보다 많이 알고 있었다. 그런데 그분은 영선이 결혼한 다음해인 50대 나이로 만주에서 돌아가셨다고 했다.

영선과 정우는 이종사촌간이고 수만과는 6촌간이 된다.

영창과 영선 남매는 중국 공산정권이 들어서자 공산당에 입당하여 열성당원이 되었다고 했다.

오빠 영창은 지금 지린성吉林省 당 간부가 되어 어머니와 함께 지린에서 살고 있으며 영선은 원고향이 경상북도인 조선족 2세로 사업을 하는 최덕원崔德源과 결혼하여 현재 자강도 만포 너머 지안集安에 살고 있다고 하면서 남편을 소개했다.

그녀는 오빠 영창을 통해 1990년 말 겨울에 앙토리 외갓집 소식을 알게 되었는데 외할머니는 96세 나이로 16년 전에 돌아가셨으며 수만의 어머니와 이모인 정우 어머니께서는 아직도 생존해 있다고 했다.

수만은 어머니가 살아계신다는 말에 갑자기 감정이 북받쳐올랐다.

"아…… 어머니가 살아계신다는 말이 정말이냐?"

옆에 있던 정순 누나도 그 말에 끼어들었다.

"정말이야, 우리 엄마도 살아 계신대."

그들은 수만의 손목을 잡고 함께 눈물을 흘렸다.

수만은 어머니께서 살아계신다는 말에 너무나 감격스러워 그저 눈물이 날 뿐, 어머니를 모시지 못하는 죄책감 때문에 무어라 더 할말이 없었다.

정우 누나 정순은 일제 때 서울 이화여고에 다녔다.

4학년 재학 중 해방이 되었으나 아버지는 중국 만주 등을 다니며 사업을 하다가 행방불명이 되고 38선이 막혀 고향에 돌아갈 수가 없어 서울에서 가정을 이루며 살게 되었다.

그러던 중 뜻밖에 월남한 동생 정우를 만나게 되었다.

영선의 남편 최덕원이 서울 출장 중에 수소문한 결과 이화여고 동창 명부를 통해 정순을 만나게 된 것이다.

영선은 수만의 어머니를 외숙모라고 불렀다. 영선의 말에 의하면 앙토리가 한때 여성 인민위원장의 열성적인 협동농장 관리로 살기 좋은 동리가 되었다고 했다. 그리고 그 여성 위원장은 외숙모의 며느리가 된다는 소문을 들었다고 했다.

수만은 영선의 말을 듣자 잠시 잊었던 개네에 대한 그리움과 회한으로 마음이 몹시 아렸다.

'개네야, 고맙구나. 너는 내 어머니를 모시고 홀로 살아가는데 나는 따로 살림하며 한때 너를 잊고 살았으니…… 나야말로 죽일 놈이로구나. 개네야, 정말 미안하구나. 정말 미안하다. 개네야!'

그러나 속으로만 삼킬 뿐 겉으로는 표현할 수가 없었다.

저녁때가 되자 수만은 경비 근무를 다른 사람에게 부탁하고 영선 내외를 서초동 집으로 초대했다.

저녁식사 후 영선은 지린성 친정 어머니에게 전화를 걸어 수만을 바꾸어 주었다.

수화기를 들자 그 옛날 어렸을 때 듣던 평안도 초산 산골 사투리 그 대로 수화기를 타고 똑똑하게 들려왔다.

"네레 수만이니? 너, 나 알 갔니? 나, 아랫집 고모야. 정말 오래간 만이로구나. 수만이 너는 색시 정말 잘 얻었더구나. 너 엄마한테 그렇게 잘할 수가 없더라고 앙토리 다녀온 사람들이 다들 얘기 하더라. 빨리 통일이 되어야 할 텐데…… 월남한 평안도 사람들이 고향 소식을 알아보려고 많이들 다녀가는데 너도 한 번 다녀가거라. 네레 보고 싶구나. 한 번 오너라."

수만은 전화를 끊고 한동안 말을 잊었다. 정말 감격적인 순간이었다.

영선의 고모 말대로 세상이 많이 달라졌다. 개방이 된 지 얼마 안 된 중국 만주의 영선 고모와 전화 통화를 할 수 있게 되었으니 말이다. 고모 집에 전화가 있는 것을 보면 공산당 간부인 영창의 신분을 짐작할 수가 있었다.

영선은 유수림자 근처에 가면 일제 때 초산 앙토리에서 이주해서 사는 사람들이 있기 때문에 앙토리 소식을 알 수 있다며 지안 그들의 집에 오게 되면 주선해 보겠다고 하였다.

5
유언의 땅 '히말'

공든 탑이 무너지다

1980년대 중반 초산에서는 개네의 인기가 날로 상승하였다.

앙토리 일대가 새롭게 변해가고 있었다. 그후 해외 동포나 아프리카 등 후진국 사절단들도 다녀갔다.

그때마다 김일성 수령께서 지도하는 주체농법으로 산간벽지 골짜기에 트랙터를 내리시어 자갈땅이 옥토가 되고 강냉이밥도 제대로 못 먹던 앙토리 주민들이 쌀밥에 고깃국을 먹게 됨으로써 모든 인민들이 꿈꾸던 지상낙원이 실현되었다는 것을 되풀이 선전하였다.

상급기관인 초산군 인민위원장도 개네 덕분에 수령으로부터 표창을 받았다.

1990년 북한에서는 4대국토개조사업의 하나로 경사가 비교적 완만하고 화전이었던 임야를 계단식으로 개간하여 다락밭을 만들고 과일 나무를 심으라는 주체농법이 하달되었다. 한 평의 땅이라도 빈틈없이 개간하여 식량을 증산하자는 취지에서 였다.

전국 시·군 인민위원회에서는 경쟁적으로 임야개간에 나섰고 비탈지고 경사진 곳을 깎아내리는 공사가 북한전역에 걸쳐 시행되었다.

이러한 주체농법은 초산이라고 예외는 아니었다.

상부 군 당과 인민위원회에서는 앙토리 개네 위원장에게 보다 더 잘 살기 위해서는 주체농법에 따라 임야를 계단식으로 개간하여 다락밭을 만들고 과일 나무를 심어 쌀밥 고기 반찬에 과일을 먹게 해야 된다고 설득하고 이는 상부의 명령이라고 하였다.

개네는 난처했다. 임야를 계단식으로 개간하고 다락밭을 만들면 맨땅에 과일 나무를 키우기도 힘들거니와 장마철에 폭우로 산사태라도 나면 앙토천이 범람하고 30여 년에 걸쳐 애써 가꾸어 놓은 하양리와 하단리 일대의 농토가 하루아침에 황폐화될 염려가 있기 때문이었다. 그렇다고 반대하면 수령께서 내린 주체농법을 거부하는 반동분자로 몰리게 되는 것이다.

개네는 상부 군 당과 군 인민위원회에 들러 앙토리의 지형을 자세히 설명했다.

나무를 벌채하고 산을 깎아내리면 산사태가 날 위험이 매우 높다고 말했다. 그리고 과거 산사태가 났던 실례를 들어 주었다.

그러나 군 당과 인민위원회에서는 주체농법에 의한 다락밭 만들기는 수령의 교시에 의한 주체농법으로 전국적인 사업임으로 이를 거부할 수 없다면서 꼭 시행해야 할 것을 못박았다.

그들은 개네에게 그 사업을 추진할 수 없으면 다른 사람으로 교체할 수밖에 없다고 투덜거렸다.

그때 개네 나이 60이 넘는 노년기로 그렇지 않아도 힘든 일을 더할 수가 없는 형편이었다. 때문에 좀 쉴까도 생각했던 참이었는데 결과가 뻔히 보이는 사업을 앞장서서 할 수는 없었다.

그녀는 다락밭 사업을 다시 한 번 재고했으면 좋겠다고 간곡히 말하고 이제는 나이도 들고 힘겨워 협동농장 관리를 다른 젊은 사람과 교체해 줄 것을 부탁하고 집으로 돌아왔다. 그로인해 겸직으로 있던 리 인민위원장직도 사퇴했다.

상부에서도 개네가 30년 넘게 협동농장 일을 해왔고 이제는 나이들어 할머니가 되었으므로 다른 사람과 교체할 때가 되었다고 생각 중이었다.

때마침 개네가 사의를 표명하였음으로 협동농장 관리위원장을 다른 젊은 사람으로 교체하였다. 그리고 앙토리 일대의 다락밭 만들기 노력동원령이 내려졌다.

개네는 그간 땔나무로 조림하여 애써 가꾸어오던 상단 이찬골과 광대골 임야를 벌채하고 헐벗은 산을 깎아내리는 광경을 보자 자신의 몸 일부가 깎이는 것처럼 가슴이 아팠다.

그러나 시키는 대로 일만하고 살아온 아파트 주민들은 그렇잖아도 연탄공급이 중단된 지 오래되어 추운 겨울을 날 것을 걱정했는데 나무를 마구 베어다 땔감으로 사용하자 내일의 일은 아랑곳하지 않고 모두들 기뻐했다.

앙토리 다락밭 사업은 연중 매일 같이 노력동원을 한 결과 1년여 만에 겨우 절반쯤 진행되고 있었다.

그런데 1991년 여름 북한전역에 걸쳐 장마철 폭우가 쏟아지고 큰 홍수가 일어났다.

급기야 개네가 염려했던 일이 터진 것이다. 여기저기 산사태가 나고 토사가 밀려 내려와 강바닥이 높아지면서 급물살을 일으킨 흙탕물이 제방으로 넘쳐 흘렀다.

삽시간에 하양리 저지대 논이 물바다가 되고 토사가 쌓였고 하단리 밭고랑에 물이 들어 차 한창 자라고 있는 벼와 옥수수, 조 등 농작물을 쓸어버렸다.

새로 부임한 농장관리 위원장이 나서서 주민들을 동원하여 막아보려고 했지만 인력으로는 역부족이었다.

이러한 홍수 피해는 비단 앙토리뿐만 아니라 북한 전 지역에서 일어났다.

하천 상류 산간지대에서 급류에 휩쓸려 내려온 토사가 하류 평야지대에 쌓이면서 하천 바닥이 농경지보다 높아져 강물이 제방을 넘쳐 둑이 무너지면서 농경지를 토사가 뒤덮어 물바다가 된 것이다.

장마가 끝난 뒤 쓰러진 벼와 옥수수 포기를 간신이 일으켜 세웠으나 곡식이 자라지 못해 가을 수확이 형편없이 줄어들었다.

따라서 추수가 끝난 후 협동농장 일꾼들에게 배당되는 양곡이 1년 식량으로는 턱없이 부족한 상태였다.

앙토리 주민들은 30여 년 넘게 피와 땀을 흘리며 노력한 대가가 하루아침에 무너지자 살길이 막막하여 깊은 실의에 빠져들었다.

그러나 무너진 제방을 새로 쌓고 높아진 강바닥을 파내어 다음 장마에 대비해야 한다며 농장관리위원회에서는 추수기 끝나자 주민들을 총동원하여 하천 바닥을 파내고 제방을 고쳐 쌓는 작업을 독려하였다.

전국적인 피해로 인해 상부에서도 노동력 지원은 그야말로 속수무책이었다. 주민들은 피와 땀을 흘리며 작업을 했지만 일부 작업이 끝나기 전에 농번기가 오고 틈을 내어 야간작업까지 했는데도 불구하고 또다시 장마철에 접어들면서 강물이 불어나고 급물살에 토사가 떠내려와 다시 하천 바닥이 높아지고 둑이 무너졌다.

그 당시 북한에는 소련에서 무상으로 지원하던 석유공급이 중단되면서 트랙터나 화물자동차 등 중장비를 가동할 수 없게 되었다. 그래서 땅 파기 작업은 인력으로 할 수밖에 없었다.

이렇게 주체농법에 따라 산을 계단식으로 개간하여 다락밭을 만든 결과 재해는 순식간에 일어나고 복구는 몇 십 년 걸려야 될까 말까 하는 악순환이 계속되었다.

죽어라 고생만 했는데도 불구하고 식량 사정이 극도로 악화되어 심지어 아사자가 생기고 전기까지 끊겨 암흑세계로 변하고 있었다. 이러한 현상은 북한전역에서 일어나고 있었다.

계속된 악순환으로 주민들 중에는 내놓고 말은 안하지만 쉬쉬하면서 사람 잡는 주체농법이란 말이 나돌고 민심이 흉흉하게 돌아가고 있었다.

후일 북한 당국에서는 이를 수습하기 위해 정무원 부수상(부총리) 겸 농업위원회 위원장(농림부 장관)인 서관희에게 모든 책임을 덮어 씌우고 그를 공개처형했다.

죄목은 처음부터 계획적으로 다락밭 만들기가 마치 수령께서 주체 농법으로 지시한 것처럼 인민을 속이고 농사일을 망치게 함으로써 인민공화국을 위태롭게 하려는 미제의 앞잡이로 국가 반역죄를 저질렀다는 것이다.

북한 당국은 서관희에게 모든 책임을 뒤집어 씌워 처형하는 장면을 전국적으로 방송하였다. 한때 그는 농업기술을 발전시킨 공화국 영웅으로 1982년 4월 김일성 훈장을 받고 노동당 중앙위원, 비서까지 올랐었다. 그런데 그를 처형했다고 해서 죄목을 곧이곧대로 믿는 사람은 별로 없었다.

개네는 비록 협동농장 관리위원장직에서 물러났지만 어떻게든 재해를 복구하여 다시 살기 좋은 앙토리를 만들어야 되겠다고 생각했다.

그러던 어느 날 44년 전 한식날 남편과 함께 하말 할아버지 묘소 옆에 앉아 얘기하던 생각이 문득 떠올랐다.

하말과 하양리 침수지역에 봄보리를 심어서 먹는 문제를 해결해야 한다. 그러기 위해서는 우선 깎아내린 다락밭에 잘 자라는 나무를 심어 산사태를 막는 예방조치를 서둘러 해야 한다고 생각했다. 그래서 이 사업 취지를 리 인민위원회에 알리고 직접 맡아서 하기로 했다. 보리 종자는 일제 말기 정범 할아버지께서 장만하신 것을 수만이가 센네네와 같이 식혜나 엿기름용으로 봄에 텃밭에 심고 그 자리에 김장 채소를 심으면서 보존해 왔다.

수민들도 배가 고파 허덕이던 참에 개네의 보리경작사업이란 말에 적극적으로 호응하기로 했다.

상부에서도 보리경작사업을 지지하고 산에 심을 묘목을 지원하였다. 그렇게 해서 무리한 하천 땅 파기는 뒤로 미루고 우선 식목을 하고 하말을 비롯한 침수지대에 보리를 심는 사업이 시작되었다.

심은 지 3개월 만인 그해 초여름에 보리 4백여 가마를 수확할 수 있었다. 초근목피도 어려운 춘궁기에 생각지도 않았던 보리 4백여 가마는 하나의 기적이었다. 그것은 하늘이 내린 선물이었다.

앙토리 주민들은 "개네 동무 만세"를 외치며 환성을 올렸다. 다음 해 이 사업은 다른 압록강변 침수지역까지도 확대되었다.

압록강변의 추억

1992년 5월 말경 마침내 수만은 아파트 관리사무실에 임시휴가를 내고 만주행 여행길에 올랐다.

항공기 편으로 베이징을 거쳐 지린吉林에 도착하여 영창네 집에 전화를 했다. 그랬더니 몇 분 안 걸려서 그가 자가용을 타고 공항으로 나왔다.

그는 수만과 같은 뱀띠 동갑내기로 어느덧 64세가 됐지만 서로가 쉽게 알아볼 수 있었다. 정말 오래간만이었다.

수만은 영창의 운전기사가 달린 자가용을 함께 타고 지난 일들에 대한 얘기를 나누면서 달렸다.

　중국에서는 공산당 간부의 신분이 대단하다고 느꼈다. 그런데 그들을 태운 차가 지나가자 교통공안들이 경례를 하고 공손하게 수신호를 보내곤 했다. 당 관용차는 차 번호판부터 다르다고 했다.

　약 30분 걸려 그의 모친이 계시는 집에 도착했다.

　수만은 어렸을 때 아랫집 고모라고 부르던 그의 어머니께 큰절을 올렸다.

　"야…… 수만아! 네레 정말 오래간만이구나."

　고모는 두 손을 마주 잡고 반가워하였다.

　수만 어머니보다 두 살 아래인 고모는 지난번에 먼 친척되는 사람이 초산엘 가는 일이 있어 앙토리 소식을 부탁했다며 어머니와 개네 얘기를 했다.

　"너, 정말 색시 하나는 참 잘 얻었더라. 이름난 효부인데다 협동농장 일도 썩 잘해서 근처에 소문이 아주 자자하다고 들 하더라."

　고모는 지난번 전화로 하던 말을 되풀이 했다.

　"어머니가 많이 늙으셨다고 하는데 돌아가시기 전에 아들을 봤으면 얼마나 좋겠니. 빨리 통일이 되어야 할 텐데……."

　고모는 말끝을 흐리며 눈시울을 적셨다. 그도 북받쳐 오른 감정 때문에 한동안 말을 못했다.

　수만은 고모네 집에서 하룻밤 신세를 지고 다음날 아침 기차 편으로 지안 영선네 집엘 들렀다.

　영선의 남편 최덕원은 지린성 산하 소규모 국영기업 사장으로 압록강 건너 북한과 교역을 맡아 하고 있는데 주로 물물교환 형식의 거래를 하면서 북한을 자주 오간다고 했다. 그래서 북한 사정을 잘 알고 있었으며 북한통으로 알려져 있었나.

그는 이 지역에서 공식적인 교류뿐만 아니라 북한 사람과 은밀히 거래하는 사람들이 있는데 그 내용도 잘 알고 있었다. 그래서 압록강 하류 쪽의 북한과 거래하는 사람을 알아보기로 하고 지안의 옛날 고구려 국내 성터를 안내해주었다.

국내성 맞은편 압록강 위쪽으로는 만포시가 있고 바로 아래쪽에는 고산진이 있다. 그리고 강변 고갯길을 따라 초산으로 가는 신작로가 보였다.

수만은 언젠가 수학여행 길에 초산 신도장에서부터 압록강을 거슬러 길을 따라 고산진, 만포진을 지나 운봉 수력발전소 현장까지 가본 적이 있었다.

다음날이면 초산 앙토리를 건너다 볼 수 있을 거라고 생각하자 벌써 가슴이 두근거렸다.

그날 수만은 책과 사진 속에서나 보던 국내성을 돌아보며 고구려 제19대 영주 광개토왕의 능비와 장군총을 둘러보았다.

다음날 수만은 덕원이 소개해 준 통역 겸 안내원을 따라 버스 편으로 신도장 건너 따보디多寶地로 향했다. 도로는 잘 포장되어 있었고 다니는 차량은 별로 눈에 띄지 않았다.

약 한 시간 지나서 따보디에 도착할 수 있었다. 따보디의 행정 명칭은 지린성吉林省 지안현集安縣) 량수천자凉水泉子이다.

해방 전 따보디 소학교에는 2년제 고등과가 있었는데 초산에서 중학교에 진학을 못한 학생들이 다니기도 했던 곳이다. 그곳은 겨울방학 때 몇 번인가 다녀간 적이 있었다.

대부분 초가집으로 이뤄진 마을 주위에는 마족떼의 침입을 막기 위해 자위수단으로 돌담이 쌓여 있었고 마을 남북을 관통하는 도로 입구에는 초소를 설치했던 곳이다.

그러나 지금은 많이 변했다. 마을 주위의 돌담은 없어지고 대부분 붉은 벽돌집들과 2층 집도 보였고 우체국 건물과 점포들이 즐비하게 들어서서 번화가를 이루고 있었다.

따보디에서 좁은 길을 걸어서 약 1킬로미터 남서쪽으로 가자 하말이 건너다보이는 압록강변 동거우滝溝에 도착했다.

옛날에는 몇 가구가 있었는데 지금은 수풍호가 생기면서 침수지가 되었다. 아주 평화스러운 고장으로 보였다. 동거우에서 석추자로 넘어가는 산은 바위가 없는 낮은 육산으로 온통 떡갈나무가 산을 뒤덮고 있었다.

초여름인 지금 손가락만큼이나 큰 떡갈누에가 잎을 먹고 자라고 있었는데 여기저기서 까마귀, 까치를 쫓기 위해 가죽 채찍을 휙휙 내돌리는 모습이 보였다.

누에고치는 누런색의 계란만큼 큰데 이를 작잠柞蠶이라 하고 실을 뽑아서 명주 옷감을 만든다고 한다.

수만은 압록강 기슭을 따라 조심스레 내려갔다. 물길이 신도장 아래 초산천이 유입하는 곳부터는 만주 쪽으로 옮겨오면서 강가가 약간 언덕져 있었다.

이곳은 이 지역에서 중국 땅과 한국 땅인 하말과 가장 근거리에 접근해 있는 곳이다.

6·25 전쟁 때 국군 제6시단 7연대에 밀린 인민군이 이곳에 부교를 가설하고 만주로 도망갔었고 급기야 국군이 무반동총으로 이를 파괴했다고 한다.

그 당시 중대장으로 이곳을 점령했던 이대용 장군의 말이다. 그날이 1950년 10월 26일이었다.

수만은 건너다보이는 하말 뒷산에 안장된 할아버지, 할머니 산소를 향해 먼저 절을 올렸다.

44년 전 고향에서 추방당해 떠나올 때 신도장 근처 신작로 길가에서 절을 올리고 지금이 처음이다. 정말 감회가 무량했다. 전쟁 때에는 북한을 도와 참전까지 했던 공산국가 중국이 달라졌다는 것을 실감할 수 있었다.

여태껏 개네는 때가 되면 조상들의 산소를 찾아 성묘를 했을 것이다.

지금 저 곳에 개네가 와 있다면 자신을 멀리서나마 건너다 볼 수 있을텐데…… 생각만 해도 가슴이 뛰고 미칠 것만 같았다.

"아, 개네야, 보고 싶구나! 정말 보고 싶구나……!"

수만은 목이 터져라 그녀를 불러 보았다.

쌍안경으로 보자 매일 아침 저녁으로 바라보던 광대봉이 보였다. 광대봉 못미처 매봉이 있고 그 아래 자신이 태어나고 살던 집이 있는데 그러나 여기서는 낮은 산에 가려 보이질 않았다.

'아…… 저기가 내가 태어나고 자란 곳이로구나. 바로 저기 저 산 밑에, 불과 5리쯤 되는 저 곳에 어머니가 계시고 개네가 있다.'

수만은 손에 잡힐 듯 가까운 거리에 내 집과 고향을 바라보고도 갈 수 없는 신세가 너무나 안타깝고 가슴이 찢어지는 것만 같았다.

눈만 감으면 언제나 고향 하늘이 보이고 어머니와 개네의 모습이 보였는데 지금 이 자리에서는 고향 하늘은 보이는데 어머니와 개네의 모습은 보이질 않았다.

"아…… 어머니! 개네야……! 수만이가 왔습니다."

그는 또 한번 소리쳐 불러보았다.

수만은 잠시 눈을 돌려 신도장 쪽을 바라보았다. 언덕에는 하얗게 색칠을 한 아파트형 가옥들이 보였다. 그러나 그 부근에는 농장도 없고 사람 모습이라고는 찾아볼 수가 없었다. 아마도 국경 너머 외부 인들에 대한 선전 과시용으로 지은 것으로 생각되었다.

그가 숙청을 당하여 어머니와 함께 짐보따리를 짊어지고 고향을 떠나던 길, 신도장 국경도로에도 오가는 사람은 찾아볼 수가 없었다.

지금은 갈수기가 되어서 그런지 압록강 폭이 불과 150미터 정도로 보였고 생각했던 것보다 강폭이 좁고 수심도 얕아 보였다.

그것은 아마도 압록강 상류 만포 운봉에 댐 공사를 했고 지금은 장자강이라고 부르는 독로강에도 1, 2호 댐을, 그 위 위원에도 댐 공사로 인해 저수를 했기 때문에 강물이 줄어든 것으로 생각되었다. 그러나 강물은 예나 지금이나 변함없이 물살을 일으키며 여울져 흐르고 있었다.

떡갈나무가 있는 산 밑을 돌아 강 하류 쪽으로 내려가면 석추자石楸子마을이 나오는데 여기서부터 압록강 물 흐름은 다시 북한 쪽으로 방향을 바꾸면서 비교적 넓은 들을 이루고 있다.

석추자는 주민 약 50여 호가 거주하는 마을로 강가에는 배가 여러 척인 것을 보니 주민들 대부분이 부업으로 고기잡이를 하는 것 같았다.

그렇게 평화스런 곳에 한때는 총성이 울리고 사람을 몽둥이로 집단 처형하는 사건도 일어났었다.

1947년 겨울, 수만은 바로 건너편 하말 아래 초소에서 야간경비를 볼 때 맞은편인 이 석추자에서 단말마의 비명을 지르며 죽어가던 소리가 지금도 귀에 들리는 듯 했다.

그곳의 초소는 옛날 그대로인데 경비병은 보이지 않았다.

물길을 따라 10리 하류에는 지금은 침수지가 되었지만 외차거우라는 포구가 있었다.

수풍 댐이 건설되기 전에는 만주 내륙지역에서 생산되는 농작물 집산지로 농산물을 압록강 입구 만주 단동丹東까지 배로 실어 나르고 단동으로부터는 일용품 등을 반입해서 내륙으로 공급하는 일종의 무역항 구실을 했다. 때문에 그곳에는 많은 상인들이 드나들고 이에 따라 음식점과 주점 그리고 각종 잡화상점이 성업을 이루던 곳이다.

수만은 소학교 5, 6학년이던 열서너 살 때 또래의 악동들과 설날에 받은 세뱃돈을 챙겨 얼어붙은 압록강 빙판길을 따라 외차거우까지 놀러가곤 했다.

거기에는 쓰이교즈(물만두) 쑈교즈(군만두) 등 초산에서는 좀처럼 맛볼 수 없는 먹을거리가 있으므로 우선 고픈 배를 채우고 진기한 물건이 있으면 사기도 하고 거리를 구경하며 돌아 다녔다.

그리고 돌아올 때 특별히 개네에게 주려고 외병과 예쁜 꽃으로 수놓은 중국식 여자 신발을 사서 안겨주면 어쩔 줄 몰라 하던 그때를 생각하자 가슴이 저미어 왔다.

수만은 다시 한 번 강 건너 할아버지, 할머니 묘소를 건너다보았다.

할아버지 묘소 아래 옛날 하말 밭자락엔 누런 갈대 같은 것이 바람결에 물결치고 있었다. 쌍안경으로 자세히 보니 할아버지께서 일구신 보리밭이다.

수만은 갑자기 생각이 떠올랐다.

44년 전 한식날 할아버지 묘소에서 개네에게 하말 침수지 일대에 봄보리를 심어 식량에 보탬이 되도록 해야 겠다고 얘기 한 것이 생각났다. 따라서 그는 개네가 매년 보리 농사를 지어 왔다는 것을 확신했다.

생각이 여기까지 미치게 된 수만은 개네를 지척에 두고도 못 보게 된 아쉬움이 너무도 컸다.

그대로 발길을 돌릴 수 없는 안타까움에 해가 지고 어두울 때까지 고향의 하늘을 하염없이 바라보았다.

반세기만에 만난 개구쟁이들

그날 수만은 따보디에서 숙소를 정하고 하룻밤을 보내기로 했다.

따보디에는 조선족이 여럿 살고 있었으므로 혹시 잘 아는 사람들을 수소문했다.

그러던 중 누군가 남조선에서 초산 사람이 이곳에 왔다는 소식을 듣고 찾아온 것이다.

그들은 뜻밖에도 초산소학교 1941년 졸업 동창인 김창성과 원익현이었다.

수만보다 나이는 너댓 살 많았지만 철없던 개구쟁이들의 51년만의 만남이었다. 참으로 꿈만 같았다.

김창성은 지금 석추자에 살지만 수풍 댐이 생기기 전에는 동거우에 살면서 한때 압록강을 배로 건너 25리 길을 통학했고, 원익현은 수만 네 집 바로 위 광대골에 살면서 그와 같이 통학을 했던 친구들이다.

원익현은 소학교를 졸업하자 만주 따보디로 이주해 갔는데 해방될 때까지 일본인 건설사 시미즈구미淸水組가 건설하는 만포 운봉 댐 공사 현장에서 잡무를 보았다.

그리고 창성은 따보디 둔리屯吏일을 보았었다. 그들은 다 같이 따보디 소학교 고등과를 다닌 동창들이다.

1945년 해방 직후 그들은 장날이면 초산읍을 몇 번인가 다녀갔고 동창회 모임에 참석하면서 서로 만나기도 했었다.

그런데 창성이 갑자기 옛날 사진 두 장을 꺼내 놓으며 보여주었다.

하나는 소학교 졸업 사진이고 또 하나는 해방 후에 찍은 동창회 사진이었다. 정말 오랜만에 보는 얼굴들이었다.

낡은 흑백 졸업 사진 속에 수만은 나이가 제일 어려서 앞줄에 섰고 그들은 뒷줄에 서 있었다.

남녀 58명이나 되는 그 동창들은 지금 어디에서 무엇을 하고 지낼까?

그 사진 속에는 일제시대 징병·징용으로 갔다가 돌아오지 않은 사람, 건국당 사건으로 사형선고를 받거나 시베리아로 유배간 사람, 6·25때 국군과 인민군으로 갈라져 서로 총을 겨누다가 전사한 사람, 그리고 남과 북에서 사상이 다르다고 해서 처형당한 사람들의 어릴 적 모습들이 보였다.

그들은 서로 사진 속의 인물들을 하나하나 가리키며 자신들이 아는 대로 짚어 보았다.

여자 28명을 뺀 남자 30명 중 18명은 이미 대평양 전쟁과 국토 분단의 원인으로 희생된 것이다. 병사 또는 행방불명된 자는 남자 8명, 여자 23명이나 되었다.

여자가 더 많은 것은 아마 타 지방으로 출가를 했기 때문으로 보인다. 이제 남은 사람은 몇 사람 안 되었고 그 몇 안 되는 사람들도 서로 만날 수 없는 곳에서 살고 있었다.

이야기 중에 뜻밖에 정효숙 얘기도 나왔다.

그녀는 보안대원과 결혼했으나 폭행과 학대에 못 이겨 이혼을 했다고 하는데 그후 소식은 모른다고 했다.

수만은 지난 1947년 겨울 밤 그녀가 간절하게 청혼을 하며 매달리던 마지막 만났을 때의 생각이 떠오르자 그녀에게 미안한 생각이 들었다.

세 친구는 격동의 반세기를 용케도 살아남아서 이렇게 만나게 된 것이 기적같이 느껴졌다.

창성과 익현도 해방 초기 모택동 공산군과 장개석 국부군과의 내전, 그리고 이어진 대숙청과 학살, 문화 대혁명, 홍의병 난동 등 엄청난 소용돌이 속에서 몇 번인가 죽을 고비를 넘겼다고 했다.

창성은 1947년 국부군이 물러나고 공산군이 들어왔을 때 따보디 말단 동서기로 일한 것을 일제 괴뢰정권 밑에서 일했다해서 인민재판에 회부되어 몽둥이로 수없이 얻어맞았으나 죽음은 면했다고 했다.

그는 이곳 따보디에서 태어나 자랐고 초산에 친척도 많은데다 거기서 소학교를 다녔으므로 초산과 북한에 관한 정보가 밝았다.

1950년대 말까지는 압록강 건너 초산과의 왕래가 자유스러웠지만 그 이후부터는 당이나 행정기관 간의 공식적인 거래 외에는 개인의 왕래가 제한되었는데 북한 사람은 중국 쪽으로 건너올 수 없어도 중국 국적을 가진 사람의 친척 방문 등은 눈감아 주었다고 했다.

그는 또 1973년 마지막으로 앙토리 원곡을 직접 갔다왔는데 그후에는 간접적으로 소식을 전해들을 뿐이라고 했다.

지금 북한에서는 남조선에서 88올림픽을 치루고 잘 산다는 소문이 나돌자 왕래가 전과 달리 어려워졌는데 1991년 중국이 남조선과 수교를 맺으면서 경계는 더 삼엄해졌다는 것이다. 그래도 가난에 굶주린 경비병이나 고급 당원을 매수하면 웬만한 연락은 가능하다는 것이다. 며칠 전에도 잘 아는 사람이 하양리 이모 할머니 집을 다녀왔다고 했다.

수만은 개네와의 연락을 할 수 있을까 하고 물어 보았다.

창성은 그동안 특별한 사건이 일어나지 않으면 충분히 가능하다고 말하고 편지를 써 놓으라고 했다.

그들은 다음날 아침 다시 만나기로 하고 돌아갔다.

그날 밤 수만은 떨리는 손으로 개네에게 보낼 편지를 썼다.

여보, 개네……! 나, 수만이요.

고생이 많구려. 늙으신 어머니 모시고 정말 고생이 많았소.

오늘 동거우에 왔다가 보리밭을 보았소. 당신 아니면 누가 해냈겠소. 내가 못한 일을 당신이 해냈구려. 보리밭을 내려다보는 할아버지께서 얼마나 기뻐하실까요. 그리고 7년 전에 앙토리에서 일하는 당신의 모습을 텔레비전에서 보았소. 정말 장합니다. 장해요.

당신은 진정 하늘이 우리 집안에 그리고 나에게 내린 선물입니다. 이렇게 소중한 당신, 평생 떠받들어도 부족한 당신을 두고 떠나다니 이유야 어떻든 생각할수록 죄책감에 견딜 수가 없소.

이제 와서 내가 당신에게 할 말이 뭐가 있겠소. 당신에게 그저 고맙다는 말과 미안하다는 말밖에는 없소.

간절한 소망이 있다면 통일이 되고 죽기 전에 당신을 만나고 당신과 나의 아들을 안아보고 싶은 것뿐이오. 그때까지 부디 건강하게 오래오래 살아야 하오.

나는 앞으로 매년 어머니께서 나를 낳은 날과 낳은 시간에 동거우로 와서 당신이 만든 보리밭을 바라보며 할아버지께 큰절을 올리기로 했소. 이것이 앞으로 내가 해야 할 일이라고 굳게 결심했소.

여보, 개네……! 어떤 일을 하더라도 너무 무리하지 말고 부디 건강하고 오래오래 살아야 해요.

                                                        1992년 6월 1일

어머니, 어머니!

1992년 8월 4일, 개네는 보리 수확과 협동농장 작업반의 김매기

사업이 끝나고 장마철로 접어들면서 높아진 하천 바닥을 파내는 물길 잡이 공사를 도와주고 있었다.

그해 몹시 비가 많이 내리고 무더웠다. 그러던 이느 날 오후 개네는 혼자 시간을 갖기 위해 할아버지, 할머니 묘소를 찾았다.

할아버지, 할머니 묘소 언덕에 앉아 하말과 초산천 유역의 얼마 전에 수확을 끝낸 보리밭을 바라다보며 수만의 모습을 떠올렸다.

'그이가 이 광경을 보면 얼마나 좋아하실까.'

개네는 지금까지 자신이 해온 일은 모두가 남편이 계획하고 가르친 대로 한 것뿐이라고 생각하면서 새삼 그에 대한 존경심과 그리움이 복받쳤다.

언젠가는 만날 날이 올 것이라는 희망을 안고 힘들어도 참고 견디며 살아왔는데 어느덧 환갑이 지난 나이가 되자 왠지 영 못 만날 것 같은 생각이 자꾸 들고 일하기가 점점 힘들어졌다.

이런저런 생각이 들자 가슴이 저리도록 그리워졌다.

'당신은 지금 어디 계십니까? 보고 싶습니다. 요즘 들어 부쩍 기운이 떨어지고 늙으신 어머니께서 당신의 이름을 자주 부르신 답니다.'

그렇게 되뇌자 밀려오는 그리움을 참지 못하고 그의 이름을 큰 소리로 불러보았다.

개네는 깊은 시름에 빠진채 지친 모습으로 집으로 돌아왔다. 그런데 어머니는 점심상을 차려놓은 그대로 자리에 누운채 일어나질 않았다.

개네는 불길한 예감이 들어 어머니의 손을 만졌다.

"왜 이제 왔어. 나 기다렸어."

어머니는 개네의 손을 힘주어 쥐었다.

개네는 황급히 부엌으로 나가 꿀물 한 대접을 타서 들고 들어와 숟가락으로 떠서 어머니 입에 넣어 드렸다.

어머니는 눈을 감은 채 개네가 떠주는 꿀물을 몇 모금 넘겼다. 개네는 더 이상 지체할 수 없어 급히 셋네 언니 아들 선웅, 선욱을 불러 읍내 준일과 외삼촌네 그리고 우시면 우당에 사는 인숙한테도 급히 연락하도록 하였다.

그동안 개네는 깨를 갈아 미음을 끓여서 어머니에게 떠 넣어 드렸다. 그러나 어머니는 숨을 가쁘게 쉬면서 더 이상 받아드리질 않았다.

어머니는 며느리의 손을 쥔 채 뭔가 의사를 표시하려고 안간힘을 쓰는 듯 하더니 이내 맥이 끊어졌다.

어머니는 아들을 멀리 떠나보낸 채 44년을 기다리다가 1992년 8월 4일 저녁 9시경 87세에 눈을 감았다.

며느리인 개네에게 항상 미안한 마음으로 살던 어머니는 아마도 마지막인 줄 알고 견디고 견디며 개네가 퇴근하기를 기다렸다가 며느리의 손을 꼭 잡고 눈을 감은 것이다.

개네는 어머니의 손을 꼭 잡은 채 몸부림치며 울부짖었다. 몇 년 전에 친정 아버지와 어머니가 돌아가셨을 때도 이렇게 슬프지는 않았다.

3일장으로 장례를 치루고 어머니의 유해는 하말 할아버지, 할머니 산소 아래에 모셨다.

인숙과 외삼촌 그리고 군 인민위원회에서 강계 인민병원으로 전화 연락이 닿아 고모도 다녀갔다. 그리고 어떻게 연락이 됐는지 정효숙도 다녀갔다.

개네는 40년 넘게 한 집에서 모시고 지내던 어머니가 돌아가자 갑자기 집이 텅 빈 것 같아 더욱 외로워졌다.

허탈에 빠진 개네는 사람 사는 것이 무엇인지, 왜 살아야 하는지 예전에는 미처 생각도 못했던 삶에 대한 회의에 빠졌다.

어느덧 개네 나이 63세. 나이가 들면서 인생에 대해 새롭게 깨닫고 느끼고 있는 것이다.

어머니 장례를 치룬 지 3일이 되던 날 정효숙이 찾아왔다. 아마도 개네 혼자 지내는 것이 외로워 보여서 얘기라도 나누려고 찾은 것이다.

그녀는 개네와 얘기를 나누면서 수만이가 개네를 좋아하고 결혼까지 한 이유를 알게 되었다.

어려운 가정에서 나고 자라면서도 독학으로 글을 깨우치고 리 인민위원장 겸 협동농장 관리위원장으로서 모든 사람들이 부러워하는 큰 일을 해냈고, 남편 없이 혼자서 자식을 키워 장가보냈고, 시어머니를 끝까지 모시고 장례까지 치룬 개네야말로 효부 열녀라고 생각되었다. 그러면서 한편으론 이렇게 어진 아내를 두고 떠난 그가 야속하고 원망스러웠다.

효숙은 수만이가 행방불명이 된 후 소식이 없는 것을 보고 이 세상 사람이 아닌 것으로 생각하고 있었다. 그녀뿐 아니라 다른 사람들도 다들 그렇게 생각하고 있었다.

개네도 효숙이 자신을 찾아온 것이 너무나 고마웠다. 한때 수만 선생을 좋아 했던 그녀에게 "형님" 하고 깍듯이 인사를 하며 친언니 대하듯 했다.

그리고 이처럼 예쁘고 고운 효숙의 청혼을 뿌리치고 자신을 택한 남편이 너무나 존경스러웠다.

이런 분위기 속에 개네와 효숙은 옛날을 생각하며 몇 잔의 술이 오고갔다.

효숙은 어릴 때 수만의 두 집안 관계에서부터 소학교 다닐 때 내내 같은 반 한 책상에서 공부했던 시절을 회상하며 얘기했다.

그리고 지난 일이지만 보안대 간부와의 결혼을 피하고 수만과 결혼하기 위해 마지막으로 만났던 얘기도 솔직히 고백했다.

수만과의 청혼이 받아드려지지 않고 생활이 어렵게 된데다 아버지 정진삼의 반강요에 못 이겨 보안대 간부에게 시집을 가면서 어느 정도 경제적 지원을 받았다.

그러나 효숙은 애초부터 애정 없는 남편과의 결혼생활이 죽기보다 견디기 어려웠으나 할 수 없이 끌려가며 마치 노예처럼 살았다.

그러자 결혼생활에 재미가 없어진 남편의 학대가 심해지고 심지어는 수만과의 관계를 의심하며 폭행을 하고 처갓집에 대한 얼마간의 경제적 지원도 끊으면서 처갓집을 멀리했다.

이러한 학대와 폭행을 견디다 못한 효숙은 할 수 없이 친정집으로 와서 살게 되었다.

그후 아버지가 돌아가시고 남편은 6·25 전쟁 중에 전방지원 군수물자를 빼돌리고 전쟁 미망인에게 몹쓸 짓을 했다가 탄로가 나서 교화소에 간 후 소식이 없다고 했다.

전쟁 후 그녀는 학교 동창의 소개로 강계 군수품 공장에서 군복 만
드는 재봉틀 일을 하면서 반평생을 보냈으나 나이 들고 눈이 잘 보이
지 않게 되자 그 일을 더 이상 할 수 없어 군수품 공장을 그만 두었다
고 했다. 지금은 고향인 초산에서 남의 옷 수선을 하면서 지내고 있다
고 했다.

효숙의 나이 올해 65세. 흰 머리가 많고 눈가에 잔주름은 있으나
곱게 늙어가는 그녀의 모습은 정말 아름다웠다.

개네는 눈가에 눈물을 머금고 진지하게 얘기하는 효숙을 바라보며
자신도 어느새 눈시울이 무거워 지는 것을 느꼈다. 남편을 잊지 않고
찾아온 그녀가 고마우면서도 괜히 미안한 생각이 들기도 하였다.

개네는 효숙을 도울 방법이 없을까 생각하다가 그동안 사용하던 두
대 중 한 대의 재봉틀을 주기로 마음먹었다.

이제 어머니가 돌아가셨으니 재봉틀 한 대는 사용하지 않으므로 주
기로 했다.

효숙은 개네가 재봉틀을 주겠다는 말에 너무도 감격했다. 그녀도
옛날엔 재봉틀이 있었지만 생활이 너무 어려워서 소련군에게 군표를
받고 팔았던 것이다.

그렇게 어렵게 지내는 효숙에게 재봉틀은 너무도 큰 선물이 아닐
수 없었다.

개네와 효숙은 이런저런 얘기로 서로의 마음을 달래주며 위로했다.

효숙이 다녀간 지 닷새가 지난 어느 늦은 저녁때 이모 할머니 집에서
은밀하게 누가 찾아왔다고 전갈이 왔다. 신도장 사는 사람이었다. 그

는 남편 수만의 편지를 가지고와 개네에게 건네주면서 회답을 요구했다. 누가 어떻게 그를 만났는지 그 경로에 대해서는 일절 말이 없었다.

김수만이라고 이름 적힌 편지봉투를 받아 본 개네는 너무나 뜻밖이라 매우 놀라며 가슴이 뛰었다.

이게 꿈인지 생시인지 떨리는 손으로 편지를 읽었다. 틀림없이 남편의 필적이었고 그가 쓴 편지였다. 평생을 그리며 생각해오던 남편의 편지를 받다니 정말 꿈만 같았다.

편지를 단숨에 읽고 마지막에 적은 날짜를 보자 두 달 반 전에 쓴 편지였다.

개네는 편지가 좀 더 빨리 전달되었더라면 어머님께 읽어 드릴 수 있었을 텐데 하는 아쉬움이 있었지만 어떻든 중간에서 전달해 준 사람이 너무도 고마웠다. 그들도 먹고 살기 위한 수단으로 신상의 위험을 무릅쓰고 이런 일을 하기 때문에 여러 날이 걸린 것이다.

개네, 그대는 하늘이 내린 사람

개네는 남편 수만에게 서둘러 답장을 썼다.

언젠가 그가 준 미쯔비시 연필과 공책을 찾아 두 장을 떼내어 깨알 같은 글씨체로 천천히 써 내려갔다.

당신, 우리 준일이 아버지!

편지 잘 읽었습니다. 그런데 당신께 먼저 슬픈 소식부터 전하겠습니다.

어머님께서 지난 8월 4일 저녁에 돌아가셨습니다. 44년간 아드님이신 당신을 그리다가 돌아가셨습니다.

돌아가시기 선에 당신의 편지를 받아 보시지 못한 것이 너무나 안타깝습니다. 그러나 저만이라도 당신의 편지를 받으니 꿈만 같습니다.

어머님은 할아버지, 할머니 산소 아래에 모셨습니다. 인숙이 형님도 다녀가시고 강계 고모님도 다녀가셨습니다. 그리고 정효숙 형님도 다녀갔습니다. 지금도 당신을 몹시 그리워하고 있습니다.

저는 잘 있습니다. 우리의 아들 준일이도 이제 나이 45세가 되었습니다. 28세에 장가들었는데 다들 당신을 꼭 빼닮았다고 합니다.

당신의 손자 태영이와 태정을 두었는데 두 형제가 모두 고급 중학교에 다니고 있습니다. 다들 건강하게 잘 지내고 있습니다.

지난 유월에 할아버지 묘소가 보이는 곳까지 오셔서 보리밭을 보셨다면서요. 보리밭뿐인가요 앙토리 일대를 경지정리하고 논과 밭을 만들게 된 것도 모두가 당신께서 가르치신 대로 일한 것뿐입니다. 학교 문 앞에도 못 간 제가 이처럼 글을 쓰게 된 것도 당신께서 가르쳐 주셨기 때문이지요. 이 글도 당신께서 주신 연필과 공책에 당신이 가르쳐 주신 글씨체로 쓴 것입니다.

당신은 저의 평생 은인이십니다.

어쩔 수 없이 헤어지고 서로 만날 수 없는 곳에 계신다고는 하나 당신께서는 지척에 두고도 고향 땅을 밟지 못했으니 얼마나 마음이 아프셨습니까.

그러나 세상이 많이 변하고 있다는 것을 느꼈습니다. 꼭 통일의 그날이 오리라고 확신합니다.

건강하게 오래오래 사시느라면 만나는 날이 올 것이라고 확신합니다.

그때까지 저도 매년 당신께서 태어나신 그날 그 시간에 할아버지, 할머니 그리고 어머님을 뵈려 성묘를 가겠습니다.

당신, 내내 건강하시고 오래오래 사시길 빌겠습니다.

(이 글을 제가 직접 썼다는 것을 증명하기 위해 당신의 어렸을 적 사진 한 장을 보냅니다)

당신의 개네 드림

1992년 9월 추석을 며칠 앞둔 어느 날 수만은 김창성이 보낸 편지 한 통을 받았다.

요즘 북한측의 경계가 심해서 편지 왕래가 늦어 졌다는 내용이 적힌 큰 봉투 안에 개네의 편지와 함께 수만의 갓난아기 때 어머니의 무릎에 안겨 찍은 사진 한 장이 들어 있었다.

개네가 보낸 것임을 확인할 수 있었다. 공책에 연필로 쓴 필적만 보아도 개네가 쓴 편지임을 확인할 수 있었다.

수만은 편지를 읽어 내리는 순간 어머니가 돌아가셨다는 소식에 심한 죄책감을 느꼈다.

연세가 많으셨기 때문에 언젠가는 돌아가실거라고 생각해 왔지만 애타게 그리워하다가 끝내 못난 아들을 못 보고 어떻게 눈을 감으셨을까 생각하니 가슴이 메어지는 것 같았다.

44년 전 마지막으로 본 어머니의 모습이 너무도 그리웠다.

아버지의 사랑도 제대로 못 받으시고 집안 살림을 도맡아 하면서 급기야 태평양 전쟁에 큰아들을 잃고 또 작은 아들마저 떠나고 올 수 없는 곳으로 헤어져 애타게 그리워하며 사시다가 돌아가신 어머니. 너무나 한 많은 인생을 사시다 가신 어머니, 생각할수록 슬프고 가슴이 지리고 아팠다.

그런데도 불구하고 어머니께서 잠들고 계신 곳도 마음대로 가 볼 수가 없는 현실이 몹시 개탄스러웠다.

그러면서 수만은 개네에 대한 미안한 마음을 금할 수가 없었다.

혼자서 나이 많은 시어머니를 모시고 준일이를 키우고 가르치고 또 장가까지 보내면서 남편 없는 가정을 꾸려 나갔으니 그 고생이 얼마나 했을까. 그런데다 어머니 장례까지 혼자서 치렀으니 그 효심은 심청이와 같다고 생각되었다.

수만은 개네의 편지를 가슴에 품고 개네야말로 진정 하늘이 나에게 내리신 사람이라고 생각하며 44년 전 앙토리 이찬골 집에서 마지막으로 사랑을 나누던 개네의 모습을 떠올렸다.

이러한 개네에 대해 수만은 어쩔 수 없이 남한에서 재혼을 할 수밖에 없었던 상황이었지만 늘 죄책감으로 살아가고 있었다.

그래서 만주에 가서도 재혼한 것을 개네가 알게 될까 봐 친구들 앞에서 언행을 조심하였다.

또 한편 지금의 아내, 3남매를 둔 정화에게도 미안한 마음을 가지고 살면서 개네에 대한 얘기는 언제나 조심스럽게 다루고 있었다.

수만은 정화에게 그동안 개네와 주고받은 편지의 내용을 솔직히 말해 주었다. 그리고 매년 생일날 만주로 건너가 할아버지, 할머니 그리고 어머니 묘소를 향해 성묘를 하기로 했으며 그때 개네도 같은 날 같은 시에 성묘하기로 약속했다는 얘기를 했다.

정화는 자식으로서 당연히 해야 할 일이며 개네에 대해서는 정화가 오히려 미안한 입장에 있다고 하면서 조금도 그런 생각을 하지 말라고 신신 당부를 했다.

수만은 지금의 아내 역시 개네 못지않게 좋은 사람이라고 새삼 느끼며 좋은 남편 노릇을 하야겠다고 마음속 깊이 생각하였다.

개네를 만나기로 한 내년 6월 6일까지의 8개월이 너무나 지루하게 기다려졌다.

공연한 걱정인줄 알면서도 그날 그 장소에 서로 나오지 못하는 일이 벌어질까 두려워 잠 못 이루는 밤도 있었다.

북을 선택한 사람들

그해 10월경 통일관계 연구기관 주최로 세종로 프레스센터에서 과거 북한 정권의 고위급 직책에 있다가 외국으로 망명한 인사들의 초청 간담회가 있었다.

거기에는 소련 한국인 2세로 해방직후 김일성과 함께 입국해서 인민군 작전국장으로 6 · 25 남침 전쟁을 계획하고 3군단장으로서 전쟁을 지휘했던 유성철 중장, 중국 의용군 출신으로 휴전회담 북한측 대표를 지낸 사람 그리고 김상호 전 북한 내무부상 등이 있었다.

그런데 그들 옆으로 놀랍게도 낯익은 현파 인민군 소장인 수만의 6촌 형 형준의 모습도 보였다.

44년 전 강계읍 입구에서 인민군 행렬이 지날 때 말을 타고 가면서 그를 내려다본 그 사람이 바로 형준 형이었던 것이다.

수만은 반가운 마음에 그의 앞으로 다가가 불렀다.

"형님! 저, 수만이에요. 저, 알아보시겠어요?"

"야! 너, 수만이로구나. 정말 수만이로구나."

그는 놀라는 표정으로 수만을 대뜸 알아보았다.

그는 서울에서 학교를 다니며 매년 방학 때에는 초산에 다녀가곤 했었다. 1941년 여름방학 때도 친할머니인 강굴집 할머니를 보려고 여러 번 초산에 왔을 때 보았기 때문에 쉽게 알아보았다. 실로 51년 만의 만남이었다.

행사가 끝난 후 서울시청 뒤에 있는 그의 숙소로 가서 여러 가지 얘기들을 나누었다. 할 말이 너무나 많았다.

그는 6·25 전쟁이 끝난 1956년 앙토리에 들러 수만의 어머니인 당숙모와 개네를 만난 얘기와 그들을 못살게 한 리병규가 결국 형사처벌을 받고 교화소에 갔다는 등 그동안 궁금했던 이야기들을 주고받았다.

그리고 북한에서는 스탈린이 죽은 뒤 1인 독재자 스탈린 격하운동이 일어나자 이에 위기를 느낀 김일성이 소련파를 숙청하고 8월 종파정권전복음모사건을 조작해서 중국 연안파도 숙청할 때 많은 사람이 처형당했는데 강계지역 인민군 사단장으로 있던 그는 중국으로 망명함으로써 처형을 면했다고 했다.

그후 북한은 김일성대학 교수로 있던 형기 형을 대남 공작원으로 남파했다고 했다.

그것은 북한에 인질과도 같은 친부모와 가족이 있고 학자로서 남조선에서 학교를 다녔고 또 친할머니가 서울에 살고 있기 때문에 이를 연고로 남조선에 지하공작 기반을 조성하라는 지령을 내렸다는 것이다. 그후 형기 형과 북에 남은 아버지, 어머니에 관한 소식은 일절 알 수가 없었다고 했다.

형준은 이번 방한 중에 모 정보기관에 들러 형기 형에 관해서 알아보았다.

그가 남파될 무렵인 1960년을 전후로 동두천 소요산 부근서 사살된 남파간첩이 여러 명 있었는데 연고자 등을 찾아 신원을 확인한 결과 신원이 확인되지 않은 몇 구의 시신 중에 확실치는 않으나 연령과 인상으로 보아 형기로 보이는 사람이 있었다고 했다.

그후 당국에서는 연고자가 없고 신원이 확인되지 않은 시신은 소요산 근처에 합동매장했다는 것이다.

형준은 그날 오전에 시신을 합동 안장한 오래된 무덤을 찾아 술 한 잔 올리고 절을 하고 왔다고 했다.

문찬 당숙부에 관해서도 얘기했다. 박헌영의 남로당파의 일원으로 1947년 12월에 월북하여 김일성대학 교수로 있었으나 박헌영을 비롯한 많은 사람의 남로당파가 처형당했을 때 문찬 당숙부는 교육자임으로 숙청은 면하고 자강도 낭림산맥 산중에 있는 시골 중학교 교사로 좌천되어 갔다고 했다.

그는 수만을 보고 고향에 가서 아내와 아들을 만나려면 건강하게 오래오래 살아야만 한다고 하면서 손을 꼭 잡은 그의 눈가엔 어느새 이슬이 맺히고 있었다.

돌이켜보면 수만의 당백부이며 강굴집 할머니의 외아들인 김문희는 항일 독립운동가로 북한으로 갔지만 아들들은 숙청 대상이 되고, 낳아준 어머니가 돌아가신 줄도 모른 채 소식조차 알 수 없게 되었다.

그러나 대한민국 김영삼 정부는 그를 독립운동 유공자로 건국훈장 국민장을 추서했다.

큰아들 형기는 6년제 혜화초등학교를 5학년으로 끝내고 5년제 경기중학교에 입학하여 4학년 때인 지금의 서울공대 전신으로 당시 한국에는 하나밖에 없는 3년제 경성공업고등학교를 거쳐 일본 도쿄공과대학에 들어간 수재였다.

그런 그가 대남 공작원으로 남파되어 피살되다니…… 수만은 형준 형에게 무슨 말로 어떻게 위로해야 할지 몰라 그의 손을 마주 잡고 울먹였다.

그는 수만의 등을 어루만지며 떨리는 음성으로 말했다.

"이같은 일이 우리집 뿐인가. 헤아릴 수 없이 많은 사람들이 이런 불행을 당하면서 살고 있다네. 자네도 아버지를 잃고 어머니를 떠나 타향에서 이렇게 살고 있지 않은가. 따지고 보면 모두가 국토가 남북으로 분단되면서 벌어진 이념의 차이로 희생된 것이니 이제 와서 누굴 원망하겠나. 다들 자기가 갈 길을 스스로가 선택한 결과가 아닌가. 안 그런가? 수만이!"

중학교 시절 유도 선수로 달련된 건장한 체격으로 한때는 생과 사를 가르는 전장을 누비며 장군이 된 그는 수만보다 7살 위인 71세가 된다. 그도 흐르는 세월 앞에는 어쩔 수 없이 쓸쓸한 여생을 살아갈 수밖에 없을 것이다.

다음날 망우리 할머니 묘소를 찾아 성묘를 한 후 숙소로 돌아온 형준은 수만에게 일본에서 구입한 책이라며 북한에 대해 자세하게 알고 싶으면 이 책을 읽어보라고 책 한 권을 건네주었다.

일본어판으로 된 책의 제목은 『북조선왕조성립비사北朝鮮王朝成立秘史』부제 '김일성정전金日成正傳'으로 지은이는 임은林隱으로 되어 있었다.

임은은 소련 한인 2세로서 본명은 허모라고 한다. 김일성 정권 중심에서 활약하다가 소련과 숙청 때 소련으로 망명한 사람이다.

책 내용에는 주로 김일성 정권 수립과정과 숙청 내용이 자세하게 기록되어 있었다.

특히 김일성의 본래 이름은 김성주이며 소련 극동사령부 제88정찰여단 소속 대위로서 8·15 해방된 지 한 달 4일 만인 1945년 9월 19일, 소련 군함 부가쵸프호 편으로 유성철 중위 등 동료들과 함께 원산항에 입항했다고 한다. 그로부터 25일 후인 10월 14일, 평양 기림운동장에서 로마넹코 소련군정사령관의 소개에 의해 김일성 장군이라는 이름으로 대중들 앞에 처음 모습을 드러냈다고 기록하고 있었다.

수만은 이 대목에서 김일성에 관해서 진짜다 가짜다 했던 40여 년간 마음속에 잠겨 있던 궁금증이 풀리는 것 같았다.

강을 사이에 두고 45년 만의 상봉

개네는 1993년 6월 6일이 다가오면서 남편을 멀리서나마 바라볼 수 있다는 생각에 마음이 설레고 가슴이 두근거렸다.

그러나 자칫 남편이 남조선에 살고 있다는 사실이 다른 사람들에게 알려질까 두려웠다.

그럼에도 불구하고 남편을 멀리서나마 볼 수 있다는 것은 생애 최고의 기회가 아닌가. 개네는 생각 끝에 아들 준일만은 아버지에게 인사드리도록 해야겠다고 마음먹었다.

준일은 그동안 어머니와 이모 센네로부터 아버지가 남조선에서 살수밖에 없는 이유를 여러 차례 얘기를 듣고 충분히 이해하고 있었다.

그리고 어머니께서 앙토리를 위한 기적적인 업적이 모두 아버지의 뜻에 따라 이루어졌다는 어머니의 말을 듣고는 마음속으로 아버지를 존경하고 있었다.

개네는 지금까지 아들에게 만은 아버지에 관해서 무슨 얘기든지 마음놓고 할 수 있었다. 그래서 준일과 같이 하말 할아버지, 할머니 성묘를 하고 아버지를 멀리서나마 뵙게 해야겠다고 생각했다.

개네는 아들에게 6월 6일 일과가 끝난 후 단둘이서 하말 할머니 성묘를 가기로 약속해두었다.

그날 수만은 김창성과 함께 8개월의 기다림 끝에 중국 지린성 동거우에 도착하여 하말이 건너다보이는 압록강 가에 이르렀다.

창성은 고향에 있는 가족을 생각해서라도 멀리서 조용하게 만나는 것이 좋을 것이라고 했다. 그는 또 남조선 사람과 만나거나 연락한 사실이 드러나면 그 피해가 결국에는 북에 있는 가족에게 미친다고 하면서 특별히 주의할 것을 당부했다.

수만은 주위를 경계하며 하말 아래쪽을 자주 살펴보았지만 경비병의 모습은 보이질 않았다.

창성은 초산 부근 국경지대에서는 아직까지 별다른 사고가 나지 않았기 때문에 경비가 그리 엄하지 않은 것 같다고 했다.

좌전방 강 건너 약 1킬로미터 거리에 있는 신도장 보안분주소에서는 강 건너 쪽은 잘 보여도 강 건너 한국 쪽은 언덕과 갈대숲에 가려 보이질 않게 되어 있었다. 때문에 강을 사이에 두고 멀리서 만나는데 큰 지장은 없을 것 같았다.

초여름 푸른 하늘에는 솜 같은 흰 구름이 남서쪽으로 멀어져가고 있었다.

강물 색깔이 오리 색과 같다하여 오리압鴨 푸를록綠자를 써 압록강鴨綠江이라 했다고 한다. 푸르고 푸른 압록강이 여울지며 흐르고 있었다.

불과 150미터 정도 넓이의 강 건너 언덕 보리밭에는 초여름 날씨에 누렇게 익은 보리이삭이 바람에 물결치고 있었다.

그 뒤로 뻗어 내린 산등성이 언덕 끝에 할아버지, 할머니 그리고 어머니가 계신다.

산소 뒤의 노송 몇 그루는 옛날 그대로인데 산소는 푸른 숲에 가려 보이지 않았다.

수만은 준비해 간 자리를 깔고 술 석 잔을 올리고 큰절을 했다. 그리고 한참 눈을 감고 할아버지, 할머니 그리고 어머니의 생전 모습을 떠올렸다.

어느덧 수만의 나이도 65세가 되었다. 그는 자신도 죽으면 어머니

곁에 갈 수 있을까? 얼마나 오래 살아야 저기 묻힐 수 있을까? 이런 저런 생각을 하며 건너편 강가에 개네가 나타나기를 기다렸다.

얼마 후 멀리 산등성에서 두 사람이 내려오는 모습이 보였다.

'아…… 개네다. 개네가 오고 있다.'

수만은 가슴이 울렁거렸다.

두 사람은 흔들리는 보리밭에 잠시 가려졌다가 이내 뚜렷이 모습을 드러내고 조심스럽게 가까이 강가로 나오고 있었다. 강가에 나오자 자세를 낮추고 가볍게 손을 흔들어 보였다.

'아! 드디어 왔구나. 개네와 아들 준일이다.'

수만은 그들이 조심스레 움직이는 줄 알면서도 흥분한 나머지 강가로 바짝 내려서서 힘껏 손을 흔들었다. 그리고 양 손을 나팔 같이 입에 대고 목이 터져라 큰소리로 불렀다.

"개네야……! 여보, 준일이 엄마……!"

그랬더니 알아들었는지 개네도 입에다 손을 대고 무어라고 소리치는데 도저히 알아들을 수는 없었다. 서로 부르는 소리가 여울져 흐르는 강물 소리에 휩쓸려 떠내려가기 때문이었다.

망원경으로 그들을 보자 개네와 아들 준일의 모습이 뚜렷하게 잘 보였다. 이제 할머니 티가 나는 64세의 개네, 아버지보다 더 커 보이는 중년의 아들 준일, 그리도 보고 싶었던 개네와 준일의 모습이 손에 잡힐 듯 가깝게 보였다.

개네가 준일에게 무어라 얘기하는 것 같더니 아들이 아버지를 향해 큰절을 올리고 있었다. 강을 사이에 둔 부자간의 첫 대면이 이루어진 것이다. 수만은 너무도 감개무량했다. 기쁨이랄까, 회한이랄까 한없이 눈물이 나왔다.

지척에 개네와 준일을 보자 그는 정신없이 강물에 뛰어들어가며 목이 터져라 부르며 더 깊이 들어갔다.

"개네야……! 준일이 엄마……!"

그 모습을 본 김창성은 다급하게 소리쳤다.

"야래 너 미쳤니? 빨리 나오라 우! 여기가 어딘 줄 알구 그래!"

거듭해서 다급한 목소리로 빨리 강 언덕으로 올라오라고 손짓을 했다. 수만은 더 들어가려고 했지만 급경사로 물이 깊어지고 물살에 휩쓸려 발이 둥둥 떠내려가게되자 그만 포기하고 강 언덕으로 간신히 되돌아 왔다.

눈앞에 개네와 준일을 보고도 건너갈 수 없게 되자 강가에 주저앉아서 미친듯 그들의 이름을 불러댔다.

강 건너 개네와 준일은 그가 물에 뛰어드는 모습을 보고 일어나 발을 동동 구르다가 다시 강가에 앉아서 몸을 낮추고 아무 말 없이 그들을 바라보고 있었다.

개네로서는 여기까지 오는 것도 조심스러운데 그 이상의 행동은 할 수 없었다.

김창성은 거듭해서 수만에게 강 건너 가족들을 생각해서라도 조용하게 마주보기만 하고 다른 행동은 하지 말 것을 당부했다.

수만은 더 가까이서는 볼 수 없는 개네와 아들의 모습을 수없이 카메라에 담았다.

저녁 8시가 되면서 압록강 계곡에 어둠이 빠르게 깔려오고 있었다.

강 건너 개네와 준일의 모습이 희미해지더니 어느새 잘 보이지 않았다.

그러나 이 자리를 떠나기는 너무나 아쉬웠다. 비록 강 건너 사이지만 45년 만의 만남이 아닌가. 정말 감격적인 순간이다. 별짓을 다해서라도 오래오래 머물고 싶었다. 아니 할 수만 있다면 영원히 이 자리에 머물고 싶었다.

집으로 돌아온 개네는 멀리서나마 애타게 그리던 남편을 만나게 된 것이 너무나 기뻤다. 정말 꿈만 같았다. 더욱이 아들 준일까지도 보여 주었으니 이제 무엇을 더 바라겠는가.

그날 성묘를 끝낸 후 개네는 준일의 손목을 꼭 잡고 강 건너를 가리키며 6월 6일인 오늘은 아버지 생일인데 아버지께서는 매년 오늘 이 시간에 멀리 남조선으로부터 오셔서 할아버지, 할머니께 성묘의 예를 올린다는 말을 했다.

그리고 강가로 내려가서 더 가까이 아버지를 뵙고 인사를 드리도록 했던 것이다. 좀 더 가까이서 서로가 알아들을 수 있는 대화라도 나눌 수 없었던 것이 너무도 안타까웠다.

개네는 더 가까이 자신들을 보기 위해 애타게 부르다가 강물에 뛰어 드는 위험까지 무릅쓰면서 건너오려고 할 때 아찔한 기분이 들기도 했다.

죽기 전에 남은 희망이 있다면 통일이 되어서 한집에서 사는 것인데 그것은 희망일 뿐 바란다고 되는 일이 아니다.

개네는 거의 체념해 버린 채 남편을 꿈 속에서나 떠올리며 1년에 한 번 멀리서나마 남편을 바라보는 것으로 위안을 삼고 살아가는 것도 다행이라고 생각했다.

　그렇게 수만과 개네는 비록 남과 북으로 갈라져 살고 있지만 가족과 고향을 떠나 사는 다른 많은 사람들에 비하면 그나마 행복한 편이라고 스스로를 위로하고 달래며 살아가고 있었다.

6
마지막 절규

허탈과 절망

그해 보리 농사는 대풍년으로 5백 석을 넘게 수확했다.

옛날 같으면 다들 춘궁기에 배가 고파 고생을 했는데 앙토리와 압록강 주변 사람들은 금년에도 춘궁기를 모르고 지내게 되었다.

모두가 개네 덕분이라면서 그녀에 대한 칭송이 대단했다.

그 무렵 앙토리 지역에도 '남조선 사람들은 잘산다. 중국도 개혁개방을 해서 자유롭게 살고 있다. 남조선으로 간 사람들이 자기 가족을 데려가기 위해 만주에 와서 사람을 보내고 있다'는 등의 소문들이 나돌고 있었다.

그래서 압록강 신도장이나 하말 아래의 경비가 부쩍 삼엄해지고 있었다.

그런데 1994년 봄 하말과 초산천 유역 보리밭이 푸릇푸릇 자라고 있을 때 탈북사건이 일어났다.

앙토리 협동농장에서 일하던 국군포로 출신의 농장 일꾼이 보리밭 김매기 일이 끝났는데도 퇴근하지 않고 숨어 있다가 미리 준비했던 통나무를 이용해 강폭이 좁은 동거우 쪽으로 탈북한 것이다.

1990년대 들면서 압록강 상류나 두만강 쪽은 물이 얕아 도보로 건너갈 수 있기 때문에 탈북자가 많았다는 소문은 들었어도 초산지역에서 탈북자가 있으리라고는 생각지 않았던 것이다. 그래서 경비가 허술했던 것이다. 설마 하던 탈북사건이 처음으로 발생한 것이다.

그리고 남아 있는 탈북자 가족들은 어디론가 끌려갔다. 개네는 아이가 둘인 탈북자 가족이 너무도 불상하게 생각되었다. 그의 부인은 개네와도 잘 아는 광대골 사람에게 시집왔었는데 6·25 전쟁 때 남편이 행방불명이 되자 상부에서 국군포로와 재혼하도록 하여 남매를 낳고 힘겹게 살아온 사람이다.

탈북한 그 사람의 사정이야 어떻든 아무리 살기가 힘들다 하여도 처자식을 눈앞에 두고 떠나간 국군포로가 너무도 야속했다.

당국에서는 근무태만으로 탈북자가 생겼다면서 당번 경비병과 경비 책임자를 처벌하고 강등조치했다.

이렇게 되자 국경경비대는 협동농장관리위원회에 신경질적으로 대들었다.

앞으로 압록강 국경유역에서의 보리밭 경작을 금하고 그 지역에 대해 출입을 금지하겠다고 통고해 왔다. 만일 이를 어긴다면 사살하겠다고 위협까지 했다. 그리고 하말 아래 옛날 움막 경비초소를 보수하고 경비병이 상주토록 하였다.

앙토리 농장관리위원회에서는 난처했다. 보리 농사를 못 지으면 많은 사람들이 당장 굶어 죽을 판인이니 이를 받아드릴 수 없었다. 그래서 상부에 선처해 줄 것을 요청했다.

군 인민위원회와 군 당에서는 보리 농사는 3개월이면 끝나니까 농사철에 경비를 세우도록 하고 협동농장 자체적으로 신분을 다시 확인한 후 농장에 투입하겠으니 출입금지만은 풀어 달라고 상급 부대인 인민군 중대에 부탁했다.

그러나 인민군 중대는 막무가내로 당이나 인민위원회의 요청을 받아드릴 수 없다고 단호하게 거절하였다. 그러면서 현재 자라고 있는 보리밭도 당장 갈아엎으라고 엄포를 놓았다.

춘궁기 인민들이 굶어 죽게 됐다면서 사정사정해서 기왕에 경작한 보리를 6월 수확할 때만 출입하기로 간신히 타협을 보았다.

군·당이나 인민위원회로서는 내년 보리 농사는 나중 문제이고 우선 한두 달 앞으로 다가오는 춘궁기를 넘기려면 이것으로 만족해야 한다며 한탄했다.

그전에는 당이라고 하면 어디서나 통하는 최고 권력기관으로 행세했다. 인민군대도 그 조직이 사실상 당에 속해 있었다. 그런데 언제부터인가 군이 당보다 더 세지고 군인이 당을 우습게 보는 풍조가 일어나고 있었다.

이러한 분위기 속에 군인에 대한 급식량이 줄어들고 배가 고픈 군인들이 농협창고를 습격, 식량을 약탈하고 야간에 고갯길을 운행하는 트럭을 습격하여 물품을 강탈하거나 차에 타고 있던 사람들의 호주머니를 뒤져 돈을 빼앗는 사건들이 일어나고 있다는 소문이 들려 왔다. 이를 테면 군인이 강도짓을 하는 것이다.

어느 날 준일은 자강도 당회의 참석차 강계를 다녀오는 장인 박인규 군 당위원장을 화물 자동차에 모시고 돌아오는 길이었다.

화물 자동차라야 기름이 없어서 목탄을 피우고 일주일에 한 번 운행하는 것이 고작이었다.

저녁 늦은 밤 군 당위원장은 운전석에 타고 있었고 몇 명의 여행객들이 기계부속품과 잡화, 일용물품 등과 함께 뒤 화물 트렁크에 탑승하고 있었다.

그런데 차가 위원군 경계를 넘는 파발령고개에 이르자 얼굴을 가린 3명의 무장 군인들이 나타나서 차를 세웠다.

한 군인이 준일을 차에서 끌여내리고는 총으로 위협하고 둘은 화물 트렁크에 올라서서 총을 들이대고 현금을 약탈했다. 그리고 화물 중에 요긴한 것만 골라 차 아래로 내던졌다.

그때 준일의 장인되는 박인규 군 당위원장이 나서며 그들을 향해 말했다.

"나, 군 당위원장이요."

그러면서 신분증을 제시하고 호주머니를 툭툭 털어 소지하고 있던 금품을 몽땅 내놓았다.

"이것을 가져가고 저 사람들 것은 돌려주시오. 차에서 내린 저 물건은 인민들 공동의 재산으로 긴요한 부속품이니 돌려주시오. 부탁하오. 인민군 동무."

그가 빌다시피 사정을 했지만 들어줄 리 없었다.

"당위원장 좋아 하네. 동무는 그간 당 간부가 되서 배불리 잘 처먹었지만 나는 지금 배가 고파 죽갔으니 좀 봐 달라 우. 우리 군인이 배불리 먹고 기운이 세야 미제 앞잡이 반동을 물리치고 인민을 보호하는 것 아니겠소."

잠시 후 그들은 물건만 놔두고 그대로 사라졌다.

무장 군인들로부터 협박을 당한 박인규는 집에 돌아올 때까지 입을 꽉 다문 채 아무런 말이 없었다. 그렇다고 상부에 함부로 신고했다가는 보복을 받게 될 수도 있다.

박인규는 준일에게 아무에게도 함부로 얘기하지 말라고 타일렀다. 이런 분위기 속에서 군인들의 행패가 끊이질 않았다.

그러나 준일은 아내 박정자에게는 함구했지만 어머니에게는 사실대로 털어놓았다.

군인들이 보리밭 경작을 못하게 하고 소문으로만 듣던 일들을 아들이 직접 당하게 되자 개네는 깊은 시름에 잠겼다.

열심히 땀 흘려 일하고 모임행사에도 빠짐없이 나가서 수령님 교시를 따르자고 불끈 쥔 주먹으로 하늘을 찌르며 맹세하고 수령님 만세를 수없이 외쳤는데도 왜 이렇게 살기가 힘들어 질까. 정말 이해 할 수가 없었다. 무엇보다도 내년부터 보리 농사를 못하면 부족한 식량을 무엇으로 메울까. 그동안 애써서 생각하고 땀 흘려서 실천했는데, 그리고 많은 사람들의 굶주림을 면하게 했는데 돌아오는 게 고작 이

거였든가. 너무나 허망하였다.

또 얼마 지나지 않아 압록강 국경 넘어 그리운 남편을, 우리 준일이 아버지를 150미터 거리를 두고 만나기로 했는데, 삶이 고달픈 가운데도 그나마 그날을 기다리며 희망을 가지고 1년을 기다렸는데 그것도 못하게 되었으니 이제 무슨 재미로 살아가겠는가.

그동안 낙담하지 않고 온갖 고통을 이겨내며 강한 의지로 일관되게 살아왔고 주위환경에 잘 적응해오며 현명하게 살아온 개네. 그 굳세었던 마음은 지금 허탈과 깊은 절망 속으로 빠져들고 있었다.

불안과 공포의 나날

기다리던 6월 6일이 돌아왔다. 그런데 기뻐해야 할 그날이 왜 이렇게 불안할까.

보리밭을 통한 탈북사건이 일어난 뒤부터 앙토리 일대의 분위기가 예전과는 무척 달랐다.

동리에서는 아직까지도 준일의 아버지가 리병규의 개인 욕심 때문에 억울한 숙청을 당하여 고향을 떠났는데 6·25 전쟁으로 행방불명된 것으로 다들 알고 있었다.

주위 사람들은 어렸을 때부터 개네와 수만의 관계를 잘 알고 있었고 그런 그가 사랑하는 아내와 어머니를 버리고 혼자 떠날 사람이라고는 상상도 안 했다.

이러한 분위기 속에서 개네는 언제나 주위의 눈을 의식하고 언행을 조심해 왔다. 그리고 기회 있을 때마다 준일에게도 항상 조심스럽게 처신하도록 일러주었다.

그도 처음에는 어머니의 애기를 잘 납득하지 못했지만 시간이 흐르면서 차차 깨닫게 되고 오히려 어머니께서 신중하게 행동하기를 바라고 있었다.

한때는 노동영웅으로 칭송받던 개네도 늙어감에 따라 불안과 공포의 나날을 보내고 있었다.

이번 6월 6일에는 개네 혼자서 할아버지, 할머니 묘소 앞에서 멀리 남편을 잠깐 상봉하기로 했다. 그것도 이번이 마지막이 될지 모른다.

개네는 경비병의 눈을 피하기 위해 상평 쪽으로 우회해서 옛날 국도를 따라 파약 구석을 거쳐 하말 뒤편으로 올라갔다. 좀 먼 길이지만 길은 생각보다 편안했다.

할아버지, 할머니 그리고 어머니께 성묘한 후 강 건너 쪽을 바라보았다. 아직 남편의 모습은 보이지 않았다.

멀리 떡갈나무가 무성한 산에는 까마귀, 까치 떼를 쫓는 인부들의 채찍질하는 모습이 보였다. 언제나 만주 땅은 평화스럽게 보였다.

수확이 얼마 남지 않은 하말 보리밭은 여전히 바람결에 물결이 일 듯 흔들리고 있었다. 보리밭 경작도 금년이 마지막이다. 이런 우리의 절박한 사정을 남편은 알고 있을까?

이윽고 강 건너 동거우 쪽에 남편과 다른 한 사람이 시야에 들어왔다. 그들은 함께 온 것 같았다.

자리를 깔고 묘소 쪽을 쳐다보고 큰절부터 하고 있는 모습이 보였다.

그리고 개네를 찾는지 보리밭과 묘소 주변을 두리번거리고 있었다.

개네는 준비했던 붉은 손수건을 막대기 끝에 매달고 흔들었다. 몇 번 흔들자 그도 알아본 듯 손을 흔들고 있었다.

개네는 '여보, 1년을 기다렸습니다. 작년보다 더 멋지게 만나고 싶었습니다. 그런데 저 혼자 왔습니다. 이렇게 멀리서 만날 수밖에 없습니다. 그것도 금년이 마지막이 될지 모릅니다.' 마음속으로 중얼거리며 깃발을 흔들었다.

개네는 남편이 손을 흔드는 것을 보고 갑자기 불안했다. 그렇지 않아도 신경을 곤두세우고 있는 경비초소에서 그 모습을 봤다면 당장 달려 올 것만 같았다.

한편 6월 6일을 기다렸던 수만은 생일날 하루 앞서 따보디에 도착하여 숙소를 정하고 소학교 동창인 김창성을 만났다. 또 한 사람의 친구 원익현은 통화에 있는 아들네 집으로 출타중이라 동석하지 못했다.

창성의 얘기로는 지금 북조선 쪽은 살기가 점점 더 어려워지고 있는데 얼마 전에 강 건너 보리밭에서 일하던 앙토리 사람이 동거우 쪽으로 탈북 한 사건이 있었다고 했다.

그때부터 경계가 엄해지고 협동조합원들의 보리밭 접근을 금지하고 있으며 내년부터는 아예 보리밭 경작을 못하게 했다는 얘기를 들려주었다.

그리고 지금 앙토리 일대 초산지역에서는 주민들에 대한 감시가 심해지고 신상에 대한 조사를 벌이고 있으니 앞으로는 부인과 가족들의 안전을 생각해서 연락을 안 하는 것이 좋겠다고 했다.

수만은 1년에 한 번, 그것도 멀리서 겨우 손짓하면서 만나는 일도 못하게 되었다는 생각이 들자 너무도 기가 막혀 말이 나오질 않았다.

　개네와 아들을 멀리서나마 마주보려고 1년을 기다리고 기다려 왔는데 못 만나게 될까 봐 괜히 걱정이 됐다. 그런 처참한 곳에 사는 개네와 자식에 대한 걱정과 미안한 마음이 자꾸 가슴을 쥐어짜는 것만 같았다.

　창성은 수만의 안쓰러운 모습을 옆에서 지켜보며 위로의 말을 했다.

　"가족들이 그 어려운 환경 속에서 40여 년 간을 용케도 살아온 것을 확인한 것만으로도 다행으로 생각해야지 어찌 하겠는가. 자네는 마음만 먹으면 언제든지 조부모님과 어머님을 멀리서나마 성묘할 수 있고 자네 부인이 묘소를 잘 돌보고 있으니 얼마나 다행인가."

　그러나 수만의 마음은 좀처럼 깊은 슬픔에서 벗어나질 못했다.

　그들은 중국 요리와 배갈을 주문해 마시면서 밤새 얘기를 나누었다.

　지금 북한에서는 그들이 사는 모습이 밖으로 새나가지 못하도록 비밀로 하고 또한 밖으로부터의 정보가 주민들에게 유입되는 것을 막기 위해 경비를 강화하고 있다고 했다.

　이렇게 어려운 환경 속에서도 북한에 있는 가족에게 용돈을 보내는 방법이 있는데 100원을 보내면 가족 손에는 겨우 20원 정도밖에 안 된다고 한다. 돈만 주면 안 되는 일이 없다는 얘기다.

　심지어는 돈만 주면 가족을 만주까지 불러내서 2~3일 후에 돌아가게 하는 사람도 있다고 한다.

　그러나 이러한 거래는 극도로 위험한 짓이라고 한다. 잘못하면 아주 사기를 당하거나 그것이 약점이 되어 돈을 더 뜯어내려고 계속해서 가족을 괴롭힌다고 한다.

수만은 아쉽지만 개네와 아들 손자들의 안전을 위해서는 더 이상 만나지 않는 것이 좋을 것 같다는 생각이 들었다.

그러나 개네는 내일 그 시간에 그곳에 나와 자신을 멀리서 나마 바라다 볼 것이라는 생각을 지울 수가 없었다.

다음날 오후 수만은 창성과 함께 동거우 압록강 변으로 가서 하말 쪽을 바라다보았다.

오랜 가뭄으로 폭이 좁아진 강 건너에는 누렇게 익은 보리이삭이 여전히 바람에 흔들리고 있었다.

수만은 자리를 깔고 준비해간 음식을 차려놓은 후 할아버지, 할머니 그리고 어머니 묘소를 향해 절을 하고 다시 주변을 두리번거렸다.

마침 그때 하말 뒷산 묘소 앞에서 누군가가 붉은 깃발을 흔드는 것이 보였다.

"아…… 개네다! 준일이 엄마가 왔구나."

수만은 너무나 감격스러웠다. 손을 흔들면서 강변으로 바짝 다가섰다. 그리고 자신도 모르게 큰 소리를 질렀다.

"개네야……!"

그러자 옆에 있던 창성은 몹시 놀란 표정으로 급히 말했다.

"야, 너 큰일 날라구 그래! 경비병이 보면 어떻게 하려고 그래!"

수만은 순간 놀랐지만 개네에게 깃발을 보았다는 신호는 해줘야 되겠다고 생각했던 것이다.

아니나 다를까. 깃발은 안 된다는 뜻으로 몇 번인가 아래위로 흔들고는 이내 사라졌다.

순간 수만은 개네가 위험을 느끼고 있다는 것을 알 수 있었다. 다행이 강 선너 경비초소에서는 아무런 반응이 없었다. 한참을 기다려도 개네의 모습은 다시 보이질 않았다.

수만은 자리를 걷고 창성과 함께 따보디로 돌아오면서 북한의 현실과 개네의 입장이 되어 곰곰이 생각해봤다.

지옥에 빠진 개네가 살려달라고 아우성치는 데도 혼자서만 빠져나오는 발걸음은 무겁고 착잡해 자주 하말 쪽을 뒤돌아보았다.

수만은 더 걸을 수가 없어서 길바닥에 주저앉아 땅을 치고 소리내어 울었다.

"야, 실컷 울어라. 어디 실컷 울어라."

창성은 통곡하고 있는 수만의 옆에 앉아 담배를 입에 물고 라이터를 그어댔다.

해는 벌써 서산에 기운 지 오래고 압록강 물은 여전히 여울져 흐르지만 수만은 그곳에서 일어설 줄 몰랐다.

몽견암의 돌부처

그날 개네는 일이 잘못되는 날엔 자신은 그렇다치고 아들 준일과 손자들에게 엄청난 피해가 미치게 되므로 이곳 사정을 모르는 남편에게는 아쉽지만 빨리 끝내고 그 자리를 떠나야겠다고 생각했다.

개네는 안 된다는 뜻으로 깃발을 가로 몇 번 흔들고 떠나라는 듯으로 아래서 위로 물건을 내던지듯 흔들었다. 그리고 가슴을 두근거리며 그 자리를 떴다.

이것으로서 개네는 자신들이 압록강을 사이에 둔 대면도 끝이 났다고 생각하자 그녀의 마음은 몹시 괴로웠다.

남편이 멀리 남조선으로부터 와서 해가 지고 어둡도록 자신을 애타게 부를 것을 생각하면 경비병 총에 맞아 죽을지언정 당장이라도 압록강을 헤엄쳐 건너가고 싶은 충동이 일어나기도 했다.

집에 돌아온 개네는 잠이 오질 않았다. 밤새 이불을 끌어안고 뒹굴며 그 옛날 이찬골 집에서 새벽잠에서 깨어난 수만과의 마지막 사랑을 나누던 생각이 주마등처럼 떠올랐다.

개네는 미칠 것만 같았다. 아니 차라리 아무 생각도 나지않게 미쳐버렸으면 좋겠다. 그리고 모든 것을 끝내고 이대로 죽었으면 좋겠다는 절망감 속에 도저히 이대로는 잠이 올 것 같지가 않았다.

개네는 부엌을 뒤져 마시다가 남은 소주병을 들고 와서 병째로 들이마시고 술김에 겨우 잠이 들었다.

아침 늦게 언니 센네의 깨우는 소리에 눈을 뜬 개네는 얼른 자리에서 일어났다. 그리고 돼지먹이와 닭 모이를 들고 뒤뜰에 있는 축사로 갔다. 새끼돼지 두 마리와 닭 여덟 마리가 입을 넙죽넙죽하면서 꼬리를 흔들어 대고 있었다.

그때 앙토리 협동농장에서는 남성은 70세, 여성은 65세가 되면 힘든 밭일을 면하고, 남성은 소먹이와 축사의 가축 똥 치우기 및 퇴비 만들기, 여성은 각각 아파트 동별로 마련되어 있는 돼지와 닭 축사를 전담토록 되어 있었다.

늦었지만 닭과 돼지에게 믹이를 주자 짐승들이 꼬리를 흔들어 대고 회를 치며 그렇게 좋아 할 수가 없었다. 아무리 짐승들이라고는 하지만 이따금 그녀를 쳐다보고 좋아하는 표정을 짓고 또 먹는 모습을 보면서 지금까지는 느껴보지 못했던 새로운 감정이 떠올랐다.

돼지와 닭은 사람이 주는 것을 받아먹고 결국에는 사람의 먹이가 되는데도 저토록 좋아하고 꼬리를 흔드는데 인간들은 어떻게 자기가 키운 가축을 잡아먹을 수가 있을까?

배고프면 먹고 배부르면 놀다 잠자고 커서는 새끼 낳고 사람들이 쓰다듬어 주면 꼬리를 흔들고 좋아하다가도 막대기를 들고 때릴 것같이 하면 꼬리를 내리고 한 구석으로 눈치 보듯 숨어든다.

그뿐인가 암컷들은 갓난 새끼들에게 누구도 접근하지 못하도록 털을 세우고 덤벼들듯 새끼를 보호하는 짐승들의 모성애를 보면 어느하나도 사람과 다를 바가 없다. 그런 가축을 도저히 잡아먹을 수가 없다고 생각되었다.

개네는 아들을 애타게 기다리다가 돌아가신 어머니 생각, 미치도록 보고 싶고 그리웠던 남편과 모처럼 연락이 닿아 45년 만에 멀리서나마 그의 모습을 바라볼 수 있었는데 그것도 허락하지 않는 세상, 힘들게 일구어 놓은 농토가 수해로 하루아침에 황무지가 되고 보리 농사로 배고픔을 면했는데 그것도 금지되었으니 앞으로 춘궁기를 어떻게 견디어 낼지, 그리고 이 험한 환경에서 아들 준일과 손자들은 앞으로 어떻게 살아갈 것인지를 생각하면서 우울하고 깊은 고뇌의 나날을 보내고 있었다.

허탈과 절망에 빠져 고민에 싸인 개네는 문득 탁골 절터에 가보고
싶은 생각이 들었다.

원곡 넘어가는 산 중턱에 절터가 있었는데 절을 직접 본 사람은 없
고 오래 전에 절이 있었다는 얘기만 전해 내려오는 곳이다.

독실한 불자였던 그의 할머님께서 꿈에 나타난 부처님을 찾기 위해
절터를 뒤져 깨진 기왓장과 돌담에 묻혀있던 돌부처를 찾아내고 부처
님을 모시기 위해 그 자리에 암자를 지었는데 꿈에 부처님을 봤다고
해서 몽견암夢見庵이라고 이름 지었다.

청석바위 돌을 정교하게 새겨서 만든 좌상 부처는 높이 두 뼘 남짓
한 아주 작은 크기로 오랜 풍상을 겪으면서도 흠 하나 없이 완벽하게
보존되어 있었다.

몽견암은 한때 근처 불교신자들이 부처님께 공양을 드리려고 찾아
왔고 음력 4월 8일엔 많은 사람들이 찾아와서 불공을 드리곤 했었다.

그런데 해방 후 공산정권이 들어서면서 암자를 뜯어다 리 인민위원
회 건물 짓는데 쓰고 부처는 돌덤에 묻혀 그대로 방치 되어 있었던 것
을 수만의 어머니와 개네가 다시 부처를 찾아내서 돌을 쌓아 불단을
만들고 안치하였던 것이다.

오랜만에 부처 모습을 본 개네는 예전에는 미쳐 느끼지 못했던 기
분이 들었다. 마음이 이상하게도 안정되고 편안해지는 것 같았다. 돌
부처는 50여 년 전 몽견암 불단 위에 모셔져 있었을 때의 모습도 그
랬지만 인간들이 돌덤이 속에 아무렇게나 내던져 있을 때에도 한결같

이 자비로운 모습 그대로 였다.

지금 40여 년을 비바람을 맞으며 돌담 위에 앉아있으면서도 변함 없이 자비로움과 미소짓는 모습으로 그녀를 내려다보고 있었다.

개네는 눈을 감고 숙연한 마음으로 할머니의 유물인 염주알을 굴리며 나무아미타불 나무아미타불을 외었다. 한참 염불을 외우고 나자 마음이 한결 안정이 되고 가벼워지는 것 같았다.

눈을 뜨고 부처를 바라보면 여전히 자비롭게 미소짓는 모습 그대로 그녀를 보고 있었다.

그렇게 염불을 외우면서 개네는 남편과 아들 준일의 가족들을 위해 무사 안녕을 기원하는 한편 외로움과 괴로움에서 벗어나려고 했다.

생자필멸의 진리

1994년 7월 보리 수확을 끝내고 옥수수와 콩, 조밭의 마지막 제초 작업도 끝날 무렵 충격적인 소식이 들려왔다.

위대한 수령이신 김일성 대원수께서 지난 7월 8일에 돌아가셨다는 것이다.

전 인민이 쌀밥과 고깃국을 배불리 먹도록 주체농법을 창시하시고 전 세계에 주체사상을 전파하시어 전체 인민들이 우러러 받드는 어버이 수령께서 돌아가셨다는 것이다.

초산읍 광장에 설치된 제단에는 꽃으로 장식된 김일성 수령의 대형 사진과 향로가 놓여있고 양 옆에는 길게 조화들이 장식되어 있었다.

노동당 초산군 당을 위시한 많은 기관·단체들과 학교 학생들 그리고 초산군내 리·동별로 많은 사람들이 차례차례 문상을 올렸다. 이렇게 15일간의 조문행사가 이뤄졌다.

개네도 앙토리 협동농장 근로자들과 함께 문상을 다녀왔다. 조문행렬이 끊어지지 않기 위해 다섯 번을 더 다녀왔다.

개네는 만 82세에 돌아가신 위대한 수령님도 죽음 앞에서는 별수 없이 한 인간이었음을 깨닫게 되었다.

사람은 누구나 죽게 마련이고 죽음을 피하는 영원한 생명체는 없다는 것은 천지자연의 이치로써 50년간 절대권력을 휘두르고 영생할 것 같던 김일성도 생자필멸生者必滅의 원칙에서 벗어날 수는 없었던 것이다.

그렇다면 살아 있을 때 자기가 맡은 일에 대해 최선을 다해 살아가는 것이 인간의 도리가 아닌가 생각되었다.

그런데 전체 인민이 하늘의 태양과 같이 우러러 모시고 숭배한 김일성 수령께서 나라를 무소불위無所不爲로 다스렸는데도 왜 굶어 죽는 사람이 생기는지 이해가 되질 않았다.

마음만 먹으면 얼마든지 인민들을 좀 더 배불리 먹고 살 수 있게 할 수 있었을 텐데 하는 의문이 일어나는데도 함부로 이런 얘기는 할 수 없었다.

김일성 사망 후 북한전역의 민심은 내놓고 말을 못할 뿐 어수선했다. 인민들의 생활은 더 어려워지고 있는데 당 간부나 권력자들은 뇌물받기와 부정행위로 돈을 모은다는 소문이 은밀하게 나돌았다.

살기가 힘들고 질서가 문란해지자 탈북자가 증가하였다. 심지어 고위당직자나 인민군 경비병까지 탈북하는 사례가 일어났다.

보안당국에서는 탈북자가 머물만한 중국 각지에 요원을 파견하여 잡아드린다고 한다.

10월 말경 가을걷이가 한창일 때 하말 앞 수풍호를 건너 일가족이 탈북한 사건이 또 발생했다.

앙토리 협동농장 1지구 하양리 농장에 속한 양재모라는 사람으로 그는 아내와 어린이 둘을 데리고 바람을 가득 넣은 자동차 바퀴 튜브 두 개를 타고 넓은 수풍호를 건너 탈출한 것이다.

양재모는 재일조총련 2세로 본래 고향은 오사카인데 일곱 살 때인 1971년 부모를 따라 북송귀환한 사람이다.

그의 부모는 오사카 공장에서 기계수리 노동자로 근근이 살아왔는데 조선인민공화국이 지상낙원이라는 말에 현혹되어 북송선을 타고 처음에는 초산읍에 있는 자동차 정비기업소에 배치되어 정비사 일을 해 왔다.

그러나 1980년대 말부터 정비업소의 일거리가 없어지자 다시 앙토리 협동농장으로 재배치되어 농사일을 하게 되었다.

양재모가 25세 때인 1989년 같은 협동농장 소속으로 원곡 사는 김지윤이라는 여자와 결혼하고 아들 딸 남매를 두었다.

그는 어려서부터 아버지가 조총련의 거짓선전에 속았다면서 북조선은 사람 살 곳이 못된다고 후회하는 말을 자주 들었다.

배고프고 힘든 협동농장 일을 하게 되면서부터는 더욱 불만이 많았다. 그는 자라면서 아버지로부터 기계다루는 법 등 많은 것을 배웠고 그리고 노력만 하면 일본에서도 얼마든지 잘 살 수 있다는 등 일본에 대해서도 배웠다.

양재모의 부모는 갖은 고생을 하다가 아버지는 1990년 그가 장가 든 다음해에 사망하고 어머니는 2년 후인 1992년에 사망했다.

부모 두 분이 모두 사망하자 그는 이때부터 은밀하게 탈북준비를 해왔다. 처 김지윤의 말에 의하면 하말 건너편 석추자에 5촌 당백부 인 김창성이 살고 있는데 지윤이 어렸을 때인 1973년경에도 다녀갔 고 지금도 거기에 살고 있다고 하였다.

양재모는 목적지를 석추자로 정하고 하말 뒷산에 올라가 수풍호 건 너 석추자를 살피고 탈북경로를 눈여겨 보아 두었다.

탈북시기는 수풍 댐의 물이 가득 차 수위가 높은 시기를 택하였다. 그 시기에는 수면이 넓어지고 수심이 깊기 때문에 월경하기가 어려움 으로 경비가 허술해지기 때문이다.

호수를 건너는 수단으로 자동차 바퀴 튜브를 준비하는 일인데 그는 자신이 일하던 옛 정비소에 연료가 없어서 운행이 중단된 지 오래된 자동차 바퀴의 튜브 두 개를 몰래 뽑아 두었다. 그 방면에 기술자이기 때문에 일이 그리 힘들지 않았고 자동차 바퀴는 원상대로 복구해 끼 워 놓았다.

그 무렵 조업이 중단된 정비소의 기계부품이나 자동차 부품 등을 몰래 빼다 팔아먹는 일들이 많았다.

양재모는 음력 9월 말 야간을 틈타 자전거 펌프로 두 개의 튜브에 바람을 가득히 넣고 같이 연결시켰다.

그는 수풍 댐 호수 수위는 초산천과 앙토천이 합치는 하양리 제방 아래까지 차 있었다. 두 개의 튜브는 그의 가족과 소지품을 싣고도 거든하게 물에 뜨고 나무주걱을 저어 빠르게 움직였다.

약 한 시간 반 후에 힘들이지 않고 일가속이 석추자에 도착하여 종백부 김창성을 만날 수 있었다.

양재모의 탈북사건으로 앙토리 일대는 또 한 번 큰 소동이 벌어졌다. 수풍호의 호수 수위가 만수상태에서 월경하리라고는 누구도 상상을 못했던 것이다.

군 보안서에서는 평소 그와 가깝게 지내던 사람들을 오라 가라 하고 일도 못하게 들볶았다. 개네도 몇 번인가 불려 가서 조사를 받았다.

개네와 많은 사람들은 겉으로는 말을 못하지만 오죽했으면 탈북했을까 하고 위험을 무릅쓰고도 가족을 모두 데리고 중국으로 건너간 그가 장하기도 하고 한편 부럽기도 했다.

원시 공산사회

1994년 보리 농사는 예년 같지 않아 수확이 3백여 가마밖에 안 되었는데 식량이 부족한 다른 곳에 백여 가마를 보내고 나자 앙토리 농민들에게는 겨우 겉보리 한 가마밖에 배당되지 않았다.

가을 농작물 수확도 비료가 없어서 예년 같지 않았다. 내년부터는 보리경작이 금지되었으니 식량이 더욱 부족할 것이 확실하였다.

겨울이 되자 협동농장 농민들은 화전을 다시 일구기 위해 남몰래 밤중이나 이른 새벽에 산에 불을 질렀다. 불에 탄 자리의 나무를 벌채하여 땔감으로 하고 봄이 되면 그곳에 씨를 뿌렸다.

김일성 사망 이후 북한에서는 민심을 얻기 위해 김정일 위원장의 통 큰 정치가 펼쳐졌다.

사상적으로 불온하지 않고 다른 사람에게 피해만 없다면 단순이 먹고 살기 위한 행위는 눈감아 주었다. 그래서 물건을 사고 파는 시장이 생기고 외국제품을 암거래하는 행위도 있었다. 부족한 식량을 보충하기 위해 화전을 일구는 것쯤은 눈감아 주었다.

그렇게 어려운 1994년을 넘기면서 새해 2월 16일이 되었다. 김정일 국방위원장의 53회 생일날이었다.

김정일 동지께서 이날을 공휴일로 정하고 앙토리 인민들에게 고기한 근과 쌀 200 그램 그리고 소주 2홉씩을 내렸다. 통이 큰 김정일 위원장의 지시에 의해 이루어진 것이다.

굶주리다시피 살아가던 인민들에게는 큰 선물이 아닐 수 없었다.

이날 앙토리 인민위원회 강당에서는 갑자기 연회가 벌어졌다. 근래에 없었던 큰 잔치였다.

음식은 리 인민위원회에서 공동으로 만들고 주민들은 각자 자신들이 먹을 그릇과 수저를 가지고 참석했다.

어느 정도 시간이 지나자 다들 얼근히 취해서 얘기도 하고 노래도 부르고 하는 가운데 최인호라는 70대 노인이 일어서서 열변을 토했다.

"동무들! 금년이 8·15 해방 50주년이 되는 해올시다. 우리는 36년간 일본놈의 식민지하에서 착취를 당하고 반봉건적 생활을 해왔는데 영명한 어버이 김일성 수령님과 김정일 국방위원장 동지의 영도 덕분에 50년 사이에 사회주의 혁명을 승리로 이끌고 이제 지상낙원인 공산주의 평등사회를 이루었지요. 일본놈 시대에 읍내에는 뎐기불이 환하게 켜지고 우리 앙토리는 카바이트 등불을 켰는데 지금은 다 같이 불을 못 켜고 평등하게 캄캄한 밤을 보내고 있습니다. 이 앞의 신작로에는 하루 버스가 두 번, 화물차가 서너 번 다녔는데 우리는 그 차 한 번 못타 봤어요. 그런데 이제는 차가 안 다니니까 다 같이 평등하게 걸어 다니는 거지요. 먹는 것도 그렇습니다. 옛날에는 농민을 착취하는 지주계급이 있어서 쌀밥 배불리 먹는 사람 따로 있고 강냉이밥도 없어서 못 먹는 사람이 많았는데 지주계급이 없는 지금은 다 같이 강냉이밥도 없어서 못 먹게 됐으니 평등사회가 된 것 아닙니까. 우리는 굶지 않기 위해 산에 불지르고 화전을 일궈야 하구요. 고기 먹고 싶으면 토끼나 꿩, 멧돼지 같은 거 올무를 놓고 잡아먹으면 되는 거지요. 우리나라는 지금 착취계급이 없는 다 같이 평등한 원시 공산주의 사회가 됐습니다. 이런 때에 혼자 쌀밥에 고깃국 먹는 사람이 있다면 그놈은 인민을 착취하는 악질반동분자지요. 그러니까 그런 놈부터 타도하고 없애 버려야 전체 인민이 평등하게 잘 살 수 있는 진정한 공산주의 사회가 이루어지는 것입니다. 동무들 안 그렸습니까. 김정일 국방위원장님 만세!"

그는 양 손을 번쩍 들어 올렸다. 그러자 몇 사람들이 "옳소!" 하면서 박수를 치자 많은 사람들이 덩달아 그의 말에 동조하듯 박수로 화답했다.

최 노인은 75세의 나이로 이 고장 앙토리 본토박이다. 8·15 해방

전에 일본 큐슈 탄광에 징용갔다 왔고 6·25 전쟁 때는 인민군에 징집되어 낙동강까지 진격했던 사람이다.

일제시대 때부터 지금까지 살아오면서 생각나는 것을 취중에 진담조로 얘기했는데 몇 사람이 취중에 박수를 쳤던 것이다.

다음날 최 노인과 적극 박수를 친 사람들이 보안서에 끌려가 호된 문초를 받았다. 박수 친 사람들은 김정일 생일 회식 때에 일어난 일로 관대하게 처리되어 풀려났지만 최 노인은 끝내 돌아오지 않았다.

당시 많은 사람들은 말을 못할 뿐이지 다들 최 노인과 같이 일본 식민지 시대만도 못하다는 생각을 하고 있었다.

최 노인의 얘기를 들은 개네의 생각도 같은 생각이었다. 개네도 나이 16세 때에 해방되었기 때문에 아직도 일제시대의 기억이 생생하게 떠오르고 있었다.

개네는 여성동맹이나 협동농장 일 등 한창 일을 할 때는 미처 생각지 못했으나 나이 60이 넘으면서 살기가 힘들어지자 가끔 옛날과 비교해서 생각하게 되었다.

지금 공화국은 먹고 입는 문제뿐만 아니다. 아파트 주민 상호간에 감시하기 때문에 다정한 이웃이 없어진 지 오래다.

엄격하고 빠듯한 배급제도로 이웃간이나 친척 사이의 왕래나 식사 한 번 제대로 나누어 먹을 수도 없었다.

그리고 그 배급도 쌀이 없어지고 잡곡뿐인데다 양이 많이 줄어들고 노동력이 없는 노인에게는 배급이 거의 끊기다시피 되었다.

하루 노동하는 시간과 잠자는 시간 외에는 사흘이 멀다 하고 열리는 군중집회와 독보회 또는 토론회에 참석하여 수령과 국방위원장 만세를 부르고 찬양하는 구호를 외쳐야만 했다.

가족도, 친척도, 친구도 없는 오직 수령과 국방위원장만을 위한 세상이 되고 말았다.

개네는 산과 들에 푸릇푸릇 새싹이 돋는 봄이 되면서 돼지먹이와 닭 모이가 다 떨어져 더 먹일 수가 없게 되자 걱정이 앞섰다.

삭막해진 세상을 살아가면서 그래도 돼지와 닭에게 먹이와 모이 주는 것이 유일한 낙이고 수입원이었는데 말이다.

지난겨울에 큰 돼지는 공판장에 내다 팔고 새끼 두 마리를 또 사왔는데 먹이를 달라고 꿀꿀대는 새끼들이 너무도 애처로웠다. 그러나 방법이 없었다.

개네는 먹던 아침밥을 반쯤 남기고 물을 타서 돼지에게 먹였다. 그랬더니 꼬리를 흔들면서 맛있게 먹어대는 모습이 너무도 귀여웠다. 닭 모이도 더 줄 것이 없었다. 그렇다고 그대로 더 굶길 수 없는 노릇이었다.

센네 언니와 다른 아파트 사람들은 사람 먹을 것도 없는데 어떻게 짐승을 먹이겠느냐며 목소리를 높였다.

생각다 못한 개네는 축사의 문을 열고 돼지와 닭을 풀어주기로 했다. 문이 열려 있는데도 돼지와 닭들은 그녀의 얼굴을 쳐다보며 축사 바깥으로 나가질 않았다.

개네는 막대기를 들고 축사에 들어가 내몰다시피하여 바깥으로 내쫓았다. 그리고 뒷산 풀밭으로 몰고 올라갔다.

그때부터 새끼돼지들은 주둥아리로 풀을 뜯고 땅을 헤집으며 풀뿌리와 나무 뿌리를 캐 먹기 시작했다. 닭들도 이리저리 다니며 풀잎이

나 벌레를 잡아먹고 있었다.

　개네는 짐승들이 밭에 내려가지 못하도록 또 독수리나 다른 산짐승들이 가축을 해치지 못하게 막대기를 들고 지키면서 여러 가지 생각에 잠겼다.

　사람들은 가축으로부터 달걀과 고기를 얻고 또 필요한 돈을 벌기 위해서는 먹이와 모이를 많이 주어야 하는 이치와 마찬가지로 인민들도 잘 먹어야 힘이 나서 생산을 많이 하고 나라가 부강해질 수 있다고 생각되었다. 또 정 먹여 주지 못하겠으면 인민들을 외적으로부터 보호하기만 하고 아예 자유스럽게 일을 하거나 장사를 해서 마음대로 돈을 벌어드리도록 하면 될 것이라고 생각되었다.

　저녁때가 되자 신기하게도 가축들은 모두 집을 찾아들어 닭들은 둥지로 올라가거나 알 낳던 자리에서 알을 낳고 우리로 들어간 돼지들도 배불리 먹었으므로 금방 다리를 뻗고 잠을 자고 있었다.

　며칠을 이렇게 길들이자 이웃 주민들이 다들 기특하게 생각했다.

　그러나 장마철과 겨울을 지내면서 먹지 못한 가축들은 결국에는 병들어 죽거나 배고픈 이웃들에 의해 몰래 잡아먹히고 말았다.

　개네는 조용히 눈을 감고 나무아미타불을 외우고 염주알을 굴리면서 괴로움을 견디어 나갔다.

돌부처의 수난

　수만은 1995년 4월 중순경 한 통의 전화를 받고 일본 대사관을 찾

아갔더니 그곳에는 지난 해 10월 탈북한 재일교포 양재모 일가족이
와 있었다.

그는 아내 김지윤의 백부 김창성이 심양에 있는 한국 영사관으로
데리고 가서 남조선으로 망명할 수 있도록 조치를 취하여 줌으로써
힘들지 않게 한국으로 올 수 있었다고 한다.

그는 모 정부기관에서 일정한 교육을 마친 후 고향인 일본 오사카
로 가기를 희망하였으므로 일본 대사관에서 입국수속을 밟고 있는 중
이었다.

그는 창성이 가르쳐 준 대로 수만에게 전화를 한 것이다.

그들은 개네와 같은 앙토리 협동농장에서 일해 왔기 때문에 그녀에
관해서 소상하게 이야기해 주었다.

특히 초산에서는 수만이 남조선에서 산다는 사실을 아는 사람이 없
었으며 그들도 창성의 백부한테 처음 듣고 알았다는 것이다. 그래서
개네 가족이 탈 없이 지낼 수 있다고 했다.

그들은 자신들의 탈북 이후 경비가 심해 앙토리 사람들의 압록강
국경근처 출입이 더욱 어려워졌을 것이라는 것 그리고 지윤의 어머니
와 개네가 몽견암에서 매일 불공을 드린다는 말까지도 했다.

수만은 뜻밖에도 개네에 대한 최근 소식을 상세하게 전해 들었으나
지옥과도 같은 북한에서 사는 개네에 대해 그가 할 수 있는 일은 아무
것도 없었다. 개네에 대해 큰 죄를 지은 것 같은 미안한 마음이 자꾸
되살아나서 견딜 수가 없었다.

그해 6월 6일 저녁때 따보디로 간 수만은 압록강변 동거우에서 하

말 묘소를 향해 절을 하고 멀리 신도장까지 주위를 살펴보았으나 개네의 모습은 찾아볼 수가 없었다.

창성의 말로는 요즘 북한 사정이 심상치 않으니 가족들을 생각해서라도 각별히 조심해야 한다는 말을 들은 그는 아쉬웠지만 그대로 돌아올 수밖에 없었다.

이제 그로서는 개네를 위해 아무런 일도 할 수 없게 되었다는 것을 새삼 깨달았다.

그러나 수만은 개네가 경비병에게 들키지 않고 어디선가 멀리서라도 수만을 바라보고 있을지도 모른다는 생각이 지워지지 않았다. 그래서 매년 빠지지 않고 하말 묘소에 성묘를 하면 개네의 모습을 멀리서나마 볼 날이 있을 거라는 기대를 저버리지 않고 다음해를 기다렸다.

개네는 저녁때가 되면 몽견암에 가서 불경을 외우는 것이 일상생활이 되었다.

몽견암에는 오래 전부터 불공을 드리는 또 한 사람이 있었다.

그녀는 고개 너머 원곡 사는 사람으로 몽견암이 헐리기 이전부터 그녀의 어머니를 따라 불공드리려 고개를 넘어 왔었다. 그의 어머니가 돌아가신 후에도 열심히 불공을 드린 사람이다.

개네보다 세 살 아래로 재작년에 사위 양재모를 따라 중국으로 건너간 김지윤의 어머니로 딸 지윤의 탈북사건 때문에 보안서에 끌려가 호된 문초를 받고 풀려난 몸으로 지금도 주위의 감시를 받고 있다고 한다.

개네로서는 불공도 드리고 잠시나마 얘기를 나눌 수 있는 사람이 있어 적적함을 달래며 시간을 보낼 수 있었다. 그런데 이런 시간도 그리 오래 가지 않았다.

개네가 일상대로 몽견암에 올라와 보고 아연실색했다.

돌담 위에 안치한 돌부처가 없어진 것이다. 누군가가 훔쳐간 것이 분명했고 때마침 불공을 드리려 온 지윤의 어머니도 놀랬다. 세상에 이런 일이 있을 수가 있는가.

개네와 지윤의 어머니는 두 손을 마주 잡고 세상을 한탄하며 잠시 할말을 잊었다.

그 당시 북한에서는 궁핍한 나머지 오래 된 도자기 그릇이나 골동품 따위를 도굴하거나 훔쳐서 중국 쪽으로 건네다 파는 사람들이 있었다. 몽견암 작은 돌부처도 이런 도굴범들에 의해 훔쳐간 것으로 보였다.

그렇게 돌부처는 100년 세월이 흐르는 동안 인간들에 의해 가진 수난을 겪어 왔다.

그러나 앞으로도 영구히 자비스런 그 모습 그대로 어디선가 중생을 내려다 볼 것이다. 마치 죄 없는 한국 백성들이 기나긴 100년 세월 온갖 수난을 겪으면서도 끈질기게 생을 유지해온 것처럼.

마지막 절규

그날 절에서 돌아온 개네는 이불을 뒤집어쓰고 알아 누었다.

안방 정면에는 김일성 수령과 김정일 국방위원장의 사진 액자가 언제나 개네를 내려다보고 있었는데 오래 전부터 쳐다볼 기분이 나질 않았다.

그렇다고 전 인민이 하늘과 같이 받들어 모셔야 할 액자를 없앨 수도, 보이지 않게 덮어 가릴 수도 없었다. 그랬다가는 큰 벌을 받게 되는 것이다.

개네는 어머니가 돌아가신 후부터는 김일성 부자의 사진을 피해 어머니가 거처하던 작은방에 거처하고 있었다.

땔감은 조카인 센네의 아들들이 해다 주어서 냉방은 면하고 있었다. 노동력이 없는 개네에게는 앞으로는 더 할 일이 없고 또 할 수도 없었다.

돌부처가 없어졌으니 어려운 가운데도 시간을 보내며 아픈 마음을 달래 왔는데 그것마저 못하게 되었다.

개네는 마음만 아픈 것이 아니었다. 오래 전부터 몸도 아파가고 있었다.

몇 년 전부터 젖가슴을 만지면 무엇인가 굳은살 같은 것이 만져지곤 했다. 이상하게 생각하고 있었는데 그곳이 점점 커지고 아파오고 있었다. 근래에 와서 그 아픔이 심해지고 있는 것이다.

개네는 문득 이러다가 자신이 죽는 것은 아닌가 하는 생각이 들자 자리에서 일어나 읍내에 살고 있는 정효숙을 찾아갔다.

효숙은 요즘 별로 일감이 없었는데 개네가 찾아오자 반갑게 맞이했다. 효숙은 69세라고는 하나 여전히 고운 얼굴에 고운 몸매였다.

"형님, 나 얼마 못살고 죽을 것만 같아."

개네가 아픈 얘기를 털어놓자 효숙은 개네의 가슴을 만져보고 깜작

놀랬다. 걔네가 유방암에 걸린 것이 분명했다.

그러나 효숙은 침착하게 아무 말도 하지 않고 그녀를 데리고 인민 병원엘 갔다.

병원에서도 유방암 말기증세 같다는 판정이 나왔다.

초산 병원에는 암을 진단하는 의료기구나 시설이 없었다. 다만 걔네의 말을 듣고 만져보고는 의사들의 짐작으로 암일 것이라는 판정을 내린 것이다.

유방을 절개수술을 해야 하는데 초산 병원에서는 조직검사도 할 수 없고 강계나 평양으로 가야만 검사와 수술을 할 수가 있고 이미 말기 증세여서 수술을 해도 생명은 보장할 수 없을 것이라고 했다.

의사인 강계 고모부도 몇 년 전에 돌아가셨으니 의논할 곳도 없고 당이나 인민위원회의 웬만한 고위간부가 아니면 평양 병원에서 수술 받기란 불가능한 것이 현실이었다.

걔네는 작심한 듯 효숙의 집에서 하룻밤을 보내면서 매년 남편 생일날인 6월 6일 저녁때 하말 할아버지 묘소에서 그를 만나던 얘기를 하고 작년에는 경비가 엄하고 아들 준일에게 미칠 일이 두려워 못 가 봤다고 했다.

그러나 금년이 마지막이 될 것이니 그녀가 자신을 부축해서 하말 묘소까지 같이 가 주었으면 하고 부탁을 했다.

지금 걔네로서는 남편에 관해 효숙 이외에는 다른 누구와도 마음 터놓고 이런 부탁을 할 사람이 없었다.

효숙은 거절할 이유가 없었다. 그녀로서도 평생 그리워하던 수만을 멀리서 나마 만날 수 있기 때문이었다.

집으로 돌아온 개네는 조용하게 죽음을 기다릴 수밖에 없다고 생각하면서 차근차근 주변을 정리하고 언니 센네에게 사실대로 얘기했다.

센네는 개네가 수만을 만나는 날을 애타게 기다리던 동생의 신세가 너무도 가엾고 애처로웠다.

소식을 듣고 준일과 며느리 손자들이 달려왔다.

준일은 군 당위원장이 된 장인 덕분에 아직도 트럭 운전을 하고 며느리는 교사로 재직하고 있기 때문에 생활에는 별 어려움이 없었다. 큰손자도 직장을 가지고 작은손자는 대학에 다니고 있는데 마침 겨울 방학이 되어 집에 와 있었다.

개네는 아들, 며느리와 손자들을 보자 저것들이 남편과 나 사이에서 태어난 자식들이로구나 생각하자 새삼스럽게 뜨거운 눈물이 나왔다.

개네는 아들, 며느리와 손자들의 손을 두루 만져보면서 사람은 누구나 언젠가는 죽게 돼 있다면서 살아 있는 동안 열심히 일을 해야 한다고 가르치고 자신은 아직 몇 년은 더 살 것이니 걱정하지 말라고 안심시켰다. 그러면서 주먹을 불끈 쥐고 아직은 힘이 있음을 보여줬다.

개네가 이제부터 할 수 있는 일은 아무것도 없었다. 개네는 방안에 앉아서 나무아미타불을 외우고 염주알을 굴리며 6월 6일을 조용하게 기다리고 있었다.

수만은 6월 6일이 다가오자 마음은 개네한테 가 있었다.

수만의 나이 어느덧 68세. 고향을 떠나온 지가 어언 48년, 남쪽의 3남매 자녀들도 자립하고 손자 손녀들까지도 성장하여 생활은 어느 정도 안정이 되고 있었다.

그러나 수만은 생활이 안정될수록 지옥 같은 곳에 개네를 두고 그녀를 위해 아무런 일도 할 수 없이 살아가는 자신의 처지가 한스럽게만 생각되었다. 어디 호소할 데도 없고 이느 누구도 해결할 수도 없으니 그저 운명으로 받아들일 수밖에 없다고 생각하자 한숨만 나왔다. 그는 이제 더 살아갈 의욕마저 없어지고 있었다.

이번에 멀리서 개네를 보게 되면 압록강 물을 헤엄쳐 건너가 볼까 하는 생각이 들기도 했다.

그렇게 고뇌의 나날을 보내는 가운데 기다리던 그날이 왔다.

수만은 6월 5일 만주 따보디로 가서 숙소를 정하고 소학교 동창인 창성을 만났다.

그의 얘기로는 앙토리는 양재모 탈북 이후 경비가 더욱 심해져 국경 근처에 사람 그림자만 얼씬거려도 사격을 가하기 때문에, 땔감 나무를 하던 사람과 배가 고파 수풍호에서 고기잡이하던 사람이 총에 맞아 죽은 일이 있었다고 했다. 그러면서 조용하게 성묘만 하는 것이 좋겠다고 했다. 그리고 돌아가신 어머니와 개네에 관해서 양재모와 조카 지윤으로부터 들은 얘기들이 오고 갔다.

다음날 수만은 창성과 함께 동거우 강변에 자리를 깔고 준비해 간 음식을 차린 후 하말 쪽을 향해 성묘 예를 올렸다.

압록강 건너 하말 아래쪽에는 옛날 그가 야간경비를 보던 그 자리에 경비초소가 보였다. 지금 한창 농사철인데도 강 건너 북한 쪽에는 사람의 그림자조차 보이지 않았다.

한편 같은 날 정효숙은 개네를 부축해 다른 사람들의 눈을 피해 상평 쪽으로 건너가 산등성이를 타고 하말 묘소로 향했다.

개네는 있는 힘을 다해 숨을 몰아 쉬면서 효숙에게 매달리다시피 걸었다.

효숙은 개네가 곧 죽을 것만 같은 느낌이 들었다. 약간 힘들었지만 안전한 길을 택해서 묘소까지 간신히 갈 수 있었다.

효숙의 부축으로 묘소 앞에 앉은 개네는 그녀에게 기댄 채 강 건너를 가리켰다.

거기에는 수만이 방금 음식을 차려놓고 이쪽을 향해 절을 하고 있었다. 개네는 고개를 돌려 효숙을 쳐다보고는 거의 쉰 목소리로 소리쳤다.

"선생님…… 선생님!"

개네는 다시 강 건너를 쳐다봤다. 그리고 효숙의 손을 꼭 잡은 채 안간힘을 쓰며 이름을 부르다가 눈을 뜬 채 잡은 손을 맥없이 놓았다.

한평생 수만이만을 바라보고 애타게 그리워하며 살아온 개네가 생을 마감한 것이다.

그리던 남편을 멀리서나마 마지막으로 보려고 견디고 견디며 몇 달을 더 살다가 남편을 보고서야 숨이 끊긴 것이다.

효숙은 개네를 안고 목놓아 울면서 그가 있는 쪽을 건너다보았다.

수만은 영문도 모른 채 사방을 두리번거리고 있었다. 혹시나 해서 개네를 찾는 것 같았다.

효숙은 개네로부터 그가 어쩔 수 없이 남쪽으로 갈 수밖에 없었다는 사정 얘기는 들었지만 저기 지금 보이는 수만이가 너무도 야속해 보였다.

개네는 아들, 손자들 때문에 아무런 대꾸도 못했다고 하지만 효숙은 그렇지 않았다.

아무것도 모르고 서성대며 두리번거리기만 하는 수만에게 좀 더 가까이 가서 이 사실을 알리고 싶고 또 가다 죽는 한이 있어도 그렇게 하고 싶었다.

효숙은 개네의 눈을 감기고 시신을 조용하게 내려놓았다.

그리고 그녀는 생전에 개네가 그렇게 하지 말라고 당부했는데도 불구하고 막대기에 흰 수건을 걸고 내둘렀다.

수만은 성묘를 끝내고 한참 두리번거리다가 돌아갈까 하던 순간 건너 산소 쪽에서 사람은 보이지 않고 흰 손수건이 흔들리고 있는 것이 보였다.

수만은 당황한 표정을 하며 '개네로구나. 개네가 왔다' 하고 생각이 들자 자신도 모르게 손을 흔들었다.

그러자 창성은 재빨리 수만의 손을 잡아챘다.

그때 하말 묘소 산등성이에서 개네로 보이는 검은 옷차림의 그림자가 손수건을 단 막대기를 들고 언덕을 내려오고 있었다. 그녀는 효숙이었다.

그러나 수만은 개네가 이미 저 세상 사람이 된 줄도 모르고 그녀가 개네로 보였던 것이다.

순간적으로 위험을 느낀 수만은 그녀를 향해 오지 말라고 손을 가로로 흔들며 강가로 뛰어들었다.

검은 그림자는 막무가내로 손수건을 흔들며 갈대숲으로 들어오고 있었다.

수만은 정신을 잃고 강물 깊은 곳으로 뛰어들며 소리를 질렀다.

"안 돼! 안 돼! 개네야…… 안 돼!"

잠시 후 경비초소 쪽에서 "탕 탕!" 두 발의 총소리가 들렸다.

총소리와 동시에 손수건을 흔들던 검은 그림자는 갈대숲 속으로 사라지고 다시는 모습이 보이지 않았다.

순간 수만은 개네가 총에 맞아 죽은 줄 알고 미친 듯이 강을 건너려 하다 여울물에 휩쓸려 떠내려가면서 외쳤다.

죽을힘을 다해서 외쳤다.

"여보! 개네…… 준일이 엄마……."